Tradução para a língua portuguesa
© Débora Isidoro, 2021

Ilustrações de Capa e Miolo
Maria Sibylla Merian

Diretor Editorial
Christiano Menezes

Diretor Comercial
Chico de Assis

Diretor de Novos Negócios
Marcel Souto Maior

Diretora de Estratégia Editorial
Raquel Moritz

Gerente de Marca
Arthur Moraes

Gerente Editorial
Marcia Heloisa

Editora
Nilsen Silva

Capa e Projeto Gráfico
Retina 78

Coordenador de Diagramação
Sergio Chaves

Designer Assistente
Aline Martins

Revisão
Aline TK Miguel
floresta
Retina Conteúdo

Finalização
Sandro Tagliamento

Marketing Estratégico
Ag. Mandíbula

Impressão e Acabamento
Gráfica Geográfica

DADOS INTERNACIONAIS DE CATALOGAÇÃO NA PUBLICAÇÃO (CIP)
Angélica Ilacqua CRB-8/7057

Burnett, Frances Hodgson, 1849-1924
 O jardim secreto / Frances Hodgson Burnett ; tradução de Débora Isidoro. — Rio de Janeiro : DarkSide Books, 2021.
 288 p. : il.

 ISBN: 978-65-5598-013-4
 Título original: The secret garden

 1. Literatura infantojuvenil inglesa
 I. Título II. Isidoro, Débora

20-2311   CDD 028.5

Índice para catálogo sistemático:
1. Literatura infantojuvenil

[2021, 2024]
Todos os direitos desta edição reservados à
DarkSide® Entretenimento LTDA.
Rua General Roca, 935/504 — Tijuca
20521-071 — Rio de Janeiro — RJ — Brasil
www.darksidebooks.com

FRANCES HODGSON BURNETT

O Jardim Secreto

Tradução
Débora Isidoro

DARKSIDE

O Jardim Secreto

009. Apresentação
011. Introdução: A passagem
....
019. Não sobrou ninguém
025. Senhorita Mary do Contra
033. Do outro lado da charneca
039. Martha
055. O choro no corredor
061. "Tinha alguém chorando, sim!"
069. A chave para o jardim
075. O sabiá que mostrou o caminho
083. A casa mais estranha em que alguém já morou
093. Dickon
105. O ninho do sabiá
113. "Posso ter um pouco de terra?"
121. "Sou Colin"

O Jardim Secreto

133. Um jovem rajá
145. Construir o ninho
157. "Não vou!", insistiu Mary
165. Um ataque de birra
173. "Você não deve esperar muito tempo"
181. "Ela chegou!"
193. "Viverei para sempre, e sempre, e sempre!"
201. Ben Weatherstaff
211. Quando o sol se pôs
217. Magia
229. "Deixe que riam"
241. A cortina
249. "É a mãe!"
259. No jardim
• • • • • • • • • • • • • • • • • • • •
277. A magia além do livro

APRESENTAÇÃO

> "Isso é magia. Estar vivo é magia...
> Ser forte é magia. A magia está em mim..."

As histórias mais mágicas são capazes de atravessar as barreiras do tempo e tocar leitores de várias gerações. Em 1911, Frances Hodgson Burnett presenteou o mundo com *O Jardim Secreto*, uma história doce e delicada sobre o poder transformador da magia, da natureza e da amizade.

Em tempos em que os jardins da nossa alma parecem condenados à uma aterradora solidão, histórias podem ser as chaves escondidas para a reconstrução não apenas do que nos cerca, mas do que trazemos por dentro. É preciso coragem para acreditar na magia, para enxergar a luz invisível de seus portais. Nem sempre o que tem o poder de nos curar está circunscrito ao que enxergamos. Às vezes, a realidade que queremos existe apenas em nossas fantasias. A arte é a mágica pela qual somos todos capazes de materializar nossos sonhos. Por meio do que nos fascina, podemos transformar a aridez monocromática de uma terra devastada em um jardim exuberante em sua multicolorida opulência. Com a dedicação necessária, as ferramentas adequadas e as companhias que mais semeiam afeto em nossas vidas, somos todos jardineiros de mão cheia, mente serena e coração florido.

Lírico e inesquecível, este é um livro que encanta crianças e adultos, inspirando a todos com sua receita secreta para vencer obstáculos, superar desafios e encontrar dentro de nossas essências um lugar onde a esperança sempre floresce.

Os editores

O Jardim Secreto

A PASSAGEM
INTRODUÇÃO DARKSIDE

que faz uma obra literária se tornar um clássico? O que pode conter uma obra de literatura infantojuvenil para atrair a atenção dos adultos e sobreviver à passagem do tempo?

As respostas para essas questões estão, quase sempre, na maneira como o leitor absorve, põe em prática e transmite as lições de vida contidas na obra. Em como o livro é capaz de tocar aquela corda lá no fundo de cada um que o lê, provocando questionamentos que, se devidamente compreendidos, podem trazer ao mundo um ser humano transformado e, na maioria das vezes, melhorado.

No caso de *O Jardim Secreto*, uma obra escrita em 1911 e até hoje reverenciada como um clássico da literatura infantojuvenil, encontramos essa nota de provocação, esse dedo que cutuca e desperta a criança adormecida dentro de cada adulto e a incita a rever a construção de conceitos e certezas, os processos que fizeram dela o adulto que é hoje.

O Jardim Secreto foi escrito na época em que o Império Britânico atingiu sua maior extensão territorial e dominava um grande número de colônias, entre elas a Índia, onde, no começo da história, Mary Lennox mora com os pais. É dessa colônia que, órfã em razão de um surto de cólera, ela se muda para a Inglaterra a fim de ir morar na casa de um tio.

Frances Hodgson Burnett, autora do livro, teve uma trajetória semelhante. Nascida em 1849, quando as mulheres ainda não ocupavam lugares de destaque na sociedade, ela perdeu o pai e a estabilidade financeira ainda bem jovem, e por isso teve que se mudar com a família, então em situação de pobreza, da Inglaterra para os Estados Unidos. Lá, aos 17 anos, Frances vendeu seu primeiro conto. Aos 22, sustentava a família com o que escrevia e tinha dinheiro suficiente para voltar à Inglaterra, onde continuou escrevendo. De 1887 até sua morte, ela manteve casas nos dois países.

Tal como a menina Mary Lennox, Frances era uma mulher de ideias próprias, livre. Divorciou-se duas vezes e não se incomodou com as críticas quando, por ocasião do primeiro divórcio, foi chamada de "mulher moderna" e culpada pelo fracasso do casamento por trabalhar demais, nem com o escândalo quando, mais tarde, levou para morar em sua casa o ator que havia encenado várias de suas peças e que mais tarde se tornou seu segundo marido. Forte, Frances superou a duras penas a perda de seu filho primogênito, que morreu de tuberculose, e pagou os estudos do segundo filho em Harvard.

Como ela, a menina Mary Lennox enfrentou com coragem as dificuldades impostas pela vida e tirou delas oportunidades para crescer e se tornar uma pessoa melhor.

Mary, órfã de pais vivos antes da cólera e órfã de fato após o surto, crescia rabugenta, mimada, egoísta e desagradável, e ao chegar na Inglaterra encontra um primo que lhe serve de espelho. É a partir desse encontro — e do contato com a natureza, com a vida ao ar livre e com o mundo exterior — que ela começa a se transformar em um indivíduo capaz de enxergar as outras pessoas e interagir com o próximo de forma a permitir uma troca real, e não uma relação de servidão, como vivia antes com seus subordinados na Índia. Ao se abrir para o mundo exterior, Mary mergulha em si mesma e volta o olhar para quem realmente é. E é assim que a linguagem da obra, mesmo sendo dirigida para crianças, aborda, ao mesmo tempo, elementos simbólicos de grande complexidade.

Em um tempo de rigidez e subordinação política, social e econômica, Mary é o agente que dá voz à mulher, ao oprimido, aos subordinados e à colônia. Ela é os dois lados da moeda, a menina mal-amada e negligenciada que foi criada e preparada para mandar, exigir e impor sua vontade sem nunca reconhecer a própria necessidade de afeto e atenção espontânea, mas que, ao se deparar com o mundo exterior e se enxergar no espelho representado pelo primo, igualmente mimado e negligenciado, entende que é preciso superar conceitos e preconceitos para seguir em frente, que é preciso ter muita coragem para se transformar e despir versões anteriores e ultrapassadas de si mesma, e que só ao encarar sem medo ou pudor as próprias carências e necessidades, é possível criar a oportunidade e os meios para supri-las.

Mary representa a coragem de enfrentar as imposições e opiniões pré-formadas, de olhar para dentro, de invadir o jardim secreto onde reside a magia e onde se encontram as respostas, de superar muros altos e portas fechadas, de desafiar restrições, normas e limites. Ela é, em última análise, o processo de cura do primo, que encontra nela o caminho e a força para sair do confinamento em que foi colocado por emoções alheias, para superar deficiências que não eram reais, mas criadas para serem instrumentos de controle.

Para quem ainda se pergunta por que, depois de mais de um século, ainda se traduz e edita *O Jardim Secreto*, a resposta talvez seja mais simples do que se pode imaginar. Há nele todos os ingredientes de um conto de fadas, o mistério, a magia e a trajetória de crescimento pessoal a que todo ser humano aspira e que toda criança leitora ou ouvinte adora. Ler *O Jardim Secreto* é mergulhar dentro de si mesmo e descobrir que temos todas as respostas de que precisamos, se tivermos a coragem de abrir a porta para elas.

Além disso, em um tempo em que, do ponto de vista literário, a estrutura do romance sofria modificações, visto que não se pretendia propor uma análise social, mas se investia cada vez mais na linguagem e na complexidade dos personagens, O Jardim Secreto se adequa aos moldes da época, mas sem abrir mão de uma proposta sutil de questionamento de preconceitos e segregação.

Em tempos de incerteza, medo e tantas perdas, como têm sido estes de pandemia e inquietação mundial, que O Jardim Secreto acolha cada leitor e dê a ele essa chance do reencontro, a coragem para a reformulação e a força para a reconstrução. A humanidade já atravessou períodos sombrios e tristes, e em todos eles o ser humano descobriu em si mesmo a capacidade de se recuperar e regenerar. Que agora não seja diferente.

A coragem de Mary é a coragem de Frances. E, juntas, elas nos emprestam esperança e mostram que algumas flores sempre renascem. Talvez seja este o segredo do clássico: a manutenção do ciclo de morte e renascimento da esperança.

Débora Isidoro
cuidando do jardim secreto
no outono de 2021

O Jardim Secreto

NÃO SOBROU NINGUÉM

CAPÍTULO I

Quando Mary Lennox foi enviada à Mansão Misselthwaite para morar com o tio, todo mundo dizia que ela era a criança de aparência mais desagradável que jamais foi vista. Era verdade. A menina tinha um rosto pequenino e um corpo pequenino, cabelo claro e fino, e uma expressão azeda. O cabelo era amarelo, e o rosto era amarelo porque ela havia nascido na Índia e estava sempre doente, de um jeito ou de outro. Seu pai era funcionário do governo inglês e sempre esteve ocupado e doente também, e a mãe era uma grande beldade que só se importava com festas, diversão e gente alegre. Não queria uma menininha, e quando Mary nasceu, ela a entregou aos cuidados de uma aia, a quem deixou claro que, se quisesse agradar à Mem Sahib, deveria manter a criança tão longe de seus olhos quanto fosse possível. Assim, quando era um bebê doente, inquieto e feio, Mary foi mantida afastada, e quando se tornou uma criança doente e inquieta, ela também foi mantida afastada. Não se lembrava de ter visto familiaridade nenhuma, exceto pelos rostos escuros da aia e de outros criados nativos, e como eles sempre a obedeciam e davam a ela tudo que queria, porque a Mem Sahib ficava zangada quando era perturbada pelo choro da menina, aos 6 anos de idade era uma porquinha tirana e egoísta como jamais havia existido. A jovem governanta inglesa que chegou para alfabetizá-la tinha tanta antipatia pela criança que desistiu do emprego em três meses, e quando outra governanta chegava para ocupar o posto, sempre acabava indo embora em menos tempo que a primeira. Então, se Mary não tivesse decidido que queria muito ler livros, ela nunca teria aprendido o alfabeto.

Naquela manhã terrivelmente quente, quando a menina tinha uns 9 anos de idade, ela acordou se sentindo muito irritada e ficou ainda mais contrariada quando viu que a criada que estava ao lado da cama não era sua aia.

"Por que veio?", ela perguntou à mulher desconhecida. "Não permitirei que fique. Mande vir a minha aia."

A mulher parecia assustada, mas só gaguejou que a aia não pudera comparecer, e quando Mary perdeu o controle e a agrediu e chutou, ela ficou ainda mais amedrontada e repetiu que a aia não poderia atender ao chamado da srta. Sahib.

Havia algo de misterioso no ar naquela manhã. Nada era feito na ordem regular e vários criados nativos pareciam ter desaparecido, e os que Mary via passavam apressados ou correndo com cara de medo, pálidos. Mas ninguém dizia nada a ela, e sua aia não estava ali. Mary ficou sozinha durante toda a manhã, e finalmente foi para o jardim e começou a brincar embaixo de uma árvore perto da varanda. Fingia que estava fazendo um canteiro de flores e espetava grandes botões de hibisco vermelho em montinhos de terra, sentindo-se mais nervosa a cada minuto e resmungando para si mesma as coisas que diria e os nomes pelos quais chamaria Saidie quando ela voltasse.

"Porca! Porca! Filha de porcos!", dizia, porque chamar um nativo de porco era o pior de todos os insultos.[1]

Ela rangia os dentes e repetia a ofensa muitas e muitas vezes quando ouviu a mãe sair para a varanda com alguém. Era um rapaz bonito, e eles conversavam em voz baixa, em um tom estranho. Mary conhecia o rapaz bonito que parecia um menino. Tinha ouvido dizer que era um oficial muito jovem recém-chegado da Inglaterra. A criança o encarava, mas olhava com mais atenção para a mãe. Ela sempre fazia isso quando tinha uma oportunidade de vê-la, porque a Mem Sahib — Mary costumava usar essa forma de tratamento com mais frequência que qualquer outra — era uma mulher muito alta, esguia e bonita, que usava roupas lindas. Seu cabelo era como seda cacheada, o nariz delicado e pequeno parecia desdenhar das coisas, e os olhos eram grandes e risonhos. Suas roupas eram finas e esvoaçantes, todas elas, e Mary dizia que eram "cheias de renda". Pareciam ainda mais cheias de renda que nunca naquela manhã, mas seus olhos não estavam risonhos. Estavam grandes e amedrontados, e buscavam o rosto do belo oficial como se implorassem.

"É tão grave assim? Oh, é?", Mary a ouviu dizer.

"Muito", o rapaz respondeu com voz trêmula. "Muitíssimo, sra. Lennox. A senhora devia ter ido para as montanhas duas semanas atrás."

A Mem Sahib torcia as mãos.

"Ah, eu sei que devia!", ela gritou. "Só fiquei para aquele jantar sem sentido. Que tola eu fui!"

Nesse exato momento, um choro tão estridente emergiu das dependências dos criados que ela agarrou o braço do rapaz, e Mary se levantou tremendo da cabeça aos pés. O choro se tornou mais e mais descontrolado.

---

1 O Jardim Secreto é reflexo da visão colonialista da sociedade inglesa da época e, portanto, os personagens de Frances Hodgson Burnett exprimem opiniões altamente preconceituosas. Sugerimos leitura do texto complementar "A Magia Além do Livro: O Jardim Através das Gerações" ao final deste livro. [Nota dos editores]

"O que é isso? O que é isso?", espantou-se a sra. Lennox.

"Alguém morreu", respondeu o jovem oficial. "A senhora não disse que tinha se alastrado entre seus criados."

"Eu não sabia!", gritou a Mem Sahib. "Venha comigo! Venha comigo!" E se virou para entrar em casa correndo.

Depois dessas coisas terríveis terem acontecido, o mistério da manhã foi explicado a Mary. A cólera havia eclodido em sua forma mais fatal e pessoas morriam como moscas. A aia havia adoecido naquela noite, e sua morte tinha causado os gritos e o choro dos criados em suas dependências. Nos três dias seguintes, outros criados morreram e outros fugiram apavorados. Havia pânico por todos os lados, e pessoas morriam em todos os bangalôs.

Durante a confusão e a perplexidade do segundo dia, Mary escondeu-se no quarto infantil e foi esquecida por todos. Ninguém pensava nela, ninguém a queria, e coisas estranhas aconteciam, coisas sobre as quais ela desconhecia. Mary alternava entre o choro e o sono, e assim ela passava as horas. Só sabia que pessoas estavam doentes e que ouvia sons misteriosos e assustadores. Uma vez, ela entrou na sala de jantar e a encontrou vazia, embora houvesse uma refeição parcialmente consumida sobre a mesa, e cadeiras e pratos parecessem ter sido empurrados às pressas quando os comensais se levantaram repentinamente por alguma razão. A criança comeu frutas e biscoitos e, com sede, bebeu uma taça de vinho que encontrou quase cheia. Era doce, e ela não sabia quão forte era. Logo a bebida a deixou muito sonolenta, e ela voltou ao quarto e lá se fechou novamente, assustada com os gritos que tinha ouvido nos bangalôs e com os ruídos de pés apressados. O vinho a deixou tão sonolenta que ela mal conseguia manter os olhos abertos, e assim se deitou em sua cama e não soube de mais nada por muito tempo.

Muitas coisas aconteceram durante as horas que ela passou dormindo tão profundamente, mas a menina não foi incomodada pelos gritos e pelo barulho de coisas sendo carregadas para dentro e para fora do bangalô.

Quando acordou, ficou deitada olhando para a parede. A casa estava em silêncio. Nunca o silêncio tinha sido tão completo antes. Mary não ouvia vozes ou passos, e imaginava se todos haviam se curado da cólera e se todo o problema tinha acabado. Também se perguntava quem cuidaria dela, agora que sua aia estava morta. Haveria uma nova aia, e talvez ela ouvisse novas histórias. Estava bem cansada das antigas. Ela não chorou a morte da aia. Não era uma criança afetuosa e nunca tinha gostado muito de alguém. O barulho, a correria e o choro em torno da cólera a haviam amedrontado, e tinha ficado zangada porque ninguém parecia se lembrar de que estava viva. Todos se encontravam dominados demais pelo pânico para pensar em uma menininha de quem ninguém gostava. Quando as pessoas tinham cólera, pareciam pensar apenas nelas mesmas. Mas se alguém se recuperasse, certamente se lembraria de sua presença e iria cuidar dela.

Mas ninguém apareceu, e enquanto ela continuava deitada esperando, a casa parecia ficar cada vez mais silenciosa. Ela ouviu um ruído no tapete e, quando olhou para baixo, viu uma cobrinha rastejando e olhando para ela com olhos que pareciam pedras preciosas. Mary não sentiu medo, porque a cobra era pequena e inofensiva, não lhe faria mal e parecia ter pressa para sair do quarto. Ela a viu passar por baixo da porta.

"Como tudo está estranho e quieto", disse. "Parece que não há mais ninguém em casa além de mim e da cobra."

Quase em seguida, ela ouviu passos no terreno do lado de fora e depois na varanda. Eram passos masculinos, e os homens entraram na casa falando em voz baixa. Ninguém foi recebê-los ou falar com eles, e os recém-chegados pareciam abrir portas e olhar o interior dos cômodos.

"Que desolação!", comentou uma voz. "Aquela mulher tão, tão bonita! Suponho que a criança também. Ouvi dizer que havia uma criança, embora ninguém jamais a tenha visto."

Mary estava em pé no meio do quarto quando, alguns minutos depois, eles abriram a porta. Era uma coisinha feia e contrariada, e mantinha a testa franzida porque começava a ficar com fome e se sentia desgraçadamente negligenciada. O primeiro homem a entrar foi um oficial grande que uma vez tinha visto conversando com seu pai. Parecia cansado e aborrecido, mas, quando a viu, ficou tão assustado que quase pulou para trás.

"Barney!", gritou. "Tem uma criança aqui! Uma criança sozinha! Em um lugar como este! Misericórdia, quem é ela?"

"Sou Mary Lennox", a menininha respondeu, erguendo os ombros e assumindo uma postura rígida. Em sua opinião, o homem era muito rude por chamar o bangalô de seu pai de "um lugar como este". "Adormeci quando todos tiveram cólera e só acordei agora. Por que ninguém aparece?"

"É a criança que ninguém nunca viu!", exclamou o homem para os companheiros. "Ela foi realmente esquecida!"

"Por que fui esquecida?", Mary bateu o pé ao perguntar. "Por que ninguém aparece?"

O rapaz cujo nome era Barney olhou para ela de um jeito muito triste. Mary até pensou tê-lo visto piscar, como se quisesse afastar as lágrimas.

"Pobre criancinha!", ele disse. "Não sobrou ninguém para vir."

Foi daquele jeito estranho e repentino que Mary descobriu que não tinha mais pai nem mãe; que eles tinham morrido e sido levados à noite, e que os poucos criados nativos que não haviam morrido também deixaram a casa o mais depressa que puderam, e nenhum deles sequer se lembrara de que existia uma srta. Sahib. Por isso a casa estava tão quieta. Era verdade que não havia ninguém ali além dela e da cobrinha barulhenta.

O Jardim Secreto

SENHORITA MARY DO CONTRA
CAPÍTULO II

ary gostava de olhar de longe para a mãe e a achava muito bonita, mas como sabia muito pouco sobre ela, ninguém podia esperar que a amasse ou sentisse sua falta, agora que havia partido. Não sentia nenhuma falta dela, na verdade, e como era uma criança autocentrada, dedicava todos os pensamentos a si mesma, como sempre fizera. Se fosse mais velha, sem dúvida teria ficado muito nervosa por estar sozinha no mundo, mas era muito nova, e como sempre haviam cuidado dela, supunha que nada nunca mudaria. O que ela pensava era que gostaria de saber se seria mandada para viver com pessoas boas, que seriam educadas com ela e fariam tudo que quisesse, como sua aia e os outros criados nativos faziam.

Sabia que não ficaria na casa do clérigo inglês, para onde a levaram inicialmente. Não queria ficar. O clérigo inglês era pobre e tinha cinco filhos, quase todos da mesma idade, e eles usavam roupas surradas e estavam sempre brigando e arrancando brinquedos uns dos outros. Mary odiou o bangalô desarrumado, e foi tão desagradável com eles que depois do primeiro ou segundo dia ninguém queria brincar com ela. No segundo dia, eles lhe deram um apelido que a deixou furiosa.

Foi Basil quem teve a ideia. Basil era um garotinho de insolentes olhos azuis e nariz empinado, e Mary o odiava. Ela brincava sozinha embaixo de uma árvore, como no dia em que a cólera tinha eclodido. Fazia montes de terra e caminhos para criar um jardim, e Basil se aproximou e parou para observá-la. Ele ficou muito interessado e de repente fez uma sugestão.

"Por que não põe uma pilha de pedras ali e finge que é uma pedreira?", disse. "Ali no meio", e se inclinou para apontar.

"Vá embora!", Mary gritou. "Não quero meninos. Vá embora!"

Por um momento, Basil pareceu furioso, depois começou a provocá-la. Ele sempre provocava as irmãs. Dançou em volta dela, fez caretas, cantou e riu.

> Senhorita Mary do Contra,
> Como cresce seu jardim?
> Com campânulas feito sinos, conchas,
> E cravos enfileirados assim.

Ele cantou até as outras crianças ouvirem e rirem também; e quanto mais brava Mary ficava, mais eles cantavam "Senhorita Mary do Contra"; e depois disso, por todo o tempo que ela passou na casa, eles a chamaram de "Senhorita Mary do Contra" quando falavam dela entre eles, e muitas vezes quando falavam com ela.

"Vão mandar você para a casa", Basil disse a ela, "no fim da semana. E estamos contentes com isso."

"Também estou contente", Mary respondeu. "Onde é a casa?"

"Ela não sabe onde é a casa!", Basil falou com o escárnio de um menino de 7 anos. "Na Inglaterra, é claro. Nossa avó mora lá e nossa irmã Mabel foi mandada para a casa dela no ano passado. Você não vai para a casa de sua avó. Você não tem uma. Vai para a casa de seu tio. O nome dele é sr. Archibald Craven."

"Não sei nada sobre ele", Mary irritou-se.

"Eu sei que não sabe", Basil retrucou. "Você não sabe nada. Garotas nunca sabem. Ouvi o pai e a mãe falando sobre ele. O homem mora em uma casa velha, grande e desolada no campo, e ninguém se aproxima dele. É tão rabugento que não permite que ninguém se aproxime, e ninguém faria isso, mesmo que ele deixasse. Ele é corcunda e horrível."

"Não acredito em você", Mary disse, virando de costas e enfiando os dedos nas orelhas porque não queria ouvir mais nada.

Mas ela pensou muito nisso mais tarde; e quando a sra. Crawford disse, naquela noite, que ela partiria de navio para a Inglaterra em poucos dias para ir morar com o tio, o sr. Archibald Craven, que morava na Mansão Misselthwaite, ela se mostrou tão fria e deliberadamente desinteressada que eles não souberam o que pensar sobre a menina. Tentaram ser gentis, mas ela só virou o rosto quando a sra. Crawford tentou beijá-la e permaneceu séria e tensa quando o sr. Crawford deu uma batidinha de leve em seu ombro.

"Ela é uma criança muito sem graça", a sra. Crawford comentou mais tarde, com pena. "E a mãe dela era uma criatura muito bonita. Tinha boas maneiras também, mas Mary tem as maneiras mais desagradáveis que jamais vi em uma criança. As crianças a chamam de 'Senhorita Mary do Contra', e embora seja maldoso da parte delas, é impossível não compreendê-las."

"Talvez, se a mãe tivesse levado seu belo rosto e suas belas maneiras com mais frequência ao quarto da filha, Mary poderia ter aprendido a ser mais agradável. É muito triste lembrar, agora que a pobre beldade se foi, que muita gente nunca nem chegou a saber que ela teve uma filha."

"Creio que ela mal olhava para a menina", a sra. Crawford suspirou. "Quando sua aia morreu, não restou ninguém para pensar na pobrezinha. Imagine os criados fugindo e deixando-a sozinha naquele bangalô abandonado. O coronel McGrew contou que quase morreu de susto quando abriu a porta e a encontrou em pé no meio do quarto, sozinha."

Mary fez a longa viagem para a Inglaterra aos cuidados da esposa de um oficial, que levava os filhos para um colégio interno. Ela estava muito concentrada em seu próprio casal de filhos e ficou satisfeita quando a entregou à mulher que o sr. Archibald Craven mandou para recebê-la em Londres. A mulher era sua governanta na Mansão Misselthwaite, e seu nome era sra. Medlock. Ela era forte, com faces muito vermelhas e olhos escuros e atentos. Usava um vestido roxo, um xale de seda preta com franjas e uma boina preta com flores de veludo roxo que se projetavam e sacudiam quando ela movia a cabeça. Mary não gostou dela, mas como muito raramente gostava das pessoas, não havia nada de impressionante nisso; além do mais, era muito evidente que a sra. Medlock também não tinha gostado muito dela.

"Por Deus! Ela é muito sem graça!", disse. "E ouvimos dizer que a mãe dela era uma beleza. Não transmitiu muito dessa beleza, não é, senhora?"

"Talvez ela melhore quando ficar mais velha", a esposa do oficial respondeu de bom humor. "Se não fosse tão amarelada e tivesse uma expressão mais simpática, os traços são até que bons. As crianças mudam muito."

"Ela vai ter que mudar de verdade", respondeu a sra. Medlock. "E não tem nada que possa melhorar crianças em Misselthwaite, se quer saber minha opinião!"

Elas achavam que Mary não as ouvia, porque a menina se mantinha um pouco afastada das duas, perto da janela do hotel para onde haviam ido. Estava olhando os ônibus, carros e pessoas que por ali passavam, mas ouvia bem e estava curiosa em relação ao tio e ao lugar onde ele morava. Que tipo de lugar era esse e como ele seria? O que era um corcunda? Nunca tinha visto um. Talvez eles não existissem na Índia.

Desde que havia ido morar na casa de outras pessoas e deixara de ter uma aia, começara a se sentir solitária e a ter pensamentos estranhos que eram novos para ela. Havia começado a se perguntar por que nunca se sentia bem com alguém, nem quando o pai e a mãe eram vivos. Outras crianças pareciam se dar bem com seus pais e mães, mas ela nunca se sentira realmente a garotinha de alguém. Tinha criados, comida e roupas, mas ninguém nunca prestava atenção nela. Não sabia que isso era consequência de ser uma criança desagradável aos olhos; na verdade, é claro, ela não sabia que era desagradável. Sempre achava que as outras pessoas eram, mas não sabia que ela mesma também fosse.

Pensava que a sra. Medlock era a pessoa mais feia que já tinha visto, com aquele rosto comum e muito colorido e o chapéu ordinário. No dia seguinte, ao partirem na jornada para Yorkshire, ela andava pela estação em direção ao vagão do trem de cabeça erguida, tentando se mostrar tão distante quanto podia, porque não queria dar a impressão de que tivesse alguma coisa a ver com aquela mulher. Ficaria furiosa se as pessoas imaginassem que ela fosse sua menininha.

Mas a sra. Medlock não se incomodava nem um pouco com ela e seus pensamentos. Era o tipo de mulher que "não tolerava bobagens dos mais jovens". Pelo menos era o que diria se alguém perguntasse. Não queria ir para Londres justamente quando a filha de sua irmã Maria ia se casar, mas tinha um emprego confortável e bem-remunerado como governanta na Mansão Misselthwaite, e o único jeito de se manter nesse cargo era cumprir imediatamente as ordens do sr. Archibald Craven. Ela nunca se atrevia a questioná-lo.

"O capitão Lennox e sua esposa morreram de cólera", o sr. Craven comentara com seu jeito breve, frio. "O capitão Lennox era irmão de minha esposa, e eu sou o tutor da filha deles. A criança deve ser trazida para cá. Você deve ir a Londres buscá-la."

Assim, ela havia preparado seu pequeno baú e partido.

Mary estava sentada no canto do vagão, exibindo sua aparência sem atrativos e irritada. Não tinha nada para ler ou olhar e mantinha as mãozinhas protegidas por luvas pretas repousadas sobre as pernas. O vestido preto a fazia parecer mais amarela que nunca, e o cabelo claro e sem volume escapava do chapéu de crepe preto.

"Nunca vi criança mais enjoada em toda a minha vida", a sra. Medlock pensou. (Enjoada é uma palavra usada em Yorkshire para falar de uma pessoa mimada e rabugenta.) Ela nunca tinha visto uma criança ficar sentada tão imóvel, sem fazer nada; e finalmente se cansou de olhar para ela e começou a falar com uma voz dura e seca.

"Acho que devo lhe dizer alguma coisa sobre o lugar para onde está indo", falou. "Sabe algo sobre seu tio?"

"Não", Mary respondeu.

"Nunca ouviu seu pai e sua mãe falando dele?"

"Não", Mary repetiu, franzindo a testa. Estava contrariada por lembrar que o pai e a mãe nunca falavam com ela sobre nada específico. Certamente, nunca contaram coisas a ela.

"Hum", a sra. Medlock resmungou, olhando para seu rostinho estranho e impassível. Ela não falou mais nada por alguns momentos, depois recomeçou. "Suponho que deva saber de uma coisa — para estar preparada. Você está a caminho de um lugar esquisito."

Mary ficou em silêncio, e a sra. Medlock parecia bem desconfortável com sua aparente indiferença, mas depois de respirar fundo, ela continuou.

"É um lugar grande, de um jeito sombrio, e o sr. Craven se orgulha disso à sua maneira — e isso também é um tanto sombrio. A casa tem seiscentos anos e fica à beira de uma charneca, e há nela quase cem cômodos, embora a maioria permaneça fechada e trancada. E tem quadros, mobília antiga e boa, e coisas que estão lá há eras, e um grande parque em volta da casa e jardins e árvores com galhos que tocam o chão — alguns deles." Ela parou e respirou mais uma vez. "Mas não tem mais nada", concluiu de repente.

Mary havia começado a prestar atenção, apesar de não querer. Tudo parecia muito diferente de como era na Índia, e qualquer novidade a atraía. Mas não pretendia demonstrar interesse. Essa era uma das características que a faziam parecer infeliz, desagradável. Por isso, continuou sentada e quieta.

"Então", a sra. Medlock disse. "O que acha?"

"Nada", ela respondeu. "Não sei nada sobre esses lugares."

Isso fez a sra. Medlock rir, uma risada rápida.

"Ah", ela censurou, "mas você parece uma velha. Não se interessa?"

"Não tem importância se me interesso ou não", Mary retrucou.

"Nisso você tem razão", a sra. Medlock concordou. "Não tem mesmo. Por que vai ficar na Mansão Misselthwaite é algo que não sei, a menos que seja por ser a solução mais fácil. *Ele* não vai dar a mínima para você, isso é certo e garantido. Ele nunca dá a mínima para ninguém."

A mulher parou como se tivesse se lembrado de alguma coisa.

"Ele tem as costas tortas", disse. "Isso o prejudicou. Ele foi um jovem azedo, e não achou nada de bom para fazer com todo o dinheiro e a casa grande até se casar."

Mary olhou para ela, apesar da intenção de não demonstrar interesse. Nunca havia pensado na possibilidade de o corcunda ser casado, e estava um pouco surpresa. A sra. Medlock percebeu e, como era uma mulher falante, continuou com mais animação. Era um jeito de passar o tempo, de qualquer maneira.

"Ela era bonita e doce, e ele teria dado a volta ao mundo para pegar uma folha de grama se ela assim desejasse. Ninguém pensava que ela se casaria com ele, mas se casou, e as pessoas diziam que tinha se casado por causa do dinheiro dele. Mas não foi, não foi mesmo", disse sem nenhuma hesitação. "Quando ela morreu..."

Mary deu um pulinho involuntário.

"Oh! Ela morreu!", exclamou sem querer. Tinha acabado de se lembrar de um conto de fadas francês que lera um dia. "Riquê do Topete." Era sobre um pobre corcunda e uma bela princesa, e isso de repente a fez lamentar pelo sr. Archibald Craven.

"Sim, morreu", a sra. Medlock respondeu. "E isso o deixou mais estranho que nunca. Ele não se importa com ninguém. Não encontra pessoas. Passa a maior parte do tempo fora e, quando está em Misselthwaite, fica trancado na ala oeste e não deixa ninguém entrar, exceto Pitcher. Pitcher é um velho, mas cuidou dele na infância e conhece seu jeito."

Isso fazia a situação toda parecer um cenário de livro e não despertava alegria em Mary. Uma casa com uma centena de cômodos, quase todos fechados e com as portas trancadas, uma casa à beira de uma charneca — o que quer que fosse uma charneca — parecia algo pavoroso. Um homem com as costas tortas que vivia enfurnado! Ela olhou pela janela com os lábios comprimidos, e pareceu bem natural que a chuva começasse a cair em linhas oblíquas e cinzentas, lavando as vidraças. Se a bela esposa estivesse viva, poderia tornar as coisas mais alegres, se fosse alguém como sua mãe, entrando e saindo apressada e indo a festas, como ela fazia em seus vestidos "cheios de renda". Mas ela não estava mais lá.

"Não precisa ter esperança de vê-lo, porque é bem provável que não o veja", a sra. Medlock disse. "E não espere que haja pessoas para conversar com você. Vai ter que brincar e se cuidar sozinha. Vai ser informada dos cômodos que poderá visitar e de quais deverá ficar longe. Há muitos jardins. Mas quando estiver na casa, não saia vagando e bisbilhotando. O sr. Craven não vai permitir."

"Não vou querer bisbilhotar", a azeda e pequena Mary disse, e tão repentinamente quanto havia começado a se apiedar do sr. Archibald Craven, ela deixou de sentir pena e passou a pensar que ele era desagradável o suficiente para merecer tudo o que lhe havia acontecido.

Mary virou o rosto para a janela do vagão e ficou olhando para a chuva pesada e cinzenta que dava a impressão de que duraria para sempre. Ficou observando a tempestade por tanto tempo e com tanta firmeza que o cinza foi ficando mais e mais pesado diante de seus olhos, e ela adormeceu.

O Jardim Secreto

DO OUTRO LADO DA CHARNECA

CAPÍTULO III

la dormiu por muito tempo e, quando acordou, a sra. Medlock havia comprado um cesto com o almoço em uma das estações, e elas comeram galinha e carne fria, pão e manteiga, e beberam um pouco de chá quente. A chuva parecia cair mais forte que nunca, e todos na estação usavam capas impermeáveis brilhantes. O guarda acendeu as lamparinas no vagão, e a sra. Medlock se regozijou com o chá, a galinha e a carne. Comeu muito, depois dormiu, e Mary ficou sentada olhando para ela, vendo como seu chapéu escorregava para o lado, até também ela adormecer novamente no canto do vagão, embalada pelo barulho da chuva que lavava as janelas. Estava escuro quando Mary acordou de novo. O trem havia parado em uma estação, e a sra. Medlock a sacudia.

"Você já dormiu muito!", a mulher disse. "É hora de abrir os olhos! Estamos na estação Thwaite e temos uma longa viagem pela frente."

Mary levantou-se e tentou manter os olhos abertos enquanto a sra. Medlock recolhia seus pertences. A menina não se ofereceu para ajudá-la, porque na Índia os criados nativos sempre carregavam as coisas e não era apropriado que outra pessoa se oferecesse para ajudar.

A estação era pequena e ninguém além delas dava sinais de estar desembarcando. O chefe da estação conversou com a sra. Medlock em um tom simplório, simpático, pronunciando as palavras de um jeito estranho e desconhecido que, Mary descobriu mais tarde, era o sotaque de Yorkshire.

"Vejo que tá de volta", ele disse. "E trouxe a mocinha junto."

"É, é ela", respondeu a sra. Medlock, falando também com um sotaque de Yorkshire e inclinando a cabeça sobre um ombro na direção de Mary. "Como vai a esposa?"

"Vai bem. A carruagem tá esperando vocês lá fora."

Havia um veículo na rua, na frente da pequena plataforma. Mary viu que era uma carruagem elegante e que havia um lacaio, que a ajudou a embarcar. Sua longa capa impermeável e a cobertura impermeável do chapéu reluziam e pingavam água como todo o resto, incluindo o encorpado chefe da estação.

Quando ele fechou a porta, acomodou-se na boleia com o cocheiro e o veículo partiu, a menina se viu em um canto do banco confortavelmente estofado, mas não sentia mais sono. Sentada, ela olhava pela janela, curiosa para ver alguma coisa na rua por onde era levada à estranha casa da qual a sra. Medlock havia falado. Não era uma criança tímida e não estava exatamente com medo, mas sentia que era imprevisível o que poderia acontecer em uma casa com uma centena de cômodos, quase todos fechados — uma casa à beira de uma charneca.

"O que é uma charneca?", ela perguntou de repente à sra. Medlock.

"Olhe pela janela dentro de uns dez minutos e você vai ver", a mulher respondeu. "Vamos percorrer uns oito quilômetros pela charneca Missel antes de chegarmos à mansão. Não vai conseguir ver muito, pois a noite está escura, mas vai ver alguma coisa."

Mary não fez mais perguntas e ficou esperando na escuridão em seu canto, olhando pela janela. As lamparinas da carruagem projetavam raios de luz um pouco à frente do veículo, e ela via lampejos das coisas pelas quais passavam. Depois de deixarem a estação, atravessaram um pequeno povoado onde tinha visto chalés caiados e as luzes de um pub. Depois passaram por uma igreja e um vicariato, e por uma pequena vitrine, ou algo do tipo, de uma casa onde havia brinquedos, doces e outros objetos à venda. Então chegaram à estrada, e ela avistou arbustos e árvores. Depois disso, foi como se não houvesse nada de diferente por muito tempo — ou pelo que pareceu muito tempo para ela.

Finalmente, os cavalos começaram a se mover mais devagar, como se subissem uma encosta, e por um tempo ela não viu mais arbustos nem árvores. Mary não conseguia ver nada, na verdade, só uma escuridão densa do lado de fora. Inclinando-se para a frente, colou o rosto à janela bem na hora em que a carruagem deu um pequeno solavanco.

"Ô! Agora estamos na charneca, com certeza", disse a sra. Medlock.

As lamparinas da carruagem projetavam uma luz amarela sobre uma estrada irregular que parecia ter sido aberta em meio a arbustos e plantas rasteiras, os quais se estendiam por uma vasta escuridão que se espalhava adiante e ao redor deles até onde a vista alcançava. O vento soprava fazendo um barulho singular, um som baixo e selvagem de alguma coisa em movimento.

"Não... não é o mar, é?", Mary perguntou, olhando para sua acompanhante.

"Não, não é", a sra. Medlock respondeu. "Também não são campos, nem montanhas, são só quilômetros e quilômetros de terra onde nada cresce além de urze, tojo e giesta, e nada vive além de cavalos selvagens e carneiros."

"Tenho a sensação de que poderia ser o mar, se tivesse água", Mary disse. "O barulho agora é igual ao do mar."

"Isso é o vento soprando entre os arbustos", a sra. Medlock explicou. "É um lugar terrível para se viver, embora muitos gostem dele — em especial quando a urze floresce."

E eles seguiram viagem pela escuridão, e embora a chuva tivesse parado, o vento soprava, assobiava e fazia ruídos estranhos. A estrada subia e descia, e várias vezes a carruagem atravessou pequenas pontes por baixo das quais a água passava muito depressa e fazendo grande barulho. Mary tinha a impressão de que a viagem nunca terminaria, e de que a charneca selvagem e obscura era a grande extensão de um oceano escuro que ela atravessava passando por uma faixa de terra seca.

"Não estou gostando", ela falou para si mesma. "Não estou gostando." E comprimiu os lábios finos com mais força.

Os cavalos percorriam um trecho íngreme da estrada quando ela viu o primeiro sinal de luz. A sra. Medlock também viu a luz e suspirou profundamente, um suspiro de alívio.

"Ô, fico contente de ver aquela luzinha piscando", ela declarou. "É a luz da janela da casa. Vamos tomar uma boa xícara de chá daqui a algum tempo, pelo menos."

Foi dali a "algum tempo", como ela disse, porque depois de passarem pelos portões do parque, a carruagem ainda percorreu uns três quilômetros de alamedas, e as árvores (que quase se juntavam no alto) davam a impressão de que eles se moviam por um longo corredor escuro.

Saíram daquele corredor em um espaço aberto e pararam diante de uma casa muito comprida, mas baixa, que parecia envolver um pátio de pedra. No começo, Mary pensou que não havia luzes nas janelas, mas quando desceu da carruagem, viu que em um aposento em um canto lá em cima havia um brilho pálido.

A porta de entrada era imensa e feita de painéis de carvalho muito grandes e entalhados com formas curiosas, cravejados de grandes pregos de ferro e atravessados por enormes barras de ferro. Ela se abria para um saguão imenso, e a luminosidade ali era tão fraca que os rostos nos retratos nas paredes e as silhuetas das armaduras despertaram nela a vontade de não olhar para nada. Parada ali sobre o piso de pedra, ela parecia uma figura muito pequena e estranha, toda vestida de preto, e se sentia tão pequena, perdida e estranha quanto parecia.

Um homem velho, magro e bem-arrumado estava parado perto do criado que abriu a porta para elas.

"Você deve levá-la para seus aposentos", ele disse com uma voz rouca. "Ele não quer vê-la. Vai para Londres amanhã cedo."

"Muito bem, sr. Pitcher", a sra. Medlock respondeu. "Desde que eu saiba o que é esperado de mim, posso dar conta de tudo."

"O que se espera de você, sra. Medlock", o sr. Pitcher esclareceu, "é que providencie para que ele não seja incomodado e não veja o que não quer ver."

Depois disso, Mary Lennox foi levada por uma escada larga e por um longo corredor, depois subiu um pequeno lance de degraus e atravessou outro corredor e mais um, até que uma porta se abriu em uma parede e ela entrou em um quarto onde havia fogo na lareira e uma refeição sobre uma mesa.

A sra. Medlock falou sem cerimônia:

"Bem, é aqui! Este quarto e o aposento vizinho são os cômodos onde você vai morar — e deve se limitar a eles. Não se esqueça disso!"

Foi assim que a srta. Mary chegou na Mansão Misselthwaite e talvez ela nunca tenha se sentido tão do contra em toda a sua vida.

MARTHA
CAPÍTULO IV

Quando ela abriu os olhos de manhã, foi porque uma jovem criada tinha entrado no quarto para acender o fogo e estava ajoelhada diante da lareira, recolhendo as cinzas e fazendo muito barulho. Mary ficou deitada e a observou por alguns momentos, depois começou a examinar o quarto. Nunca tinha visto outro como este, e o lugar parecia estranho e sombrio. As paredes eram cobertas por tapeçarias bordadas com uma cena florestal. Embaixo das árvores havia pessoas vestidas de um jeito extravagante, e ao longe via-se os contornos das torres de um castelo. Havia caçadores, cavalos, cachorros e damas. Mary sentiu como se estivesse na floresta com eles. Do outro lado de uma janela, ela viu um grande trecho de terra inclinado onde não havia árvores, que parecia mais um tedioso e infinito mar arroxeado.

"O que é aquilo?", ela quis saber, apontando para a janela.

Martha, a jovem criada que tinha acabado de ficar em pé, olhou naquela direção e também apontou.

"Aquilo ali?", perguntou.

"Sim."

"Aquilo é a charneca". E sorriu com simpatia. "Gostou?"

"Não", Mary respondeu. "Odiei."

"É porque não tá acostumada", Martha disse e voltou a cuidar da lareira. "Agora deve achar que é muito grande e vazia. Mas vai gostar."

"Você gosta?", Mary perguntou.

"Sim, eu gosto", Martha respondeu, limpando a grade com alegria. "Eu simplesmente adoro. Não é nada vazia. É cheia de coisas que crescem e de aromas doces. É muito bonita na primavera e no verão, quando o tojo, a giesta e a urze florescem. Tem cheiro de mel, muito ar fresco, e o céu parece muito alto, e as abelhas e cotovias fazem muito barulho, zumbindo e cantarolando canções. Ô! Eu não viveria longe da charneca por nada!"

Mary ouvia tudo com uma expressão séria, intrigada. As criadas nativas com as quais ela havia se acostumado na Índia não eram nada parecidas com essa. Eram prestativas e servis, e não se atreviam a falar com seus senhores como se fossem iguais a eles. Faziam reverências e os chamavam de "protetores dos pobres" e coisas desse tipo. Criados indianos faziam as coisas não porque alguém lhes pedia, mas porque eram ordenados. Não era hábito dizer "por favor" e "obrigado", e Mary sempre esbofeteava o rosto de sua aia quando estava brava. Ela agora se perguntava o que essa menina faria se alguém a esbofeteasse no rosto. Era uma criatura roliça, rosada, de aparência simpática, mas tinha um jeito firme que fazia a srta. Mary pensar se ela não esbofetearia de volta — se a pessoa que a esbofeteasse fosse só uma garotinha.

"Você é uma criada estranha", ela falou sem se erguer dos travesseiros, de um jeito bem altivo.

Martha sentou-se sobre os calcanhares e, segurando a escova de limpeza, riu como se não se incomodasse nem um pouco.

"Ô, eu sei disso", ela respondeu. "Se tivesse uma grande senhora na Misselthwaite, eu não ia ser nem uma das criadas inferiores. Podia ajudar na cozinha, mas nunca iam me deixar lá embaixo. Sou muito comum e tenho muito sotaque de Yorkshire. Mas esta casa é engraçada, apesar do tamanho. Parece que não tem patrão nem patroa, só o sr. Pitcher e a sra. Medlock. O sr. Craven não quer ser incomodado por nada quando tá aqui, e ele tá quase sempre fora. A sra. Medlock me deu o emprego por bondade. Ela me disse que nunca poderia ter feito isso se Misselthwaite fosse como as outras casas grandes."

"Você vai ser minha criada?", Mary perguntou, ainda com seu jeitinho indiano imperioso.

Martha voltou a esfregar a grade da lareira.

"Sou criada da sra. Medlock", respondeu com firmeza. "E ela é criada do sr. Craven, mas vou fazer o trabalho doméstico aqui e servir você. Mas você não vai precisar de muito serviço."

"Quem vai me vestir?", Mary quis saber.

Martha sentou-se novamente sobre os calcanhares e olhou para ela. Quando achava alguma coisa engraçada, o sotaque de Yorkshire ficava ainda mais forte.

"N'aum s'be se vestí s'zinha?", ela disse.

"Como assim? Não entendo seu jeito de falar", Mary reclamou.

"Ô! Esqueci", disse Martha. "A sra. Medlock me avisou que eu devia tomar cuidado, ou você não ia entender o que eu falo. Não sabe se vestir sozinha?"

"Não", Mary respondeu indignada. "Nunca fiz isso em toda a minha vida. Minha aia me vestia, é claro."

"Ah", Martha reagiu, evidentemente sem se dar conta de sua impertinência. "Tá na hora de aprender. Passou da hora. Vai ser bom aprender a cuidar de você mesma. A mãe sempre diz que não entende como os filhos das pessoas importantes não viram uns idiotas, com tantas babás, gente pra dar banho, vestir e levar pra passear como se fossem animais de estimação!"

"Na Índia é diferente", a srta. Mary falou com desdém. Mal conseguia suportar a situação.

Mas Martha não se incomodou.

"Ô! Dá pra ver que é diferente", respondeu quase solidária. "Deve ser porque tem muito negro por lá, em vez de gente branca e respeitável. Quando ouvi dizer que você vinha da Índia, pensei que também fosse negra."

Mary sentou-se furiosa na cama.

"O quê?", reagiu. "O quê? Pensou que eu fosse uma nativa. Você... Sua filha de um porco!"

Martha a encarou e agora parecia aborrecida.

"Quem você tá chamando de quê?", ela disparou. "Não precisava ficar tão brava. Isso não é jeito de uma jovem dama falar. Não tenho nada contra os negros. Quando você lê sobre eles nos panfletos, são sempre muito religiosos. Você sempre lê que um negro é um homem e um irmão. Nunca vi um negro e fiquei muito satisfeita quando pensei que veria um de perto. Quando entrei pra acender a lareira hoje de manhã, cheguei perto da sua cama e puxei a coberta com cuidado pra olhar você. E você tava aí", ela concluiu desapontada. "Tão branca quanto eu. Só que muito amarela."

Mary nem tentou controlar a fúria e a humilhação.

"Pensou que eu fosse uma nativa! Como se atreveu! Não sabe nada sobre os nativos! Eles não são gente — são criados que devem se curvar ao seu senhor. Você não sabe nada sobre a Índia. Não sabe nada sobre nada!"

Ela estava furiosa e via-se tão impotente diante do olhar ingênuo da jovem, e começou a se sentir profundamente sozinha e distante de tudo que entendia, e de tudo aquilo que a entendia, que se jogou na cama com o rosto enterrado no travesseiro e explodiu em soluços inflamados. Soluçava tão descontroladamente que a amável Martha de Yorkshire sentiu um pouco de medo e muita pena dela. Ela se aproximou da cama e se debruçou sobre a menina.

"Ô! Não chore assim!", implorou. "Não precisa chorar. Não sabia que ia ficar tão incomodada. Não sei nada de nada, como você disse. Peço perdão, senhorita. Não chore."

Havia algo de reconfortante e realmente amigável em seu estranho discurso com sotaque de Yorkshire, algo firme que exerceu um efeito benéfico em Mary. Aos poucos, ela parou de chorar e se acalmou. Martha parecia aliviada.

"Agora é hora de levantar", ela disse. "A sra. Medlock falou que é pra servir a bandeja de café da manhã, chá e jantar no quarto do lado. Ele foi transformado em um aposento infantil. Vou ajudar você a se vestir, se é disso que precisa pra sair da cama. Se os botões ficam nas costas, não vai poder abotoar o vestido sozinha."

Quando Mary finalmente decidiu se levantar, as roupas que Martha tinha tirado do guarda-roupa não eram aquelas com as quais ela havia chegado na noite anterior com a srta. Medlock.

"Essas roupas não são minhas", disse. "As minhas são pretas." Depois olhou para o casaco e o vestido de lã branca e grossa, acrescentando com um tom frio de aprovação: "Essas são melhores que as minhas".

"São as que você tem que vestir", Martha respondeu. "O sr. Craven mandou a sra. Medlock comprar tudo em Londres. Ele disse: 'Não quero uma criança vestida de preto andando por aqui como uma alma penada'. E também falou: 'Isso vai deixar o lugar mais triste do que já é. Ponha cores nela'. Minha mãe disse que entendia o que ele quis dizer. A mãe sempre entende o que as pessoas dizem. Ela mesma não usa preto."

"Odeio coisas pretas", contou Mary.

O processo de vestir a menina serviu para ensinar algo às duas. Martha havia "abotoado" as irmãs e os irmãos mais novos, mas nunca tinha visto uma criança ficar quieta e esperar outras pessoas fazerem as coisas por ela, como se não tivesse mãos nem pés próprios.

"Por que não põe os sapatos?", ela disse quando Mary esticou um pé em silêncio.

"Minha aia fazia isso", Mary respondeu olhando para ela. "Era o costume."

A menina repetia isso com muita frequência — "Era o costume". Os criados nativos estavam sempre falando a mesma coisa. Se alguém lhes dissesse para fazer alguma coisa que seus ancestrais não tivessem feito por mil anos, eles olhavam para a pessoa com tranquilidade e diziam: "Esse não é o costume", e sabia-se que o assunto estava encerrado.

Não era costume que a srta. Mary fizesse alguma coisa além de ficar em pé e se deixar vestir como uma boneca, mas antes de ficar pronta para tomar o café da manhã, ela começou a suspeitar de que sua vida na Mansão Misselthwaite acabaria ensinando diversas coisas novas — coisas como calçar os próprios sapatos e meias e pegar as coisas que deixasse cair. Se Martha fosse a experiente criada de uma jovem senhorita, seria mais subserviente e respeitosa e saberia que era sua obrigação escovar seus cabelos, amarrar suas botas e recolher e guardar coisas. No entanto, ela era uma rústica moradora de Yorkshire que havia crescido em um chalé na charneca com um enxame de irmãos pequenos e nunca havia sonhado fazer nada além de cuidar de si mesma e dos menores, que ainda eram só bebês de colo ou estavam aprendendo a andar tropeçando nas coisas.

Se Mary Lennox fosse uma criança capaz de se divertir, talvez tivesse rido da disposição de Martha para falar, mas Mary só a ouvia com frieza e estranhava sua liberdade de comportamento. No início nem ficou interessada, mas aos poucos, conforme a jovem continuava falando daquele jeito bem-humorado e simples, Mary começou a entender o que ela dizia.

"Ô! Devia ver todos eles", ela contou. "Somos doze, e meu pai ganha só dezesseis xelins por semana. Posso garantir que minha mãe usa tudo pra servir o mingau pra todos nós. Eles correm pela charneca, brincam o dia todo, e minha mãe diz que o ar da charneca faz engordar. Ela diz que acredita que os pequenos comem a grama da terra, como os cavalos. Nosso Dickon tem 12 anos e conseguiu um cavalo que diz que é dele."

"Onde ele conseguiu o cavalo?", Mary perguntou.

"Encontrou na charneca com a mãe dele quando ainda era filhote e começou a fazer amizade, dava pedaços de pão e arrancava tufos de grama nova pro cavalo. E ele gosta do Dickon, vai atrás dele pra todo lugar e o deixa montar em suas costas. Dickon é um bom menino, os animais gostam dele."

Mary nunca tivera um animal de estimação e sempre pensou que gostaria de ter um. Por isso começou a sentir um pequeno interesse por Dickon, e como nunca havia se interessado por ninguém além dela mesma, esse foi o despertar de um sentimento saudável. Quando entrou no aposento que havia sido transformado em quarto infantil para ela, Mary descobriu que era bem parecido com o outro onde havia dormido. Não era um quarto infantil, mas um quarto de adulto, com quadros velhos e sombrios nas paredes e pesadas cadeiras de carvalho. A mesa no centro havia sido arrumada com um bom e farto café da manhã. Mas ela sempre comeu pouco e olhou com nada mais que indiferença para o primeiro prato que Martha colocou diante dela.

"Não quero", disse.

"Você não quer o mingau?!", Martha indagou com incredulidade.

"Não."

"Não sabe como tá bom. Põe um pouco de melado ou açúcar."

"Não quero", Mary repetiu.

"Ah!", Martha reagiu. "Não suporto ver comida boa desperdiçada. Se nossas crianças estivessem sentadas nessa mesa, ela ia ficar limpa em cinco minutos."

"Por quê?", Mary perguntou em um tom frio.

"Por quê?!", Martha repetiu. "Porque eles raramente tiveram o estômago cheio na vida. São tão famintos quanto falcões e raposas jovens."

"Não sei o que é sentir fome", Mary declarou com a indiferença da ignorância.

Martha parecia indignada.

"Bom, ia ser bom pra você experimentar. Isso eu vejo claramente", ela falou sem rodeios. "Não tenho paciência com gente que senta e fica só olhando pra um bom pedaço de pão e carne. Pelos céus! Como eu queria que Dickon, Phil, Jane e os outros tivessem na barriga o que você tem aqui."

"Por que não leva para eles?", Mary sugeriu.

"Não é meu", Martha respondeu com firmeza. "E hoje não é meu dia de folga. Tenho folga uma vez por mês, como todos os outros. Então vou pra casa, limpo tudo pra mãe e dou um dia de descanso pra ela."

Mary bebeu um pouco de chá e comeu uma torradinha com geleia.

"Agora veste o agasalho e vai brincar lá fora", Martha disse. "Vai fazer bem, depois vai ter apetite pra comer sua carne."

Mary se aproximou da janela. Havia jardins, trilhas e grandes árvores, mas tudo parecia sem graça e invernal.

"Sair? Por que eu deveria sair em um dia como esse?"

"Bom, se não sair, vai ter que ficar aqui dentro, e o que tem pra fazer aqui?"

Mary olhou em volta. Não havia nada para fazer. Quando a sra. Medlock preparou seus aposentos, ela não pensou em diversão. Talvez fosse melhor sair e ver como eram os jardins.

"Quem vai comigo?", ela perguntou.

Martha a encarou.

"Você vai sozinha", respondeu. "Vai ter que aprender a brincar como outras crianças brincam quando não têm irmãos. Nosso Dickon vai pra charneca sozinho e brinca por horas. Foi assim que ele fez amizade com o cavalo. Tem carneiros que o reconhecem, e aves que saem do ninho e pousam na mão dele. Por menos que tenha pra comer, ele sempre guarda um pouco do seu pão pra atrair os bichos."

Foi essa menção a Dickon que fez Mary decidir sair, embora ela não tivesse consciência disso. Apesar de não ter cavalos nem carneiros por ali, haveria pássaros do lado de fora. Seriam diferentes das aves na Índia, e ela poderia se divertir olhando para elas.

Martha encontrou casaco, chapéu e um par de botas resistentes para ela, e a acompanhou até lá embaixo para mostrar o caminho.

"Se for por ali, vai chegar no jardim", disse, apontando para um portão em uma cerca de arbustos. "Tem muitas flores no verão, mas agora não tem nada desabrochando." Ela hesitou por um segundo antes de acrescentar: "Um dos jardins tá trancado. Ninguém vai lá faz dez anos".

"Por quê?", Mary perguntou. Lá estava, mais uma porta trancada além das outras cem nesta casa estranha.

"O sr. Craven mandou trancar depois que a esposa morreu de repente. Ele não deixa ninguém entrar lá. Era o jardim dela. Ele trancou a porta, cavou um buraco e enterrou a chave. Ah, olha aí, a sra. Medlock tá tocando o sino, preciso correr."

Depois que ela se afastou, Mary caminhou pela alameda que levava até o portão na cerca de arbustos. Não conseguia parar de pensar no jardim onde ninguém estivera nos últimos dez anos. Ela se perguntava como ele seria, e se ainda havia flores vivas nele. Depois de passar pelo portão, ela se viu em jardins grandiosos, com amplos gramados e caminhos sinuosos com limites definidos. Havia árvores, canteiros e arbustos perenes aparados em formatos estranhos, e uma grande piscina com uma velha fonte cinzenta no meio. Mas os canteiros estavam vazios e gélidos, e a fonte não jorrava água. Esse não era o jardim que havia sido trancado. Como um jardim poderia ser trancado? Sempre se deve poder entrar em um jardim.

Ela estava pensando nisso quando viu que, no fim do caminho, parecia ter um muro comprido com hera crescendo sobre ele. Não conhecia o suficiente da Inglaterra para saber que se aproximava das hortas onde cresciam verduras e frutas. Ela se aproximou do muro e descobriu uma porta verde e aberta no meio da hera. Esse não era o jardim fechado, evidentemente, e ela podia entrar nele.

Mary passou pela porta e descobriu que aquele era um jardim cercado por muros, e que era só um de vários jardins murados que pareciam desembocar um no outro. Ela viu outra porta verde aberta, e através dela vislumbrou arbustos e caminhos entre canteiros que continham vegetais de inverno. As árvores frutíferas ficavam junto do muro, e sobre alguns canteiros parecia haver uma cobertura de vidro. O lugar era deserto e feio, Mary pensou enquanto olhava em volta. Poderia ser mais bonito no verão, quando as coisas ficassem verdes, mas agora não havia nada de bonito ali.

Um homem carregando uma pá apoiada sobre um ombro passou pela porta que levava ao segundo jardim. Ele se assustou ao ver Mary, depois tocou o chapéu. Seu rosto era envelhecido e carrancudo, e ele não parecia nada satisfeito com sua presença — mas como ela estava desapontada com o jardim e exibia sua expressão "do contra", certamente não parecia nem um pouco simpática.

"Que lugar é este?", ela perguntou.

"Uma das hortas", o homem respondeu.

"O que é aquilo?", Mary apontou para a outra porta verde.

"Outra horta." Sem rodeios. "E tem outra do outro lado do muro e um pomar depois dela."

"Posso entrar neles?", Mary perguntou.

"Pode, se quiser. Mas não tem nada pra ver."

Mary não respondeu. Seguiu em frente pela alameda e passou pela segunda porta verde. Lá encontrou mais muros, vegetais de inverno e coberturas de vidro, mas no segundo muro havia outra porta verde, que não estava aberta. Talvez levasse ao jardim que ninguém tinha visto em dez anos. Como não era uma criança tímida e sempre fazia o que queria, Mary caminhou até a porta verde e girou a maçaneta. Esperava que a porta não abrisse, pois queria ter certeza de que havia encontrado o jardim misterioso — mas ela se abriu com facilidade, e Mary a atravessou para entrar no pomar. Havia muros cercando toda a área e também árvores apoiadas neles, e árvores frutíferas nuas cresciam na grama amarronzada do inverno, mas nenhuma porta verde que ela pudesse ver. Mary a procurou, porém, ao chegar no fundo do jardim, notou que o muro não terminava com o pomar, mas prosseguia além dele como se cercasse um espaço do outro lado. Dava para ver o topo das árvores além do muro, e quando estava ali parada, ela viu uma ave com o peito vermelho e brilhante pousada no galho mais alto de uma delas, e de repente o pássaro começou a cantar, quase como se a tivesse visto e a chamasse.

Ela parou e ouviu a ave, e de alguma maneira seu canto alegre e amigável despertou nela um sentimento de satisfação — até uma menininha desagradável podia se sentir sozinha, e a grande casa fechada, a grande charneca vazia e os grandes jardins sem flores faziam essa garotinha sentir que não havia restado mais ninguém no mundo além dela mesma. Se fosse uma criança afetuosa, alguém que tivesse se acostumado a ser amada, isso teria partido seu coração, mas, mesmo sendo a "Senhorita Mary do Contra", ela estava arrasada, e a avezinha de peito brilhante trouxe ao seu rostinho azedo uma expressão que era quase um sorriso. Ela ficou ouvindo o canto até o pássaro voar. Não era parecida com uma ave indiana, e Mary gostou dela e ficou pensando se a veria de novo. Talvez vivesse no jardim misterioso e soubesse tudo sobre ele.

Por não ter nada para fazer, possivelmente, ela pensava muito no jardim abandonado. Estava curiosa e queria ver como ele era. Por que o sr. Archibald Craven enterrara a chave? Se gostava tanto da esposa, por que odiava o jardim que havia sido dela? Não sabia se algum dia o veria, mas sabia que, se o visse, não gostaria dele, e ele não gostaria dela, e ela só o encararia e não diria nada, embora quisesse muito perguntar por que ele tinha feito algo tão estranho.

"As pessoas nunca gostam de mim e eu nunca gosto das pessoas", ela pensou. "E nunca vou falar como as crianças Crawford falavam. Elas estavam sempre falando, rindo e fazendo barulho."

Mary pensou no pássaro e em como parecia cantar sua canção para ela, e enquanto se lembrava do galho onde ele havia pousado no topo da árvore, parou de repente no meio do caminho.

"Acho que aquela árvore estava no jardim secreto — tenho certeza disso", ela falou. "Havia um muro cercando a área e nenhuma porta."

Mary voltou à primeira horta em que tinha entrado e encontrou o velho cavando por ali. Ela se aproximou, parou ao lado dele e o observou por alguns momentos daquele seu jeito frio. O homem não tomou conhecimento de sua presença e, por isso mesmo, a menina finalmente falou com ele.

"Estive nos outros jardins", disse.

"Não tinha nada pra impedir", ele respondeu com tom seco.

"Fui ao pomar."

"Não tinha nenhum cachorro na porta pra morder você", ele retrucou.

"Não havia porta para o jardim seguinte", Mary disse.

"Que jardim?", o homem perguntou com sua voz áspera, parando de cavar por um momento.

"O que fica do outro lado do muro", respondeu a srta. Mary. "Tem árvores lá, eu vi as copas. Uma ave de peito vermelho pousou em uma delas e cantou."

Para sua surpresa, a expressão do velho azedo de rosto castigado pelo tempo mudou. Um sorriso lento se abriu e a aparência do jardineiro ficou muito diferente. Isso a fez pensar que era curioso o quão mais agradável uma pessoa aparentava ser quando sorria. Não havia pensado nisso antes.

Ele se virou para o lado do jardim onde ficava o pomar e começou a assobiar — um assobio baixo e lento. Mary não conseguia entender como um homem tão carrancudo era capaz de produzir um som tão encantador.

Quase no mesmo instante, uma coisa maravilhosa aconteceu. Ela ouviu um ruído, um farfalhar suave no ar, e era o pássaro de peito vermelho voando na direção deles, e ele pousou no grande torrão de terra bem próximo do pé do jardineiro.

"Ele tá aqui", o velho disse, depois falou com o pássaro como se falasse com uma criança. "Onde você tava, seu pedintezinho atrevido?", perguntou. "Não vi você nos últimos dias. Começou a namorar mais cedo este ano? Tá adiantado demais."

O pássaro inclinou a cabecinha para um lado e fitou o homem com seu olho brilhante como uma pequenina gota de orvalho preto. Parecia à vontade, nem um pouco amedrontado. Ele saltitava e bicava a terra rapidamente, procurando sementes e insetos. Mary sentiu algo estranho no peito, porque ele era tão bonitinho e alegre que parecia uma pessoa. Tinha um corpo pequeno e gordinho e um bico delicado, e as pernas eram finas.

"Ele sempre vem quando você o chama?", a menina perguntou quase sussurrando.

"Vem, sim. Conheço ele desde que era um filhote. Ele saiu do ninho no outro jardim e era fraco demais quando voou pela primeira vez por cima do muro, não conseguiu voar de volta por alguns dias, e nós ficamos amigos. Quando ele voltou por cima do muro, o resto da ninhada tinha ido embora, e ele ficou sozinho e voltou pra mim."

"Que tipo de pássaro ele é?", Mary indagou.

"Você não sabe? É um sabiá-de-peito-vermelho, e eles são os pássaros mais amigáveis e curiosos que existem. São quase tão amigos quanto os cachorros, se souber como se aproximar deles. Veja só como ele bica por aí e olha em volta de vez em quando pra ver onde estamos. Sabe que o assunto é ele."

Era a coisa mais estranha do mundo ver aquele velho. Ele olhava para o passarinho rechonchudo de peito escarlate como se sentisse orgulho e afeto por ele.

"Ele é vaidoso", o homem riu. "Gosta de ouvir as pessoas falando dele. E é curioso, eu garanto, nunca houve outro com essa curiosidade e xeretice. Ele sempre vem ver o que estou plantando. Sabe todas as coisas que o sr. Craven nunca se preocupou em descobrir. Ele é o jardineiro-chefe, isso sim."

O sabiá saltitava bicando o solo, e de vez em quando parava e olhava para eles por um momento. Mary achou que os olhos pretos de gota de orvalho a fitavam com grande curiosidade. Era como se ele estivesse descobrindo tudo a seu respeito. O sentimento estranho no peito ficou mais forte.

"Para onde foi o restante da ninhada?", ela perguntou.

"Não sei. Os mais velhos expulsam os filhotes do ninho pra obrigar a voar, e eles se espalham antes que alguém perceba. Esse aqui é atento e percebeu que estava sozinho."

A srta. Mary deu um passo para mais perto do sabiá e o examinou com muita atenção.

"Eu sou sozinha", disse.

Antes disso, ela não sabia que essa era uma das coisas que a faziam se sentir mal-humorada e irritada. Foi como se descobrisse quando o sabiá olhou para ela, e ela olhou para o sabiá.

O velho jardineiro empurrou o chapéu para trás na cabeça careca e a encarou por um minuto.

"Você é a garotinha que veio da Índia?", perguntou.

Mary confirmou, balançando a cabeça.

"Então não é de estranhar que esteja sozinha. E vai ficar ainda mais, antes disso acabar", ele disse.

O homem voltou a cavar, enfiando a pá na terra preta e rica do jardim, enquanto o sabiá, muito ocupado, saltitava por ali.

"Como é seu nome?", Mary perguntou.

Ele se levantou para responder.

"Ben Weatherstaff", disse, e acrescentou com uma risada amarga: "Também sou sozinho, exceto quando ele está comigo", e apontou com o polegar para o sabiá. "Ele é o único amigo que tenho."

"Eu não tenho nenhum amigo", Mary respondeu. "Nunca tive. Minha aia não gostava de mim e eu nunca brinquei com ninguém."

É um hábito em Yorkshire dizer tudo o que se pensa com franqueza, e o velho Ben Weatherstaff era um homem de Yorkshire.

"Você e eu somos um pouco parecidos", ele disse. "Somos feitos do mesmo pano. Nenhum de nós é bonito e nós dois somos tão azedos quanto parecemos. Temos o mesmo temperamento horrível, nós dois, aposto."

Ele falava de um jeito direto, e Mary Lennox nunca tinha ouvido a verdade sobre si mesma durante toda a sua vida. Criados nativos sempre faziam reverências e se submetiam aos seus senhores, sempre. Ela nunca havia pensado muito sobre a própria aparência, mas agora imaginava se era tão repulsiva quanto Ben Weatherstaff, e também queria saber se parecia tão carrancuda quanto ele se havia mostrado antes da chegada do sabiá. Na verdade, começava a questionar também se tinha um "temperamento horrível". Sentiu-se desconfortável.

De repente, um som claro e afinado rasgou o ar bem perto dela e fez com que se virasse. Estava a alguns passos de uma jovem macieira, e o sabiá tinha voado até um de seus galhos e começou a cantar. Ben Weatherstaff riu.

"Por que ele fez isso?", Mary perguntou.

"Ele decidiu ser seu amigo", bem respondeu. "Não sei por que, mas ele gostou de você."

"De mim?" Mary se aproximou lentamente da pequena árvore e olhou para cima. "Quer ser meu amigo?", perguntou ao sabiá como se falasse com uma pessoa. "Você quer?" E ela não falava com aquele jeito duro, ou com o imperioso tom indiano, mas usava uma voz suave, interessada e atraente que surpreendeu Ben Weatherstaff tanto quanto ela havia se surpreendido quando ele assobiou.

"Ô", ele disse, "você falou com gentileza e de um jeito humano, como se fosse uma criança de verdade, não uma velha azeda. Falou quase como Dickon fala com as coisas da natureza na charneca."

"Você conhece Dickon?", Mary perguntou, virando-se depressa.

"Todo mundo conhece. Dickon está sempre andando por aí. Até as frutas e as flores conhecem o menino. Aposto que as raposas mostram pra ele onde estão seus filhotes, e as cotovias não escondem dele os seus ninhos."

Mary teria gostado de fazer mais algumas perguntas. Estava quase tão curiosa sobre Dickon quanto sobre o jardim abandonado. Mas, bem nesse momento, o sabiá, que tinha terminado sua canção, sacudiu as asas, abriu-as e voou. Fizera sua visita e tinha outras coisas a tratar.

"Ele voou por cima do muro!", Mary gritou, seguindo-o com os olhos. "Voou para o pomar, além do outro muro, para o jardim onde não tem porta!"

"Ele mora lá", o velho Ben disse. "Foi lá que saiu do ovo. Se tá namorando, deve ser com uma jovem mocinha sabiá que mora entre as velhas roseiras daquele jardim."

"Roseiras", Mary repetiu. "Tem roseiras lá?"

Ben Weatherstaff pegou a pá e voltou a cavar.

"Tinha. Dez anos atrás", resmungou.

"Eu gostaria de vê-las", Mary disse. "Onde está a porta? Deve haver uma porta em algum lugar."

Ben enterrou a pá bem fundo na terra e adotou uma expressão tão carrancuda quanto antes, quando ela o tinha visto pela primeira vez.

"Tinha roseiras dez anos atrás, mas agora não tem mais", ele falou.

"Não tem porta?!", Mary exclamou. "Tem que ter!"

"Nenhuma que alguém possa encontrar, e nenhuma que seja da conta de ninguém. Não seja uma menina enxerida, não meta o nariz onde não deve. Agora tenho que trabalhar. Vá brincar. Estou sem tempo."

E ele parou de cavar, apoiou a pá sobre um ombro e se afastou, sem sequer olhar para ela ou dizer até logo.

Jardim Secreto

O CHORO NO CORREDOR
CAPÍTULO V

o começo, cada dia que passava era exatamente igual aos outros para Mary Lennox. Todas as manhãs, ela acordava em seu quarto revestido de tapeçarias e encontrava Martha ajoelhada diante da lareira acendendo o fogo; todas as manhãs, tomava seu café no quarto infantil que não tinha nada de divertido; e depois de cada café da manhã, ela olhava pela janela, para a enorme charneca que parecia se estender em todas as direções e subir ao céu, e depois de ficar ali olhando por um tempo, percebia que, se não saísse, teria que ficar ali sem fazer nada, e então saía. Ela não sabia que essa era a melhor coisa que poderia ter feito, e não sabia que, quando começava a andar depressa ou mesmo a correr pelas trilhas e pela alameda, agitava seu sangue lento e se fortalecia enfrentando o vento que vinha da charneca. Mary corria apenas para se aquecer, e odiava o vento que soprava em seu rosto e rugia, impedindo-lhe de seguir em frente como se fosse algum gigante que

ela não conseguia ver. Mas os grandes sopros de ar fresco que balançavam a urze enchiam seus pulmões com algo que fazia bem para todo o seu corpo pequenino, pintavam suas faces com um pouco de vermelho e iluminavam os olhos apagados sem que ela soubesse nada disso.

Porém, depois de alguns dias passados quase inteiramente ao ar livre, ela acordou certa manhã sabendo o que era sentir fome, e quando se sentou para tomar o café, não olhou com desdém para o mingau nem o empurrou para longe, mas pegou a colher e começou a comer, e comeu até esvaziar a tigela.

"Você comeu muito bem hoje, não?", Martha comentou.

"Hoje o gosto estava bom", Mary respondeu, sentindo-se um pouco surpresa.

"É o ar da charneca que tá acordando seu estômago pra comida", Martha respondeu. "Sorte sua ter comida, além de apetite. Tem doze no nosso casebre com o estômago acordado e nada pra pôr nele. Continue brincando ao ar livre todos os dias e vai criar carne sobre os ossos e deixar de ser tão amarela."

"Eu não brinco", Mary retrucou. "Não tenho nada para brincar."

"Nada pra brincar?!", Martha exclamou. "Nossas crianças brincam com gravetos e pedras. Correm por aí, gritam e olham as coisas."

Mary não gritava, mas olhava as coisas. Não havia mais nada para fazer. Ela andava e andava pelos jardins e vagava pelas trilhas no parque. Às vezes, ia procurar Ben Weatherstaff, mas embora o tivesse visto trabalhando várias vezes, ele estava sempre ocupado demais para lhe dirigir o olhar, ou mal-humorado demais. Uma vez, quando ela se aproximava, ele pegou a pá e virou de costas, como se agisse de propósito.

Havia um lugar ao qual ela ia com mais frequência do que a qualquer outro. Era o longo passadiço do lado de fora dos jardins cercados por muros. Tinha canteiros vazios dos dois lados do caminho, e a hera crescia abundante nas paredes. Havia uma parte de um dos muros onde a cobertura de hera era mais densa do que em outros pontos. Era como se, por muito tempo, aquele trecho tivesse sido negligenciado. O restante da hera havia sido aparado, mas naquele ponto, perto do fim do passadiço, a vegetação crescia sem controle.

Alguns dias depois de ter conversado com Ben Weatherstaff, Mary parou para prestar atenção nesse trecho e se perguntou por que estava daquele jeito. Tinha acabado de reduzir o passo e olhava para um longo ramo que balançava ao vento quando viu um lampejo vermelho e ouviu um trinado animado, e lá, bem em cima do muro, avistou empoleirado o sabiá-de-peito-vermelho de Ben Weatherstaff, inclinando-se para olhá-la, a cabecinha meio virada para um lado.

"Ah!", ela exclamou. "É você... É você?" E não pareceu nada estranho ter falado com o passarinho como se tivesse certeza de que ele a entenderia e responderia.

Ele respondeu. Trinou e cantou e saltitou sobre o muro como se contasse a ela todo tipo de coisas. A srta. Mary tinha a impressão de que o entendia, embora ele não se comunicasse com palavras. Era como se a ave dissesse:

"Bom dia! O vento não está ótimo? O sol não está ótimo? Não está tudo ótimo? Vamos cantar, trinar e saltitar. Vem! Vem!"

Mary começou a rir, e enquanto ele dava pulinhos e fazia voos curtos por cima do muro, ela corria atrás dele. A pobre Mary, magra, abatida, feia... por um momento, pareceu quase bonita.

"Gosto de você! Gosto de você!", ela gritava enquanto andava pelo passadiço; e ela cantarolava, tentava assobiar, coisa que nem imaginava como fazer. Mas o sabiá parecia bem satisfeito e trinava e assobiava para ela. Finalmente, ele abriu as asas e voou para o topo de uma árvore, onde se empoleirou e ficou cantando alto.

Isso fez com que Mary se lembrasse da primeira vez que o viu. Ele se empoleirava no topo de uma árvore naquele dia, e ela estava no pomar. Agora ela se encontrava no outro lado do pomar, na trilha do lado de fora do muro — muito mais adiante —, e havia a mesma árvore lá dentro.

"É o jardim onde ninguém pode entrar", ela falou para si mesma. "É o jardim sem porta. Ele mora lá. Como eu queria poder ver como é lá dentro!"

A menina correu pelo passadiço até a porta verde por onde havia entrado na primeira manhã. Depois correu pelo caminho e atravessou a outra porta, por onde entrou no pomar, e quando parou e olhou para cima, lá estava a árvore do outro lado do muro, e lá estava o sabiá terminando sua canção e começando a limpar as penas com o bico.

"É o jardim", ela disse. "Tenho certeza disso."

Mary deu uma volta e examinou com atenção aquele lado do muro do pomar, mas só confirmou o que já tinha visto antes — que não havia nenhuma porta. Depois correu novamente pelas hortas e chegou ao passadiço do lado de fora do muro coberto de hera, caminhou até o fim dele e olhou tudo, mas não havia porta; então andou até o outro lado, olhou de novo, mas não havia porta.

"Isso é muito estranho", disse. "Ben Weatherstaff falou que não havia porta e não existe nenhuma porta. Mas devia ter uma porta dez anos atrás, porque o sr. Craven enterrou a chave."

Isso deu a ela tanto para pensar que Mary começou a sentir que não lamentava ter sido trazida para a Mansão Misselthwaite. Na Índia, sempre se sentira com calor e muito desanimada para se importar com alguma coisa. O fato era que o vento fresco da charneca tinha começado a soprar as teias de aranha de seu jovem cérebro e havia lhe despertado um pouco.

Ela passou quase o dia todo ao ar livre, e quando se sentou para jantar naquela noite, estava com fome, sonolenta e confortável. Não ficou irritada com a conversa incessante de Martha. Até gostava de ouvi-la, e por fim pensou em fazer uma pergunta. E a fez depois de terminar de comer, quando estava sentada no tapete diante da lareira.

"Por que o sr. Craven odeia o jardim?", indagou.

Tinha pedido para Martha ficar com ela, e Martha não se opusera. Ela era muito jovem, estava acostumada com um casebre cheio de irmãos, e achava aborrecido o ambiente do salão dos criados no andar de baixo, onde o lacaio e as outras criadas debochavam de seu sotaque de Yorkshire e a tratavam com desdém, sentavam e cochichavam entre eles. Martha gostava de falar, e a criança estranha que tinha vivido na Índia e fora servida por "negros" era novidade suficiente para atraí-la.

Ela se sentou no tapete sem esperar por um convite.

"Ainda tá pensando naquele jardim?", perguntou. "Sabia que isso ia acontecer. Aconteceu comigo também, quando ouvi falar dele pela primeira vez."

"Por que ele o odeia?", Mary insistiu.

Martha puxou os pés para baixo do corpo e se ajeitou em uma posição confortável.

"Escuta o vento bufando em volta da casa", disse. "Se você estivesse lá fora hoje à noite, não conseguiria nem ficar em pé na charneca."

Mary não sabia o que significava "bufando", até prestar atenção ao barulho, e então entendeu. Devia ser aquela espécie de uivo vazio e oscilante que corria em volta da casa, dando muitas e muitas voltas, como se o gigante que ninguém conseguia ver a golpeasse e batesse nas paredes e janelas tentando entrar. Mas sabia-se que ele não podia entrar, e isso dava uma sensação de segurança e aconchego dentro do quarto onde havia um fogo aceso.

"Mas por que ele o odeia tanto?", ela perguntou depois de ouvir o som. Queria saber se Martha tinha essa resposta.

Então Martha abriu seu depósito de conhecimento.

"Preste atenção", ela disse. "A sra. Medlock disse que não é pra falar sobre esse assunto. Tem muitas coisas neste lugar das quais não é pra falar. São ordens do sr. Craven. Os problemas dele não são da conta dos criados, ele diz. Mas, sobre o jardim, não é assim. O jardim era da sra. Craven, ela construiu logo que os dois se casaram e amava aquele lugar, e eles mesmos cuidavam das flores. Nenhum dos jardineiros jamais teve permissão pra entrar ali. Ele e ela costumavam ir pra lá, fechavam a porta e passavam horas e horas lendo e conversando. E ela era ainda uma menina, e tinha uma árvore com um galho que se curvava, formando uma espécie de assento. E ela plantou rosas que cresciam em cima desse galho, e costumava se sentar ali. Mas um dia, quando ela estava lá sentada, o galho quebrou e ela caiu no chão, e se machucou tanto que morreu no dia seguinte. Os médicos achavam que ele iria enlouquecer e morreria também. Por isso ele odeia o jardim. Ninguém nunca entrou lá desde então, e ele não permite que ninguém fale disso."

Mary não fez mais perguntas. Olhava para o fogo vermelho e ouvia o vento "bufando". Ele parecia "bufar" mais alto que nunca.

Naquele momento, uma coisa muito boa estava acontecendo com ela. Quatro coisas boas haviam acontecido com ela, na verdade, desde sua chegada à Mansão Misselthwaite. Sentira que entendia um sabiá e que ele a entendia; correra ao vento até o sangue ficar mais quente; havia sentido uma fome saudável pela primeira vez em sua vida; e descobrira o que era sentir pena de alguém.

Mas enquanto ouvia o vento, ela começou a ouvir outra coisa. Não sabia o que era, porque, de início, mal conseguiu distinguir o som do ruído do vento. Era um barulho curioso — quase como se uma criança estivesse chorando em algum lugar. Às vezes o vento fazia um barulho parecido com o choro de uma criança, mas naquele momento a srta. Mary tinha certeza de que esse som vinha de dentro da casa, e não de fora dela. Estava longe, mas ali dentro. Ela se virou e olhou para Martha.

"Está ouvindo alguém chorando?", perguntou.

Martha pareceu confusa de repente.

"Não", respondeu. "É o vento. Às vezes o barulho dá a impressão de que alguém se perdeu na charneca e tá chorando. Ele faz todo tipo de barulho."

"Mas escute", Mary insistiu. "Vem de dentro da casa, de um desses corredores compridos."

E nesse exato momento uma porta devia ter sido aberta em algum lugar lá embaixo porque um vento forte varreu o corredor e a porta do quarto onde elas estavam se abriu com um estrondo, e quando as duas se levantaram sobressaltadas o vento apagou a lamparina, e o barulho de choro foi carregado pelo corredor distante, de forma que pôde ser ouvido mais nitidamente do que antes.

"Viu?", Mary exclamou. "Eu falei! Tem alguém chorando, e não é um adulto."

Martha correu, fechou a porta e girou a chave, mas antes disso as duas ouviram o som de uma porta em algum corredor afastado ser batida com um estrondo, e depois tudo ficou quieto, pois até o vento parou de "bufar" por alguns momentos.

"Era o vento", Martha insistiu, teimosa. "E se não fosse, devia ser Betty Butterworth, a ajudante de cozinha. Ela tem dor de dente o dia todo."

Mas sua atitude perturbada fez a srta. Mary encará-la com muita firmeza. A menina não acreditava que ela estivesse dizendo a verdade.

O Jardim Secreto

"TINHA ALGUÉM CHORANDO, SIM!"
CAPÍTULO VI

No dia seguinte, a chuva voltou a cair torrencialmente, e quando Mary olhou pela janela, a charneca estava quase escondida embaixo da névoa cinzenta e das nuvens. Naquele dia, não seria possível sair.

"O que vocês fazem em seu casebre quando chove desse jeito?", ela perguntou a Martha.

"Tentamos não tropeçar uns nos outros", Martha respondeu. "Ô! Somos muitos. A mãe é uma mulher de temperamento tranquilo, mas ela fica bem aborrecida. Os maiores saem e vão brincar no abrigo das vacas. Dickon não se incomoda de ficar molhado. Ele sai do mesmo jeito, como se tivesse sol. Diz que, nos dias chuvosos, vê coisas que não aparecem nos dias de tempo bom. Uma vez ele descobriu que um filhotinho de raposa tava se afogando na toca e levou ele até em casa enrolado na camisa pra ele ficar quentinho. A mãe dele tinha morrido perto dali, o buraco encheu de água e o resto da ninhada também morreu. O filhote agora vive lá em casa. Outro dia ele encontrou um corvo pequenino se afogando e também levou pra casa e domesticou. O nome dele é Fuligem, porque é muito preto, e ele pula e voa em volta de Dickon em todos os lugares."

Havia chegado o tempo em que Mary já não se ressentia com o discurso informal de Martha. Agora até o achava interessante e lamentava quando ela parava de falar ou se afastava dela. As histórias que escutava de sua aia quando vivia na Índia eram bem diferentes das que Martha contava sobre seu casebre, um lugar de quatro cômodos onde viviam catorze pessoas que nunca tinham comida suficiente. As crianças pareciam rolar para lá e para cá, divertindo-se como uma animada ninhada de filhotes de collie. Mary se interessava mais pela mãe e por Dickon. Quando Martha contava histórias sobre o que a mãe fazia ou dizia, elas sempre sugeriam conforto.

"Se eu tivesse um filhotinho de raposa ou de corvo, poderia brincar com ele", Mary comentou. "Mas não tenho nada."

Martha parecia perplexa.

"Sabe tricotar?", ela perguntou.

"Não", Mary respondeu.

"Sabe costurar?"

"Não."

"Sabe ler?"

"Sei."

"Então por que não lê alguma coisa ou aprende a escrever um pouco? Já tem idade suficiente pra aprender com os livros."

"Não tenho livros", Mary disse. "Os que eu tinha ficaram na Índia."

"Que pena", Martha lamentou. "Se a sra. Medlock deixasse você entrar na biblioteca, lá tem milhares de livros."

Mary não perguntou onde ficava a biblioteca, porque se sentiu subitamente inspirada por uma nova ideia. Ela decidiu ir procurá-la e encontrá-la sozinha. Não se preocupava com a sra. Medlock. A sra. Medlock parecia estar sempre em seus confortáveis aposentos de governanta lá embaixo. Nesse lugar estranho quase não se via ninguém. De fato, não havia ninguém para ver, além dos criados, e quando o patrão estava fora, eles levavam uma vida luxuosa no andar de baixo, onde havia uma enorme cozinha cheia de utensílios brilhantes de bronze e estanho, e um grande salão para os criados, no qual havia sempre muita animação quando a sra. Medlock não estava por perto.

As refeições de Mary eram servidas regularmente e Martha a atendia, mas ninguém se importava com ela. A sra. Medlock ia vê-la a cada um ou dois dias, mas ninguém perguntava o que tinha feito nem dizia o que tinha que fazer. Mary supunha que esse devia ser o jeito inglês de tratar as crianças. Na Índia, ela sempre havia sido atendida por sua aia, que a seguia por todos os lugares e a servia prontamente. Muitas vezes havia se cansado de sua companhia. Agora não era acompanhada por ninguém e estava aprendendo a se vestir sozinha, porque pareciam considerá-la boba e burra quando queria ser vestida e servida.

"Você não tem juízo?", Martha disse uma vez, quando Mary ficou esperando que ela calçasse suas luvas. "Nossa Susan Ann é duas vezes mais esperta que você e só tem 4 anos. Às vezes você parece ser meio cabeça-oca."

Mary manteve sua carranca do contra por uma hora depois disso, mas o comentário a fizera pensar várias coisas inteiramente novas.

Naquela manhã, depois que Martha acabou de limpar a lareira e desceu, ela ficou parada ao lado da janela por cerca de dez minutos. Estava pensando na nova ideia que teve ao ouvir sobre a biblioteca. Não se interessava muito pela biblioteca propriamente dita, porque tinha lido bem poucos livros; mas ouvir falar dela trouxe de volta ao pensamento os cem aposentos com portas trancadas. Estava pensando se todos eram realmente mantidos trancados, e o que encontraria se conseguisse entrar em algum deles. Eram mesmo cem? Por que não podia sair por ali contando as portas que encontrasse? Isso lhe daria algo para fazer nessa manhã, já que não podia sair. Nunca haviam lhe ensinado a pedir permissão para fazer as coisas, e ela nada sabia sobre autoridade, por isso não pensou que poderia ser necessário perguntar à sra. Medlock se podia andar pela casa, ainda que a tivesse visto.

Ela abriu a porta do quarto e começou a andar pelo corredor. Era comprido e se dividia em outros, e por esse corredor ela chegou a uma escada que levava a outros corredores. Havia portas e mais portas, e quadros nas paredes. Alguns traziam paisagens escuras e curiosas, mas a maioria era composta por retratos de homens e mulheres em roupas estranhas, grandiosas, feitas de cetim e veludo. Ela foi parar em uma longa galeria cujas paredes eram cobertas por esses retratos. Nunca havia pensado que poderia haver tantos em uma casa. Mary andou devagar por esse espaço, olhando para os rostos que também pareciam encará-la. Tinha a sensação de que eles estavam tentando entender o que uma garotinha da Índia fazia em sua casa. Alguns retratos eram de crianças — meninas em volumosos vestidos de cetim que desciam até os pés, e meninos com mangas bufantes, colarinhos de renda e cabelos longos, ou com rufos enormes em torno do pescoço. Ela sempre se detinha para olhar as crianças, imaginando quais seriam seus nomes, para onde teriam ido e por que usavam roupas tão esquisitas. Havia uma menina séria e comum como ela. A garotinha usava um vestido de brocado verde e tinha um papagaio da mesma cor sobre um dedo. Seus olhos tinham uma expressão atenta, curiosa.

"Onde você mora agora?", Mary perguntou em voz alta. "Queria que estivesse aqui."

Certamente, nenhuma outra menina jamais tivera uma manhã tão estranha. Era como se não houvesse ninguém em toda aquela casa enorme, só ela andando para cima e para baixo, passando por corredores estreitos e outros mais largos, que davam a impressão de que ninguém além dela jamais tivesse andado por ali. Uma vez que tantos cômodos haviam sido construídos, pessoas deviam ter vivido neles, mas tudo parecia tão vazio que ela nem conseguia acreditar nisso.

Só quando chegou ao segundo andar ela pensou em tentar virar a maçaneta de uma porta. Todas estavam fechadas, como a sra. Medlock disse que estariam. Mas finalmente ela tocou a maçaneta de uma delas e a virou. Por um momento, quase sentiu medo ao perceber que a porta cedia sem dificuldade e que, quando a empurrava, ela se abria devagar, pesada. Era uma porta bem grande que dava para um quarto igualmente grande. Havia tapeçarias bordadas nas paredes e mobília decorada como a que ela vira na Índia. Uma janela larga com vidraças protegidas por grades deixava ver a charneca; e sobre o console da lareira havia outro retrato da menina séria e comum, que parecia encará-la com mais curiosidade que nunca.

"Talvez ela dormisse aqui", Mary disse. "Ela olha para mim de um jeito que me faz sentir estranha."

Depois disso, Mary abriu mais e mais portas. Viu tantos cômodos que ficou cansada e começou a pensar que devia haver uma centena deles, embora não os tivesse contado. Em todos havia fotos antigas ou velhas tapeçarias com cenas estranhas. Havia móveis curiosos e ornamentos intrigantes em quase todos os quartos.

Em um dos cômodos, que parecia ser a sala de estar de uma dama, as cortinas eram todas de veludo bordado, e em um armário havia cerca de cem elefantinhos de marfim. Eram de tamanhos diferentes, e alguns tinham condutores ou palanquins nas costas. Alguns eram muito maiores que os outros, e alguns eram tão pequenos que pareciam ser apenas filhotes. Mary tinha visto mármore esculpido na Índia e sabia tudo sobre elefantes. Ela abriu a porta do armário, subiu em uma banqueta e brincou com eles por um bom tempo. Quando se cansou, devolveu os elefantes aos seus lugares e fechou a porta do armário.

Durante todo o tempo que passou percorrendo os longos corredores e cômodos vazios, Mary não tinha visto uma alma viva sequer; mas naquele cômodo ela viu alguma coisa. Logo depois de ter fechado a porta do armário, ouviu um farfalhar abafado. Isso a sobressaltou e a fez olhar para o sofá perto da lareira, de onde o ruído parecia ter partido. No canto do sofá havia uma almofada, e no veludo que a cobria tinha um buraco, e do buraco saía uma cabecinha com um par de olhos assustados.

Mary atravessou o aposento com passos leves para olhar de perto. Os olhos brilhantes pertenciam a um ratinho cinza, e o rato havia roído parte da almofada, abrindo nela um buraco onde construiu um ninho confortável. Seis filhotinhos de rato dormiam aninhados perto da mãe. Se não havia mais nenhuma alma viva nos cem cômodos, havia sete ratos que não pareciam nada solitários.

"Se eles não fossem sentir tanto medo, eu os levaria comigo", Mary disse.

A menina tinha andado pela casa o suficiente para se sentir cansada demais para continuar e decidiu voltar. Duas ou três vezes, ela se perdeu entrando no corredor errado e foi obrigada a vagar até encontrar o certo; mas, finalmente, voltou ao seu andar, embora estivesse longe do próprio quarto e não soubesse exatamente onde ele ficava.

"Acho que errei o caminho de novo", falou, parada no fim de um pequeno corredor onde havia uma tapeçaria na parede. "Não sei para onde ir. Tudo é tão silencioso!"

Ela ainda estava ali, e tinha acabado de fazer esse comentário quando a quietude foi interrompida por um som. Outro choro, mas não como o que tinha ouvido na noite anterior. Um choro curto, uma criança agitada choramingando em algum lugar além das paredes.

"Está mais perto do que antes", Mary disse com o coração disparado. "E *é* um choro."

Ela tocou sem querer a tapeçaria mais próxima e pulou para trás assustada. A tapeçaria cobria uma porta aberta que revelava outra parte do corredor, e a sra. Medlock se aproximava com um molho de chaves e uma expressão muito contrariada.

"O que está fazendo aqui?", ela perguntou, segurando o braço de Mary e levando-a dali. "O que foi que eu disse?"

"Virei no corredor errado", Mary explicou. "Não sabia para onde ir e ouvi alguém chorando." Ela odiava a sra. Medlock nesse momento, mas a odiou ainda mais no momento seguinte.

"Não ouviu nada disso", a governanta retrucou. "Volte para o seu quarto ou vai levar um tapa."

E ela a puxou pelo braço, levou-a por um corredor e por outro até empurrá-la pela porta de seu quarto.

"Agora", disse, "você vai ficar onde eu disse que tem que ficar ou vai acabar trancada. É melhor o senhor encontrar uma governanta para você, como disse que ia fazer. Precisa de atenção e vigilância constante. Eu já tenho muito o que fazer."

A mulher saiu do quarto e bateu a porta, e Mary foi se sentar sobre o tapete na frente da lareira, pálida de raiva. Não chorava, mas rangia os dentes.

"Tinha alguém chorando, *sim*, tinha!", ela falou para si mesma.

Havia escutado o barulho duas vezes, e em algum momento descobriria. Descobrira muitas coisas essa manhã. Sentia-se como se tivesse feito uma longa jornada, e, de qualquer maneira, havia encontrado alguma coisa com que se divertir o tempo todo, e brincara com os elefantes de mármore e tinha visto a rata cinzenta e seus filhotes no ninho na almofada de veludo.

O Jardim Secreto

A CHAVE PARA O JARDIM
CAPÍTULO VII

ois dias depois, quando abriu os olhos, Mary sentou-se na cama imediatamente e chamou Martha.
"Olhe a charneca! Olhe a charneca!"
A tempestade havia passado, e a névoa cinzenta e as nuvens tinham sido levadas pelo vento durante a noite. Não ventava mais, e um céu azul e radiante arqueava alto sobre a charneca. Nunca, nunca Mary havia sonhado ver um céu tão azul. O céu da Índia era quente, abrasador; esse era de um azul intenso e frio que quase parecia cintilar como as águas de um lago profundo, e aqui e ali, bem alto no azul arqueado, pequenas nuvens muito brancas flutuavam. O mundo amplo da charneca parecia se tingir de um azul suave, em vez de exibir o sombrio arroxeado ou a horrível e medonha coloração cinza.

"Sim", Martha respondeu com um sorriso alegre. "A tempestade passou. É assim nesta época do ano. A chuva desaparece durante a noite, parece que finge que nunca esteve aqui e que não tem intenção de voltar. É porque a primavera está a caminho. Ainda demora muito, mas está a caminho."

"Pensei que sempre chovesse ou ficasse escuro na Inglaterra", Mary contou.

"Ô! Não!", Martha respondeu, sentando-se sobre os calcanhares em meio aos seus escovões de limpeza. "Nadissunão!"

"O que significa isso?", Mary perguntou séria. Na Índia, os nativos falavam dialetos diferentes que só algumas poucas pessoas entendiam, por isso não se surpreendia quando Martha falava alguma coisa que ela não compreendia.

Martha riu como havia rido naquela primeira manhã.

"Ai, ai", disse. "Falei de novo como uma pessoa de Yorkshire, como a sra. Medlock disse que eu não devia falar. 'Nadissunão' significa 'não é nada disso', se eu falar devagar e com cuidado, mas demora muito mais pra falar desse jeito. Yorkshire é o lugar mais ensolarado da terra quando tem sol. Eu disse que você ia gostar da charneca depois de um tempo aqui. Espera só até ver os botões dourados dos tojos e os botões das giestas, e a urze florescendo, todas as flores roxas em forma de sino, e centenas de borboletas voando, abelhas zunindo e cotovias cantando. Vai querer ir lá pra fora quando o sol nascer e ficar lá o dia todo, como o Dickon faz."

"Posso ir lá um dia?", Mary perguntou esperançosa, olhando pela janela para o azul distante. Era muito novo, imenso e maravilhoso aquele tom celestial.

"Não sei", Martha respondeu. "Parece que você nunca usou essas pernas desde que nasceu. Não sei se consegue andar oito quilômetros. São oito quilômetros até nosso casebre."

"Queria ver seu casebre."

Martha olhou para ela por um momento com curiosidade antes de pegar a escova e voltar a limpar a lareira. Estava pensando que aquele rostinho comum não parecia tão azedo naquele momento, não como na primeira manhã em que o vira. Era até um pouco parecido com o de Susan Ann quando ela queria muito alguma coisa.

"Vou falar com a mãe sobre isso", ela disse. "É ela quem quase sempre encontra um jeito de fazer as coisas. Hoje é meu dia de folga, vou pra casa. Ô, tô feliz! A sra. Medlock gosta muito da mãe. Talvez a mãe possa falar com ela."

"Eu gosto da sua mãe", Mary declarou.

"Eu já imaginava", Martha respondeu enquanto trabalhava na limpeza.

"Nunca a vi", Mary lembrou.

"Não, não viu", Martha confirmou.

Ela se sentou sobre os calcanhares de novo e coçou a ponta do nariz com o dorso da mão, como se estivesse momentaneamente confusa, mas encerrou o gesto de um jeito bem positivo.

"Bom, ela é sensata, trabalhadora, bem-humorada e limpa, ninguém consegue deixar de gostar dela, mesmo que não a tenha visto. Quando vou pra casa no meu dia de folga pra ver a mãe, atravesso a charneca saltitando."

"Gosto de Dickon", Mary acrescentou. "E nunca o vi."

"Bom", Martha retrucou com firmeza, "eu já contei que até os pássaros gostam dele, e os coelhos, os carneiros, os cavalos, até as raposas. Queria saber", e olhou para ela pensativa, "o que Dickon ia achar de você."

"Ele não gostaria de mim", Mary falou com seu tom duro, frio. "Ninguém gosta."

Martha a encarou novamente com aquele ar pensativo.

"E você? Gosta de si mesma?", perguntou, como se realmente estivesse curiosa para saber.

Mary hesitou por um momento e pensou na pergunta.

"Nem um pouco, na verdade", respondeu. "Mas nunca tinha pensado nisso antes."

Martha sorriu como se tivesse se lembrado de alguma coisa.

"A mãe me disse isso uma vez", falou. "Ela tava na tina de lavar roupa, e eu tava de mau humor, falando mal das pessoas, e ela virou pra mim e disse: 'Ai, ai, menina emburrada, para! Fica aí dizendo que não gosta desse e não gosta daquele, mas gosta de si mesma?'. Aquilo me fez rir e recuperar a razão em um minuto."

Ela se retirou, animada, assim que terminou de servir o café para Mary. Caminharia os oito quilômetros pela charneca até o casebre e ajudaria a mãe com as roupas, faria pão para a semana e se divertiria muito.

Mary se sentia mais solitária que nunca, sabendo que Martha não estava mais na casa. Foi para o jardim o mais depressa que pôde, e a primeira coisa que fez foi correr em volta da fonte do canteiro de flores umas dez vezes. Contou as voltas com cuidado e, quando terminou, sentia-se um pouco mais animada. O sol fazia tudo ali parecer diferente. O céu azul, profundo e alto, se arqueava sobre Misselthwaite e sobre a charneca, e ela erguia o rosto a todo instante e olhava para ele, tentando imaginar como seria se deitar em uma das nuvens brancas como neve e flutuar por aí. Mary foi à primeira horta e encontrou Ben Weatherstaff trabalhando com mais dois jardineiros. A mudança no clima parecia ter feito bem a ele. O homem falava espontaneamente.

"A primavera está se aproximando", ele disse. "Não sente o cheiro?"

Mary farejou o ar e achou que, sim, sentia.

"Sinto um aroma bom, fresco e úmido", comentou.

"Essa é a terra boa e rica", ele explicou enquanto cavava. "Ela tá de bom humor, se preparando pra fazer as coisas crescerem. Fica feliz quando chega o tempo do plantio. No inverno é tedioso, não tem nada pra fazer. Ali na frente, no canteiro de flores, as coisas já começam a despertar lá embaixo, no escuro. O sol tá esquentando. Daqui a pouco você vai ver hastes verdes brotando da terra preta."

"O que serão essas hastes?", Mary quis saber.

"Açafrão, campânula e narciso. Já viu algum deles?"

"Não. Tudo é quente, molhado e verde depois das chuvas na Índia", Mary disse. "E acho que as coisas crescem da noite para o dia."

"Essas não vão crescer da noite pro dia", Weatherstaff avisou. "Você vai ter que esperar por elas. Brotam um pouco aqui, mais um pouco ali, e desenrolam uma folha em um dia, outra no outro. Você vai ver."

"Vou ver", Mary garantiu.

Logo ela ouviu de novo o barulho suave de asas e soube imediatamente que o sabiá tinha voltado. Ele estava muito alegre e animado, saltitava perto de seus pés, inclinava a cabeça para o lado e olhava para ela de um jeito tão esperto que Mary fez uma pergunta a Ben Weatherstaff.

"Acha que ele se lembra de mim?"

"Se ele se lembra de você?!", Weatherstaff exclamou indignado. "Ele conhece cada broto de repolho na horta, imagine as pessoas! Nunca viu uma mocinha por aqui antes e está decidido a saber tudo de você. Não precisa tentar esconder nada *dele*."

"As coisas também estão acordando lá embaixo, no escuro, naquele jardim onde ele mora?", Mary inquiriu.

"Que jardim?", Weatherstaff resmungou e ficou azedo de novo.

"Aquele onde tem as roseiras velhas." Não dava para não perguntar porque ela queria muito saber. "Todas as flores estão mortas ou algumas reaparecem no verão? Em algum momento tem rosas?"

"Pergunta pra ele", Ben Weatherstaff disse e deu de ombros na direção do sabiá. "Ele é o único que sabe. Ninguém mais viu aquele jardim nos últimos dez anos."

Dez anos era muito tempo, Mary pensou. Há dez anos ela nem existia.

Mary se afastou pensativa. Tinha começado a gostar do jardim, como havia começado a gostar do sabiá, de Dickon e da mãe de Martha. E estava começando a gostar de Martha também. Era muita gente para gostar — quando não se está acostumado a gostar de ninguém. Ela pensava no sabiá como uma dessas pessoas. Mary continuou andando pelo lado externo do longo muro coberto de hera, por cima do qual conseguia ver as copas das árvores; e na segunda vez que passou por ali, aconteceu com ela algo interessantíssimo, e tudo por causa do sabiá de Ben Weatherstaff.

Ela ouviu um trinado e um gorjeio, e quando olhou para o canteiro de flores vazio à sua esquerda, lá estava ele, saltitando e fingindo bicar coisinhas na terra para disfarçar. Mas Mary sabia que a ave a havia seguido, e a surpresa a encheu de tamanha alegria que ela até tremeu um pouquinho.

"Você se lembra de mim!", a menina gritou. "Lembra, sim! Você é mais bonito que qualquer coisa no mundo!"

Ele gorjeava, falava, chamava e saltitava, e balançava a cauda e cantava. Era como se estivesse conversando. Suas penas vermelhas eram como cetim, e ele estufou o peito pequenino, e era tão bonito, tão refinado e tão grandioso que era realmente como se estivesse mostrando a ela quanto um sabiá podia ser importante e parecido com um humano. A srta. Mary esqueceu que havia sido do contra a vida inteira quando ele a deixou chegar mais e mais perto, e ela se abaixou, falou e tentou imitar os sons que o sabiá emitia.

Oh! E pensar que ele a deixava mesmo se aproximar desse jeito! Ele sabia que nada no mundo a faria levantar a mão para ele, ou assustá-lo de qualquer maneira, mesmo que só um pouco. Ele sabia disso porque era uma pessoa de verdade — porém mais agradável que qualquer pessoa no mundo. Mary estava tão feliz que mal se atrevia a respirar.

O canteiro de flores não estava totalmente vazio. Estava vazio de flores, porque as plantas perenes tinham sido cortadas para o descanso de inverno, mas havia arbustos altos e baixos que cresciam agrupados no fundo do canteiro. E quando o sabiá saltitava embaixo de um deles, ela o viu pular sobre um montinho de terra recentemente revolvida. O pássaro parou sobre o monte para procurar uma minhoca. A terra tinha sido revolvida porque um cachorro tentara tirar uma toupeira da toca e abrira um buraco bem fundo.

Mary olhou para ele, sem saber de fato por que o buraco estava ali, e enquanto olhava, viu alguma coisa meio enterrada no solo recém-revirado. Era uma espécie de anel de ferro ou bronze coberto de ferrugem, e quando o sabiá voou para uma árvore próxima, ela estendeu a mão e pegou o anel. Mas era mais que um anel; era uma velha chave que parecia ter sido enterrada há muito tempo.

A srta. Mary levantou-se e olhou com uma expressão quase amedrontada para a chave que pendia de seu dedo.

"Talvez tenha sido enterrada há dez anos", ela murmurou. "Talvez seja a chave para o jardim!"

Jardim Secreto

O SABIÁ
QUE MOSTROU
O CAMINHO
CAPÍTULO VIII

la ficou olhando para a chave por muito tempo. Virou-a de um lado para o outro, pensativa. Como eu disse antes, Mary não era uma criança que havia sido treinada para pedir permissão ou consultar os mais velhos sobre as coisas. Tudo em que pensava era que se aquela fosse a chave do jardim fechado e se conseguisse encontrar a porta, poderia abri-la e ver o que havia além daquele muro e o que tinha acontecido com as velhas roseiras. Era por ter passado tanto tempo fechado que ela queria ver tudo. Tinha a impressão de que poderia ser um lugar diferente dos outros, e que alguma coisa estranha devia ter acontecido ali durante dez anos. Além disso, se gostasse de lá, poderia visitar o local todos os dias e fechar a porta, e poderia brincar sozinha, porque ninguém nunca saberia onde ela estava, pois pensariam que a porta continuaria trancada, e a chave, enterrada. Pensar nisso a agradava muito.

Viver como vivia, completamente sozinha em uma casa onde havia cem quartos misteriosamente fechados e nada com que se divertir, tinha posto seu cérebro inativo para funcionar e despertava sua imaginação. Não havia dúvida de que o ar puro, fresco e forte da charneca tinha muito a ver com isso. Da mesma forma que tinha dado a ela apetite, e enfrentar o vento havia feito o sangue circular mais depressa, a mesma coisa acontecia com sua cabeça. Na Índia, sempre estivera com muito calor, com muita preguiça e fraca demais para se importar muito com alguma coisa, mas nesse lugar ela começava a se interessar e a querer fazer coisas novas. Já se sentia menos "do contra", embora não soubesse por quê.

Mary pôs a chave no bolso e foi andar pela alameda. Ninguém além dela jamais ia àquela parte do terreno, por isso podia andar devagar e estudar o muro, ou melhor, a hera que o recobria. Era a folhagem que a intrigava. Por mais que olhasse tudo com cuidado, não conseguia ver nada além de folhas verdes e escuras, abundantes e brilhantes. Estava muito desapontada. Parte de sua contrariedade voltou quando ela parou de andar e olhou para cima, para as copas das árvores do outro lado do muro. Era tão bobo, disse a si mesma, estar perto do jardim e não conseguir entrar nele. Ela pegou a chave do bolso quando voltou para a casa e decidiu que sempre a levaria quando saísse, de forma que, se algum dia encontrasse a porta escondida, estaria preparada.

A sra. Medlock tinha dado autorização para Martha dormir no casebre, mas ela voltou ao trabalho na manhã seguinte com as faces mais vermelhas que nunca e a melhor das disposições.

"Levantei às quatro da manhã", ela contou. "A charneca estava uma beleza com os pássaros acordando, os coelhos correndo e o sol nascendo. Não vim andando até aqui. Um homem me trouxe em sua carroça, e eu me diverti."

Ela estava cheia de histórias sobre as delícias de seu dia de folga. A mãe havia ficado feliz por vê-la, e elas fizeram pão e lavaram roupa. Martha até fez um bolinho para cada criança com um pouco de açúcar mascavo.

"Os bolinhos tavam quentes quando eles voltaram da charneca, onde tinham ido brincar. E o casebre tinha um cheiro bom de limpeza e coisa no forno, e o fogo estava aceso, e eles gritaram de alegria. Nosso Dickon falou que o casebre era bom o bastante pra um rei morar nele."

À noite, todos se sentaram em volta do fogo, e Martha e a mãe costuraram, arrumaram as roupas rasgadas e remendaram as meias, e Martha contou para eles sobre a menina que tinha chegado da Índia e que durante toda a sua vida havia sido servida pelo que Martha chamava de "negros", tanto que ela nem sabia calçar as próprias meias.

"Eles gostaram de ouvir sobre você", Martha disse. "Queriam saber tudo sobre os negros e sobre o navio em que você chegou. Não soube contar muita coisa."

Mary pensou um pouco.

"Vou lhe contar muito mais antes da sua próxima folga", disse, "assim vai ter mais sobre o que falar. Acho que eles vão gostar de saber sobre os homens que montam elefantes e camelos, e sobre os oficiais que caçam tigres."

"Pelos céus!", a encantada Martha gritou. "Isso ia deixar as crianças na maior alegria. Vai fazer isso mesmo, senhorita? Ia ser como o espetáculo de animais que diziam que aconteceu em York uma vez."

"A Índia é muito diferente de Yorkshire", Mary falou sem pressa enquanto pensava no assunto. "Nunca pensei nisso. Dickon e sua mãe gostaram de ouvir você falar sobre mim?"

"Ora, os olhos de Dickon quase pularam da cabeça, de tão arregalados", Martha respondeu. "Mas minha mãe se incomodou muito porque você ficou sozinha. Ela disse: 'O sr. Craven não tem uma governanta pra ela, nem uma babá?', e eu respondi: 'Não, não tem, mas a sra. Medlock disse que ele vai arrumar alguém quando pensar nisso, mas ela também disse que pode ser que ele não pense nisso por uns dois ou três anos'."

"Não quero uma governanta", Mary falou com firmeza.

"Mas a mãe falou que você devia estar aprendendo com os livros nessa idade, e que devia ter uma mulher cuidando de você, e ela disse: 'Pensa, Martha, como você ia se sentir em um lugar grande como aquele, andando por lá sozinha, sem mãe. Faça o que puder pra alegrar a menina', e eu disse que faria."

Mary a encarou por um longo instante.

"Você me alegra", disse. "Gosto de ouvir você falar."

Martha então saiu do quarto e voltou segurando alguma coisa com as duas mãos embaixo do avental.

"O que acha?", ela perguntou com um sorriso animado. "Trouxe um presente pra você."

"Um presente!", a srta. Mary exclamou. Como um casebre habitado por catorze pessoas famintas podia dar um presente a alguém?!

"Um homem tava atravessando o pântano e vendendo coisas", Martha explicou. "E parou a carroça na nossa porta. Ele vendia panelas, assadeiras e muitas coisas, mas a mãe não tinha dinheiro pra comprar nada. Quando ele tava indo embora, nossa 'Lizabeth Ellen gritou: 'Mãe, ele tem corda de pular com ponta vermelha e azul'. E a mãe gritou de repente: 'Ei, espera, senhor! Quanto custa?', e ele disse que custava dois centavos, e a mãe começou a revirar os bolsos e me disse: 'Martha, você trouxe seu salário como uma boa moça, e tenho onde pôr cada centavo, mas vou pegar dois centavos pra comprar uma corda de pular praquela criança', e ela comprou, e tá aqui."

Ela mostrou orgulhosa a corda que escondia embaixo do avental. Era uma corda fina e forte com um cabo listrado em vermelho e azul em cada ponta, mas Mary Lennox nunca tinha visto uma corda de pular. E olhou para ela com uma expressão intrigada.

"Para que serve isso?", perguntou curiosa.

"Quê?!", Martha gritou. "Quer dizer que não tem corda de pular na Índia, mas tem elefantes, tigres e camelos? Não é de estranhar que a maioria das pessoas seja negra. Serve pra isso, olha aqui."

E ela correu para o meio do quarto e, segurando uma das pontas em cada mão, começou a pular e pular e pular, enquanto Mary se virava na cadeira para olhar, e os rostos estranhos nos velhos retratos também pareciam olhar para ela e especular o que aquela pobre plebeia tinha o descaramento de estar fazendo bem embaixo do nariz deles. Mas Martha nem os via. O interesse e a curiosidade no rosto da srta. Mary a divertiam, e ela continuou pulando e contando enquanto pulava até chegar a cem.

"Eu podia pular mais que isso", disse quando parou. "Pulei até quinhentos quando tinha 12 anos, mas não era tão gorda quanto sou agora, e tinha mais prática."

Mary se levantou da cadeira e começou a se animar.

"Parece bom", disse. "Sua mãe é uma mulher bondosa. Acha que algum dia vou conseguir pular desse jeito?"

"É só tentar", Martha a incentivou, oferecendo a corda. "Não vai conseguir pular cem vezes no começo, mas se praticar, vai melhorar. Foi o que a mãe disse. Ela falou: 'Nada vai fazer mais bem pra ela do que pular corda. É o melhor brinquedo que uma criança pode ter. Deixe a menina brincar ao ar livre pulando corda, e ela vai alongar os braços e as pernas e vai ter mais força neles'."

Era evidente que não havia muita força nos braços e pernas da srta. Mary quando ela começou a pular. A menina não tinha muita habilidade, mas gostou tanto da brincadeira que não queria parar.

"Pegue suas coisas e vá pular lá fora", Martha sugeriu. "A mãe falou que você precisa ficar ao ar livre todo o tempo que puder, mesmo quando chover um pouco, e que é pra se agasalhar."

Mary vestiu o casaco, pôs o chapéu e pegou a corda. Abriu a porta para sair, então de repente pensou em uma coisa e voltou bem devagar.

"Martha", ela disse, "o dinheiro era do seu salário. Eram seus dois centavos. Obrigada." Mary falava de um jeito duro porque não estava acostumada a agradecer por nada ou reconhecer o que as pessoas faziam por ela. "Obrigada", repetiu e estendeu a mão, porque não sabia o que mais podia fazer.

Martha apertou a mão dela de um jeito meio desajeitado, como se não estivesse acostumada a esse tipo de coisa. Depois riu.

"Ô! Isso é uma coisa esquisita de mulher velha", disse. "Se fosse a nossa 'Lizabeth Ellen, teria me dado um beijo."

Mary ficou mais rígida que nunca.

"Quer que eu dê um beijo em você?"

Martha riu de novo.

"Não, eu não", respondeu. "Se fosse diferente, talvez você quisesse. Mas não é. Corra lá pra fora e vá brincar com a corda."

A srta. Mary se sentia um pouco desconfortável quando saiu do quarto. As pessoas de Yorkshire eram estranhas, e Martha era sempre um enigma para ela. No começo tinha desgostado muito da criada, mas agora isso havia mudado. A corda de pular era algo maravilhoso. Ela contava e pulava, e pulava e contava, até o rosto ficar vermelho e ela se sentir mais motivada do que jamais tinha se sentido desde que nasceu. O sol brilhava e um vento fraco soprava — não uma ventania, mas deliciosos sopros de vento que traziam um cheiro fresco de terra recém-revolvida. Ela pulou em torno da fonte do jardim, e pulou subindo por um passadiço e descendo por outro. Pulou, finalmente, até a horta e viu Ben Weatherstaff cavando e conversando com seu sabiá, que saltitava em volta dele. Ela se aproximou do jardineiro pulando corda, e ele levantou a cabeça para fitá-la com uma expressão curiosa. Mary se perguntava se ele a notaria. Queria que ele a visse pulando corda.

"Ora!", ele exclamou. "Pelos céus. Talvez você seja jovem, afinal, e talvez tenha sangue de criança nas veias, em vez de leite azedo. Pular corda deixou suas bochechas vermelhas, isso é tão certo quanto meu nome é Ben Weatherstaff. Eu não teria acreditado que você fosse capaz disso."

"Nunca tinha pulado corda", Mary contou. "Estou só começando. Só consigo ir até vinte."

"Continue", Ben incentivou. "Tá indo muito bem, pra alguém que nunca tinha pulado corda. Veja só como ele olha pra você." E inclinou a cabeça na direção do sabiá. "Ontem ele seguiu você. E vai atrás de você hoje de novo. Tá decidido a descobrir o que é essa corda de pular. Nunca tinha visto uma. Ô!" O jardineiro balançou a cabeça para a ave. "Essa curiosidade ainda vai ser seu fim, se não for esperto."

Mary pulou corda em volta de todos os jardins e do pomar, descansando em intervalos de alguns minutos. Por fim, ela chegou ao passadiço especial e decidiu tentar percorrer toda a sua extensão pulando corda. Era um longo trecho, e Mary começou devagar, mas antes que tivesse percorrido metade do comprimento, sentia tanto calor e estava tão ofegante que foi forçada a parar. Ela não se importou muito, porque já havia contado até trinta. Parou com uma risadinha de prazer, e ali, com toda certeza, estava o sabiá empoleirado em um longo ramo de hera. Ele a havia seguido e a cumprimentou com um trinado. Enquanto pulava até ali, Mary sentira alguma coisa pesada no bolso batendo contra o corpo a cada salto, e quando viu o sabiá, ela deu risada de novo.

"Ontem você me mostrou onde estava a chave", disse. "Hoje devia me mostrar a porta. Mas não acredito que saiba onde ela fica!"

O sabiá voou do ramo de hera para o topo do muro, abriu o bico e cantou, um trinado alto e lindo, simplesmente para se exibir. Nada no mundo é tão lindo quanto um sabiá se exibindo — e eles se exibem quase sempre.

Mary Lennox tinha escutado muitas coisas sobre magia nas histórias que sua aia contava, e ela sempre disse que o que aconteceu naquele momento foi mágico.

Um dos sopros brandos de vento varreu o passadiço com mais força que os outros. Soprou forte o bastante para balançar os galhos das árvores, e mais forte do que era preciso para balançar os ramos de hera que desciam pelo muro. Mary tinha se aproximado do sabiá, e de repente o sopro do vento afastou um ramo solto e, mais de repente ainda, ela pulou para a frente e o segurou. E Mary fez isso porque tinha visto alguma coisa embaixo dos ramos — uma maçaneta redonda que ficava escondida por baixo das folhas. Era a maçaneta de uma porta.

Ela pôs as mãos embaixo das folhas e começou a puxá-las e empurrá-las para os lados. Por mais abundantes que fossem, os ramos caíam como uma cortina quase toda solta e móvel, embora alguns estivessem enroscados em madeira e ferro. O coração de Mary começou a bater mais depressa, e as mãos tremiam levemente de alegria e entusiasmo. O sabiá continuava cantando e trinando, a cabeça inclinada para um lado como se ele estivesse tão eufórico quanto ela. O que era aquilo sob sua mão, aquela coisa quadrada e feita de ferro na qual os dedos tinham encontrado um buraco?

Era a fechadura da porta que havia sido trancada dez anos atrás, e ela pôs a mão no bolso, pegou a chave e a encaixou no buraco da fechadura. Enfiou a chave e girou. Teve que usar as duas mãos para isso, mas por fim conseguiu girá-la.

Então ela respirou fundo e olhou para trás, para o longo passadiço, para ver se alguém a observava. Não havia ninguém lá. Ninguém jamais passava por ali, aparentemente, e ela respirou fundo de novo, porque não pôde evitar, e afastou a cortina de hera e empurrou a porta, que se abriu devagar, bem devagar.

Depois passou pela abertura, fechou a porta e apoiou as costas nela, olhando em volta e respirando muito depressa por causa da agitação, do encantamento e da alegria.

Ela estava *dentro* do jardim secreto.

O Jardim Secreto

A CASA MAIS ESTRANHA EM QUE ALGUÉM JÁ MOROU

CAPÍTULO IX

ra o lugar mais doce e de aparência mais misteriosa que alguém poderia imaginar. Os muros altos que o cercavam eram cobertos pelos caules sem folhas de rosas trepadeiras que, de tão densos, se fundiam. Mary Lennox sabia que eram rosas porque tinha visto muitas delas na Índia. Todo o terreno era coberto de grama, agora tingida de marrom pelo inverno, e dela brotavam tocos de plantas que certamente seriam roseiras se estivessem vivas. Havia muitas roseiras comuns com galhos tão longos que mais pareciam pequenas árvores. Havia outras árvores no jardim, e uma das coisas que faziam o lugar parecer mais estranho e mais lindo era que as rosas trepadeiras as tinham escalado e pendiam delas em longos apêndices que formavam cortinas leves e esvoaçantes, e em alguns pontos elas se enroscavam, ou se enganchavam em um galho mais comprido, e passavam de uma árvore a outra,

criando pontes adoráveis. Não havia rosas nem folhas nesses apêndices agora, e Mary não sabia se estavam mortos ou vivos, mas os finos galhos marrons ou acinzentados e suas ramificações pareciam um manto se espalhando sobre tudo, muros e árvores, e até sobre a grama marrom, onde haviam caído de seus suportes e se prolongavam pelo chão. Era essa rede formada entre as árvores que fazia tudo parecer tão misterioso. Mary havia pensado que o lugar devia ser diferente de outros jardins que não tivessem sido abandonados por tanto tempo; e, de fato, era diferente de qualquer outro lugar que ela já tinha visto na vida.

"Como tudo é quieto por aqui!", sussurrou. "Tão quieto!"

Então ela esperou um momento e ficou ouvindo a quietude. O sabiá, que tinha voado para o topo de sua árvore, estava silencioso como todo o resto. Não movia nem as asas; estava imóvel, olhando para Mary.

"Não é à toa que é tão quieto", ela sussurrou de novo. "Sou a primeira pessoa que fala aqui nos últimos dez anos."

Mary se afastou da porta, pisando leve como se tivesse receio de acordar alguém. Estava feliz por haver grama sob seus pés e por seus passos não fazerem barulho. Passou por baixo de um dos arcos cinzentos e de aparência encantada entre as árvores, e olhou para os apêndices e ramificações que os formavam.

"Queria saber se estão todos mortos", disse. "Tudo isto aqui é um jardim silencioso e morto? Queria que não fosse."

Se ela fosse Ben Weatherstaff, poderia determinar se a madeira estava viva apenas olhando para ela, mas só conseguia ver ramos marrons ou cinzentos, e nenhum deles tinha sinais de folhas brotando em qualquer lugar.

Contudo, estava *dentro* do maravilhoso jardim e podia passar pela porta escondida por baixo da hera a qualquer momento, e era como se tivesse encontrado um mundo todinho dela.

O sol brilhava dentro da área delimitada pelos muros, e o trecho de céu azul sobre essa porção específica de Misselthwaite parecia ainda mais radiante e suave do que sobre o pântano. O sabiá desceu da árvore e saltitava em torno dela, ou voava em seu encalço de uma planta para outra. Ele gorjeava muito e estava muito agitado, como se mostrasse coisas a ela. Tudo era estranho e silencioso, e Mary tinha a sensação de estar a centenas de quilômetros de qualquer outra pessoa, mas, de alguma maneira, não se sentia solitária. A única coisa que a incomodava era o desejo de saber se todas as rosas estavam mortas, ou se algumas sobreviveram e poderiam ter folhas e flores quando o tempo ficasse mais quente. Não queria que aquele fosse um jardim morto. Se fosse um jardim vivo, que maravilhoso seria, e quantos milhares de rosas cresceriam por todos os lados!

Mary entrara no jardim com a corda de pular pendurada em um braço e agora pensava em pular por todo o terreno, parando quando quisesse olhar alguma coisa. Parecia haver grama verde em alguns trechos, e em um ou dois cantos havia alcovas formadas por arbustos perenes com bancos de pedra ou floreiras altas cobertas de musgo.

Quando se aproximou da segunda dessas alcovas, ela parou de pular. Houvera um canteiro de flores ali, e ela pensava ter visto alguma coisa brotando da terra preta — pontinhas verdes e finas. Lembrou-se do que Ben Weatherstaff tinha dito e se ajoelhou para examiná-las.

"Sim, tem coisinhas pequenas crescendo aqui, e podem ser açafrões, campânulas ou narcisos", murmurou.

Ela se abaixou ainda mais e sentiu o cheiro fresco da terra úmida. Gostava muito desse aroma.

"Talvez haja mais brotos em outros lugares", disse. "Vou olhar por todo o jardim."

Em vez de pular corda, ela foi andando. Caminhava devagar, com os olhos fixos no chão. Olhou para os velhos canteiros e para a grama, e depois de ter dado toda a volta, tentando não deixar passar nada, encontrou muitas folhinhas verdes, e estava animada novamente.

"Não é um jardim totalmente morto", disse para si mesma. "Mesmo que as rosas estejam mortas, há outras coisas vivas."

Ela não sabia nada sobre jardinagem, mas a grama parecia tão densa em alguns lugares onde as folhinhas verdes brotavam que Mary pensou que talvez os brotos não tivessem espaço para crescer. Olhando em volta, ela achou um pedaço de graveto afiado e se ajoelhou para cavar, arrancando o mato e a grama até abrir um bom espaço em volta dos brotinhos.

"Agora as plantinhas podem respirar", Mary comentou depois de terminar o trabalho com as primeiras plantas. "Vou fazer a mesma coisa com muitas outras. Vou fazer a mesma coisa com todas que encontrar. Se não tiver tempo hoje, posso voltar amanhã."

Ela foi de broto em broto, e cavou e arrancou o mato, e se divertiu muito, tanto que foi passando de canteiro em canteiro até a grama sob as árvores. O exercício a deixou tão aquecida que primeiro ela tirou o casaco, depois o chapéu e, sem perceber, já sorria para a grama e para os brotinhos verdes o tempo inteiro.

O sabiá estava agitadíssimo. Estava muito satisfeito por ver que já haviam começado a jardinar em sua propriedade. Ben Weatherstaff sempre o deixara intrigado. Onde o trabalho de jardinagem era feito, todos os tipos de coisas deliciosas brotavam do solo para serem comidas. Agora ali estava aquela nova criatura que não tinha nem metade do tamanho de Ben, mas que já tivera a ideia de vir a este jardim e começar a trabalhar na mesma hora.

A srta. Mary trabalhou em seu jardim até a hora do almoço. Na verdade, ela demorou um pouco para pensar nisso, e quando pôs o casaco e o chapéu e pegou a corda de pular, não conseguiu acreditar que havia passado duas ou três horas trabalhando. Durante todo o tempo tinha se sentido feliz; e muitas dezenas de brotinhos verdes podiam ser vistos nos trechos limpos, e pareciam duas vezes mais alegres do que antes, quando grama e mato os sufocavam.

"Eu volto à tarde", ela disse, olhando em volta para seu novo reino, falando para as árvores e as roseiras como se elas a escutassem.

Mary correu pela grama, puxou a porta velha e lenta e passou por baixo da hera. Tinha o rosto tão corado, os olhos tão brilhantes e comeu tão bem no almoço que Martha ficou muito feliz.

"Dois pedaços de carne e duas porções de arroz-doce!", disse. "Ô! A mãe vai ficar feliz quando eu contar pra ela o que pular corda fez com você."

Enquanto cavava com o graveto afiado, a srta. Mary tinha encontrado uma raiz branca que parecia uma cebola. Ela a devolvera ao lugar e afofara a terra com cuidado em torno dela, e só agora pensava que talvez Martha pudesse saber o que era aquilo.

"Martha", ela falou, "o que são aquelas raízes brancas parecidas com cebolas?"

"É bulbo", Martha respondeu. "Muitas flores da primavera crescem deles. Os menorzinhos são campânulas e açafrões, e os maiores são narcisos e junquilhos. Os maiores de todos são lírios e íris. Ô! São bonitas. Dickon tem muitas delas plantadas no nosso jardinzinho."

"Dickon sabe tudo sobre elas?", quis saber Mary, que começava a ter uma nova ideia.

"Nosso Dickon consegue fazer uma flor crescer em uma parede de tijolo. A mãe diz que ele só cochicha coisas pro chão."

"Os bulbos vivem por muito tempo? Sobrevivem por muitos anos, se ninguém cuidar deles?", Mary perguntou agitada.

"São coisas que se cuidam sozinhas", Martha respondeu. "É por isso que gente pobre pode ter essas coisas. Se você não atrapalhar, a maioria vai trabalhar embaixo da terra pela vida inteira, se espalhar e dar brotinhos. Tem um lugar aqui no bosque do parque onde tem milhares de campânulas. Fica a coisa mais linda de ver em Yorkshire quando a primavera chega. Ninguém sabe onde elas foram plantadas pela primeira vez."

"Queria que fosse primavera", Mary disse. "Quero ver todas as coisas que crescem na Inglaterra."

Ela havia terminado de comer e foi se sentar em seu lugar preferido, no tapete diante da lareira.

"Queria... Queria ter uma pazinha", comentou.

"Pra que você quer uma pazinha?", Martha perguntou, rindo. "O que vai cavar? Isso eu também tenho que contar pra mãe."

Mary olhou para o fogo e pensou um pouco. Tinha que ser cuidadosa se quisesse manter seu reino secreto. Não estava fazendo mal nenhum, mas se o sr. Craven descobrisse sobre a porta aberta, ficaria muito bravo, mandaria fazer uma chave nova e a trancaria para sempre. E isso era algo que ela não suportaria.

"Este lugar é muito grande e solitário", Mary falou devagar, como se examinasse as questões mentalmente. "A casa é solitária, o parque é solitário, e os jardins são solitários. Muitos lugares parecem estar fechados. Nunca fiz muitas coisas na Índia, mas tinha gente para olhar — nativos e soldados que passavam marchando —, e, às vezes, tinha bandas tocando, e minha aia contava histórias. Aqui não tem ninguém para conversar além de você e Ben Weatherstaff. Você tem seu trabalho para fazer, e Ben Weatherstaff só fala comigo de vez em quando. Se eu tivesse uma pazinha, poderia cavar em algum lugar como ele faz, e poderia criar um jardim se ele me desse sementes."

O rosto de Martha se iluminou.

"Olha aí!", ela exclamou. "Foi bem o que a mãe falou. Ela disse: 'Tem muito espaço naquele lugar enorme, por que não dão um pouco pra ela, mesmo que seja pra plantar só salsinha e rabanete? Ela pode cavar e limpar o terreno, e vai ficar feliz com isso'. Foi o que ela falou."

"Foi mesmo?", Mary respondeu. "Quantas coisas ela sabe, não é?"

"Ô!", Martha concordou. "Ela sempre diz: 'Uma mulher que cria doze filhos aprende alguma coisa além do alfabeto. Filhos são tão bons quanto aritmética pra fazer a mulher aprender coisas'."

"Quanto custa uma pá? Uma pequena?", Mary quis saber.

"Bom", Martha respondeu pensativa, "no povoado de Thwaite tem uma loja, e eu vi um joguinho de jardinagem com uma pá, um ancinho e um forcado por dois xelins. E são bem fortes, dá pra trabalhar com eles."

"Tenho mais que isso na bolsa", Mary contou. "A sra. Morrison me deu cinco xelins, e a sra. Medlock me deu um pouco de dinheiro do sr. Craven."

"Ele pensou nisso?", Martha se surpreendeu.

"A sra. Medlock disse que eu teria um xelim por semana para gastar. Ela me dá o dinheiro todo sábado. Eu não sabia onde gastar."

"Pelos céus! Isso é riqueza", Martha disse. "Com esse dinheiro, você pode comprar tudo que quiser. O aluguel do nosso casebre custa um xelim e trinta centavos, e é um sacrifício pra juntar. Mas acabei de pensar em uma coisa." E pôs as mãos na cintura.

"Em quê?", Mary perguntou interessada.

"A loja em Thwaite vende pacotes de sementes de flor por um centavo cada um, e nosso Dickon sabe quais são as mais bonitas e como cuidar delas. Ele vai a Thwaite várias vezes por dia só porque acha divertido. Você sabe fazer letras de forma?"

"Sei escrever", Mary respondeu.

Martha balançou a cabeça.

"Nosso Dickon só sabe ler letras de forma. Se você sabe escrever desse jeito, podemos mandar uma carta pra ele pedindo pra ir comprar as ferramentas e as sementes de uma vez só."

"Ah! Você é uma boa menina!", Mary comemorou. "Você é, de verdade! Não sabia que era tão boa. Sei que posso fazer letras de forma, se tentar. Vamos pedir pena, tinta e papel para a sra. Medlock."

"Eu tenho um pouco", Martha revelou. "Trouxe pra poder escrever pra mãe no domingo. Vou buscar."

Ela saiu correndo do quarto, e Mary ficou perto do fogo torcendo as mãozinhas magras, tomada por pura alegria.

"Se eu tiver uma pá", murmurou, "posso deixar a terra macia e tirar o mato. Se tiver sementes, posso plantar flores no jardim, e ele não vai mais estar morto... vai ganhar vida."

Naquela tarde ela não saiu de novo porque, quando Martha voltou com a pena, tinta e papel, teve que limpar a mesa e levar os pratos e as travessas lá para baixo, e quando entrou na cozinha, a sra. Medlock estava lá e lhe deu mais uma ordem, outra coisa para fazer, e Mary ficou esperando por Martha durante muito tempo. Depois, escrever para Dickon deu muito trabalho. Mary havia aprendido muito pouco, porque sua governanta a detestava tanto que não suportava sua companhia. Não conseguia soletrar muito bem, mas descobriu que era capaz de fazer letras de forma quando tentou. Esta foi a carta que Martha ditou para ela:

Meu Caro Dickon:

    Espero que esta carta o encontre tão bem quanto estou neste momento. A srta. Mary tem dinheiro e pergunta se você vai a Thwaite comprar sementes de flores para ela e um jogo de jardinagem para fazer um canteiro. Pegue as mais bonitas e fáceis de cuidar, porque ela nunca fez isso antes e morava na Índia, que é diferente. Todo meu amor para a mãe e cada um de vocês. A srta. Mary vai me contar muito mais coisas, e na minha próxima folga vocês vão saber sobre elefantes, camelos e cavalheiros que caçam leões e tigres.

Sua querida irmã,
Martha Phœbe Sowerby.

"Vamos pôr o dinheiro no envelope, e eu mando o menino que faz entrega pro açougueiro levar na carroça. Ele é muito amigo do Dickon", Martha disse.

"Como vou pegar as coisas que Dickon vai comprar?"

"Ele mesmo vai trazer. Vai gostar de andar até aqui."

"Oh!", Mary exclamou. "Então vou poder conhecê-lo! Nunca pensei que veria Dickon."

"Você quer conhecer ele?", Martha perguntou de repente, porque Mary parecia muito animada.

"Sim, eu quero. Nunca vi um menino que fosse amado por raposas e corvos. Quero muito conhecê-lo."

Martha deu um pulinho, como se tivesse se lembrado de algo.

"Que coisa", ela disse. "Como eu pude esquecer? Estava pensando em contar pra você logo cedo. Perguntei pra mãe, e ela disse que vai falar pessoalmente com a sra. Medlock."

"Quer dizer...", Mary começou.

"O que eu falei na terça-feira. Ela vai perguntar se você pode ir em nosso casebre um dia desses pra comer um pedaço do bolo de aveia quente com manteiga e tomar um copo de leite."

Era como se todas as coisas interessantes estivessem acontecendo em um só dia. Pensar em atravessar a charneca à luz do dia, com o céu azul! Pensar em ir ao casebre onde moravam doze crianças!

"Ela acha que a sra. Medlock vai me deixar ir?", Mary perguntou ansiosa.

"É, ela acha que sim. Ela sabe que a mãe é uma mulher organizada e que mantém o casebre limpo."

"Se eu for, vou conhecer sua mãe, além de Dickon", Mary concluiu, pensando na ideia e gostando muito dela. "Ela não parece ser como as mães na Índia."

O trabalho no jardim e a tarde agitada acabaram deixando a menina silenciosa e pensativa. Martha lhe fez companhia até a hora do chá, mas as duas ficaram confortavelmente quietas, falando muito pouco. Porém, logo antes de Martha descer para buscar a bandeja de chá, Mary fez uma pergunta.

"Martha", ela falou, "a ajudante de cozinha teve dor de dente hoje de novo?"

Martha ficou visivelmente surpresa.

"Por que essa pergunta?", quis saber.

"Porque quando fiquei esperando por muito tempo até você voltar, abri a porta e andei pelo corredor para ver se você estava voltando. E ouvi aquele choro distante de novo, como ouvimos na outra noite. Hoje não tinha vento, você sabe que não pode ter sido o vento."

"Ô!", Martha reagiu com inquietação. "Não pode sair andando pelos corredores e ficar ouvindo as coisas. O sr. Craven ia ficar tão bravo com isso que nem sei o que ele poderia fazer."

"Eu não estava escutando de propósito", Mary respondeu. "Estava só esperando você e ouvi. Com essa, foram três vezes."

"Pelos céus! Olha aí, o sino da sra. Medlock", Martha disse e saiu do quarto quase correndo.

"Esta é a casa mais estranha em que alguém já morou", Mary resmungou sonolenta e apoiou a cabeça no assento estofado da poltrona ao lado. Ar fresco, cavar e pular corda a deixaram tão confortavelmente cansada que ela adormeceu.

Cærefolium.

DICKON
CAPÍTULO X

sol brilhou durante quase uma semana sobre o jardim secreto. Jardim Secreto era o nome que Mary dava ao lugar quando estava pensando nele. Gostava do nome e ainda mais da sensação de estar lá, entre os velhos muros, sem que ninguém soubesse onde estava. Era quase como se isolar do mundo em algum lugar encantado. Os poucos livros que tinha lido e gostado eram contos de fadas, e lera sobre jardins secretos em algumas daquelas histórias. Às vezes, as pessoas dormiam neles por cem anos, o que ela havia considerado bem idiota. Não tinha nenhuma intenção de ir lá para dormir e, na verdade, tornava-se mais alerta a cada dia que passava em Misselthwaite. Estava começando a gostar de ficar ao ar livre; não odiava mais o vento, agora gostava dele. Podia correr mais depressa, por mais tempo, e conseguia pular corda contando até cem. Os bulbos no jardim secreto deviam estar muito surpresos. As áreas em torno deles agora eram tão limpas que todos tinham o espaço que quisessem para respirar, e realmente, se a srta. Mary pudesse ver, eles começavam a se alegrar embaixo da terra escura e trabalhavam muito. O sol os tocava e aquecia, e a chuva, quando caía, os alcançava imediatamente, e assim eles começaram a se sentir muito mais vivos.

Mary era uma pessoinha estranha, determinada, e, agora que tinha algo interessante a que se dedicar, estava muito mais compenetrada, de fato. Ela trabalhava, cavava e arrancava as ervas daninhas constantemente, e a cada hora ficava mais satisfeita com o trabalho, em vez de se cansar dele. Tudo aquilo era como uma brincadeira fascinante para ela. Mary encontrou muitos outros brotinhos verdes, bem mais do que esperava encontrar. Pareciam estar aparecendo em todos os lugares, e cada dia tinha certeza de que encontraria brotos novos, alguns tão pequenos que mal ultrapassavam a superfície do solo. Eram tantos que ela se lembrou do que Martha tinha dito sobre as "milhares de campânulas", e sobre os bulbos se espalhando e produzindo outros novos. Esses haviam sido abandonados por dez anos e talvez tivessem se espalhado, como as campânulas, e se transformado em milhares. Ela especulava quanto tempo levaria até mostrarem que eram flores. Às vezes, ela parava de cavar, olhava para o jardim e tentava imaginar como seria quando ele estivesse coberto de milhares de coisas adoráveis em botão.

Durante aquela semana de sol, ela se aproximou mais de Ben Weatherstaff. Surpreendeu-o várias vezes surgindo aparentemente do nada ao seu lado, como se brotasse da terra. A verdade era que ela temia que o homem recolhesse suas ferramentas e fosse embora se a visse chegando, por isso sempre se aproximava dele tão silenciosamente quanto podia. Mas, de fato, ele não se opunha mais com a mesma firmeza de antes. Talvez se sentisse secretamente lisonjeado pelo desejo evidente da menina por sua companhia idosa. Além disso, ela também estava mais educada do que antes. Ele não sabia que, ao vê-lo pela primeira vez, a menina tinha falado com ele como teria falado com um nativo, sem saber que um velho rabugento e vigoroso de Yorkshire não estava acostumado a se curvar diante de seus senhores e receber ordens deles.

"Ficou parecida com o sabiá", ele comentou certa manhã, quando levantou a cabeça e a viu parada ao seu lado. "Nunca sei quando vou ver você ou de que lado vai aparecer."

"Ele agora é meu amigo", Mary contou.

"Ele é assim", Ben Weatherstaff disparou. "Faz amizade com as mulheres só por vaidade e capricho. Não tem nada que ele não faça pra se exibir e flertar sacudindo as penas do rabo. É tão cheio de orgulho quanto um ovo é cheio de gema e clara."

Ben raramente falava muito, e às vezes nem respondia as perguntas de Mary, limitando-se a resmungar alguma coisa, mas essa manhã ele falava mais que de costume. Ele se levantou e apoiou uma das botas sobre a pá enquanto olhava para ela.

"Quanto tempo faz que você chegou aqui?", perguntou.

"Acho que um mês, mais ou menos", ela respondeu.

"Está começando a aproveitar os benefícios de Misselthwaite", comentou o jardineiro. "Engordou um pouco e não está mais tão amarela. Você parecia um filhote de corvo depenado quando apareceu aqui no jardim pela primeira vez. Naquele dia, pensei que nunca tinha visto uma menina mais feia, de expressão mais azeda."

Mary não era vaidosa e, como nunca havia se preocupado muito com a própria aparência, não se incomodou muito.

"Eu sei que estou mais gorda", disse. "Minhas meias estão ficando mais apertadas. Antes ficavam enrugadas. Lá está o sabiá, Ben Weatherstaff."

De fato, lá se encontrava o sabiá, e ela pensou que o pássaro estava mais bonito que nunca. O peito vermelho brilhava como cetim, e ele balançava as asas e a cauda e inclinava a cabeça, saltitando por ali todo gracioso. Parecia decidido a conquistar a admiração de Ben Weatherstaff. Mas Ben foi sarcástico.

"Ah, você está aí!", ele disse. "Quando não encontra ninguém melhor, pode suportar minha companhia. Estava avermelhando o peito e polindo as penas nessas duas últimas semanas. Sei o que isso significa. Está cortejando alguma jovem dama em algum lugar, contando mentiras a ela sobre ser o melhor sabiá macho de Missel e estar disposto a enfrentar tudo por ela."

"Ah! Olhe para ele!", Mary exclamou.

O sabiá estava com uma disposição fascinante, atrevida. Ele se aproximou saltitando, chegou mais perto e olhou para Ben Weatherstaff de um jeito muito envolvente. Depois voou para o arbusto de groselhas mais próximo, inclinou a cabeça e cantou uma canção para ele.

"Acha que vai me conquistar com isso", Ben comentou, enrugando o rosto de tal maneira que Mary teve certeza de que ele se esforçava para não demonstrar satisfação. "Acha que ninguém resiste a você, é isso que pensa."

O sabiá abriu as asas, e Mary quase não conseguiu acreditar no que via. Ele voou diretamente para a pá de Ben Weatherstaff e pousou no topo do cabo. O rosto do velho se enrugou lentamente em uma expressão diferente. Ele ficou parado, como se tivesse medo de respirar, como se nada no mundo pudesse fazê-lo se mover e espantar o sabiá. E falou baixo, sussurrando.

"Ora, olha só!", disse, usando um tom tão suave que parecia estar dizendo outra coisa. "Você sabe como conquistar, ah, sabe! Isso é bem incomum, só para sua informação."

E continuou ali parado, sem se mexer, quase sem respirar, até o sabiá sacudir as asas novamente e voar para longe. Então o homem ficou olhando para o cabo da pá como se pudesse haver magia nela, e depois voltou a cavar e não disse nada por vários minutos.

Mas como o jardineiro sorria de vez em quando, Mary não teve medo de falar com ele.

"Você tem um jardim só seu?", perguntou.

"Não. Sou um solteirão, moro com Martin na entrada, perto do portão."

"Se tivesse, o que plantaria nele?"

"Repolhos, batatas e cebolas."

"Mas se quisesse fazer um canteiro de flores", Mary insistiu, "o que plantaria?"

"Bulbos e coisas de perfume doce, mas principalmente rosas."

O rosto de Mary se iluminou.

"Gosta de rosas?", ela perguntou.

Ben Weatherstaff arrancou uma erva daninha e a jogou para o lado antes de responder.

"Ah, sim, eu gosto. Aprendi a gostar delas com uma jovem de quem fui jardineiro. Ela as tinha aos montes em um lugar de que gostava muito, e as amava como se fossem filhos — ou pássaros. Eu a via se inclinar para beijá-las." Ben arrancou mais uma erva daninha e olhou feio para ela. "Isso foi há uns dez anos."

"Onde ela está agora?", perguntou Mary com muito interesse.

"No céu", ele respondeu, enterrando a pá profundamente no solo, "como diz o pastor."

"O que aconteceu com as rosas?", Mary continuou perguntando, mais interessada que nunca.

"Foram abandonadas."

Mary estava ficando muito animada.

"Elas morreram? As rosas morrem quando são abandonadas?", arriscou.

"Bom, eu aprendi a gostar delas... E gostava dela... E ela gostava delas", Ben Weatherstaff admitiu relutante. "Uma ou duas vezes por ano, vou cuidar um pouco delas, aparo e limpo o terreno em volta das raízes. Elas crescem sem controle, mas foram plantadas em um solo rico, por isso algumas sobreviveram."

"Quando elas não têm folhas, e estão acinzentadas ou marrons e secas, como se pode saber se estão mortas ou vivas?", Mary indagou.

"Espere até a primavera chegar, espere o sol brilhar depois da chuva e a chuva cair depois do sol, e então você vai descobrir."

"Como? Como?", Mary indagou, deixando a cautela de lado.

"Olhe os galhos e ramos, veja se tem um carocinho marrom surgindo aqui e ali, observe depois da chuva morna e veja o que acontece." De repente ele parou e a encarou, curioso. "Por que tanto interesse nas rosas e nessas coisas todas de repente?", quis saber.

A srta. Mary sentiu seu rosto ficar vermelho. Teve quase medo de responder.

"Eu... quero brincar de... de ter um jardim só para mim", gaguejou. "Eu... não tenho nada para fazer. Não tenho nada... nem ninguém."

"Bom", Ben Weatherstaff respondeu sem pressa, olhando para ela, "é verdade. Não tem."

Ele falou de um jeito tão estranho que Mary pensou que, talvez, estivesse com um pouco de pena dela. Ela nunca tinha sentido pena de si mesma; sentia apenas cansaço e irritação, porque não gostava nem um pouco das pessoas e das coisas. Mas agora o mundo parecia estar mudando e ficando melhor. Se ninguém descobrisse sobre o jardim secreto, ela poderia se divertir sempre.

Mary ficou com ele mais dez ou quinze minutos e fez tantas perguntas quanto teve coragem de fazer. Ele respondeu cada uma delas com aquele jeito estranho de resmungar e não pareceu realmente irritado, nem pegou a pá e se afastou dali. Falou alguma coisa sobre rosas quando ela estava indo embora, e isso fez com que ela se lembrasse daquelas de que ele disse gostar.

"Você vê aquelas outras rosas hoje em dia?", ela perguntou.

"Este ano não fui. Meu reumatismo me deixou com as juntas duras."

Ele deu essa resposta resmungando e depois ficou bravo de repente, embora ela nem imaginasse por quê.

"Agora escute aqui!", o jardineiro disse com tom firme. "Não faça tantas perguntas. Nunca conheci menina pra fazer tantas perguntas. Vai brincar. Cansei de conversar por hoje."

E ele falou tudo isso de um jeito tão irritado que Mary soube que seria inútil ficar ali. Ela se afastou pulando corda devagar pelo passadiço externo, pensando no jardineiro e dizendo a si mesma que, por mais estranho que fosse, ali estava outra pessoa de quem gostava, apesar de seu mau humor. Gostava do velho Ben Weatherstaff. Sim, gostava dele. Queria sempre tentar conversar com ele. E começara a acreditar que ele sabia tudo sobre flores.

Havia um passadiço ladeado de pés de louro que contornava o jardim secreto e terminava em um portão que se abria para um bosque, no parque. Ela pensou em seguir por esse caminho, ir dar uma olhada no bosque e ver se havia coelhos pulando por lá. Divertiu-se muito pulando corda, e quando chegou ao pequeno portão, ela o abriu e passou por ele, porque tinha ouvido um assobio baixo, peculiar, e queria descobrir o que era.

Era uma coisa muito estranha, de fato. Mary praticamente parou de respirar quando parou para olhar aquilo. Havia um menino sentado embaixo de uma árvore, com as costas apoiadas nela, tocando uma flauta rústica de madeira. Era um menino de uns 12 anos, com uma aparência engraçada. Parecia muito limpo, o nariz empinado e as bochechas vermelhas como papoulas, e a srta. Mary nunca tinha visto olhos tão redondos e tão azuis no rosto de nenhum outro menino. E no tronco da árvore à qual ele estava encostado havia um esquilo marrom que o olhava, e um faisão esticava delicadamente o pescoço para observá-lo de trás de um arbusto perto dali, e dois coelhos sentados bem perto da árvore farejavam o ar com seus focinhos trêmulos — e era como se todos se aproximassem para observar o menino e ouvir o som baixo e estranho que sua flauta produzia.

Quando viu Mary, ele levantou a mão e falou com ela em voz baixa, quase tão baixa quanto o som de sua flauta.

"Não se mexe", disse. "Vai assustar eles."

Mary ficou imóvel. Ele parou de tocar a flauta e começou a se levantar do chão. Seus movimentos eram tão lentos que era como se nem estivesse se movendo, mas ele ficou em pé, finalmente, e o esquilo correu para os galhos da árvore, o faisão encolheu o pescoço e os coelhos se afastaram saltitando, embora nenhum deles parecesse assustado.

"Meu nome é Dickon", o menino disse. "Sei que você é a srta. Mary."

Mary se deu conta de que, de alguma maneira, havia deduzido desde o início que ele era Dickon. Quem mais poderia estar encantando coelhos e faisões como os nativos encantavam serpentes na Índia? Sua boca era larga, vermelha e encurvada, e o sorriso se espalhava por todo o rosto.

"Levantei devagar", ele explicou, "porque eles se assustam com movimentos rápidos. É preciso se mover lentamente e falar baixo quando coisas da natureza estão por perto."

Ele não falava com ela como se nunca tivessem se visto antes, mas como se a conhecesse bem. Mary não sabia nada sobre meninos, e estava um pouco tensa por se sentir acanhada.

"Recebeu a carta de Martha?", perguntou.

Ele respondeu que sim, balançando a cabeça de cabelos encaracolados cor de ferrugem.

"Por isso eu vim."

O menino parou para pegar alguma coisa que havia deixado no chão ao seu lado enquanto tocava flauta.

"Trouxe as ferramentas de jardinagem. Tem uma pazinha, um ancinho, um forcado e uma enxada. Ô, e são boas. Também tem uma espátula. E a mulher da loja deu um pacote de papoulas brancas e um de esporas azuis quando comprei as outras sementes."

"Pode me mostrar as sementes?", Mary pediu.

Queria conseguir falar como ele. Falava depressa, com naturalidade. Dava a impressão de que gostava dela e não tinha medo de essa simpatia não ser recíproca, embora fosse só um menino comum da charneca que usava roupas remendadas, tinha uma cara engraçada e uma cabeça vermelha como ferrugem. Quando se aproximou dele, ela percebeu que havia à sua volta um cheiro fresco de urze, grama e folhas, quase como se fosse feito delas. Aquilo agradou Mary, e quando olhou para aquele rosto engraçado com bochechas vermelhas e olhos azuis e redondos, esqueceu que se sentia acanhada.

"Vamos sentar naquele tronco para vê-las", disse.

Eles se sentaram, e o menino tirou do bolso do casaco um pacotinho desajeitado de papel pardo. Ele desamarrou o barbante e, dentro do pacote, havia muitos outros menores e mais ajeitados, com a imagem de uma flor em cada um.

"Tem muito resedá e papoula", disse. "O resedá é a coisa mais cheirosa que nasce da terra, e cresce onde você plantar, como a papoula. Brotam e florescem até se você só assobiar pra eles, essa é a melhor parte."

O menino parou e virou a cabeça de repente, e o rosto sardento se iluminou.

"Tem um sabiá cantando pra nos chamar. Onde ele está?", perguntou.

O som vinha de um arbusto de azevinho carregado de frutinhas vermelhas, e Mary pensou que sabia de quem era o canto.

"Acha mesmo que ele está nos chamando?", ela perguntou.

"Está", Dickon disse, como se essa fosse a coisa mais natural do mundo, "ele está chamando alguém de quem é amigo. Parece que está dizendo: 'Estou aqui. Olhe pra mim. Quero conversar um pouco'. Lá está, no arbusto. De quem é?"

"Ele é de Ben Weatherstaff, mas acho que me conhece um pouco", Mary respondeu.

"Sim, ele conhece você", Dickon falou em voz baixa. "E gosta de você. E vai me falar tudo sobre você em um minuto."

Ele se aproximou do arbusto com os movimentos mais lentos que Mary já tinha visto, depois fez um barulho muito parecido com o trinado do pássaro. O sabiá ouviu com atenção por alguns segundos e depois reagiu como se estivesse respondendo a uma pergunta.

"É, ele é seu amigo", Dickon riu.

"Acha mesmo que é?", Mary indagou animada. Queria muito saber. "Acha que ele gosta de mim de verdade?"

"Ele não se aproximaria de você se não gostasse", Dickon respondeu. "As aves escolhem poucas pessoas, e um sabiá pode desprezar alguém muito mais do que um homem seria capaz. Olha lá, ele está tentando chamar sua atenção agora. 'Não consegue reconhecer um amigo?', ele está dizendo."

E parecia mesmo ser verdade. Ele cantava, trinava e gorjeava empoleirado no arbusto.

"Você entende tudo que os pássaros dizem?", Mary perguntou.

O sorriso de Dickon se alargou até ele todo parecer uma boca larga, vermelha e curva, e ele coçou a cabeça.

"Acho que sim, e eles acham que eu entendo", respondeu. "Moro na charneca com eles há muito tempo. Vi quando saíram dos ovos, criaram penas, aprenderam a voar e começaram a cantar, vi tudo isso até pensar que sou um deles. Às vezes, acho que, sem saber, posso ser um pássaro, ou uma raposa, ou um coelho, ou um esquilo, ou até um besouro."

Rindo, Dickon foi se sentar novamente no tronco e voltou a falar sobre as sementes de flores. Disse como ficavam quando viravam flores; explicou como ela devia plantar as sementes, cuidar delas, regar e nutrir.

"Olha aqui", ele disse de repente, virando-se para encará-la. "Eu planto as sementes pra você. Onde fica o jardim?"

Mary uniu as mãozinhas no colo. Não sabia o que dizer, por isso não disse nada por um minuto inteiro. Nunca havia pensado nisso. Sentia-se miserável. E tinha a sensação de que havia ficado vermelha, depois pálida.

"Você tem um jardim, não tem?", Dickon perguntou.

Era verdade que tinha corado e empalidecido. Dickon tinha visto, e como ela ainda não havia falado nada, ele começou a ficar intrigado.

"Eles não podem dar um pedaço do jardim pra você plantar?", perguntou. "Ainda não tem um jardim?"

Ela apertou as mãos ainda mais e olhou para o menino.

"Não sei nada sobre meninos", disse lentamente. "Se eu contar um segredo, você consegue guardá-lo? É um grande segredo. Não sei o que faria se alguém o descobrisse. Acho que morreria!" Ela disse a última frase com veemência.

Dickon parecia mais intrigado que nunca, e até passou a mão na cabeça de novo, mas respondeu com bom humor.

"Guardo segredos o tempo todo", disse. "Se não conseguisse guardar os segredos dos outros meninos sobre os filhotes das raposas, os ninhos das aves e as tocas das criaturas selvagens, nada estaria seguro na charneca. É, eu sei guardar segredos."

A srta. Mary não pretendia estender a mão e segurá-lo pela manga do casaco, mas foi o que fez.

"Roubei um jardim", ela falou muito depressa. "Não é meu. Não é de ninguém. Ninguém o quer, ninguém gosta dele, ninguém nunca vai lá. Talvez tudo nele já esteja morto. Não sei."

Ela começou a se sentir quente e mais do contra do que jamais tinha se sentido em toda a sua vida.

"Não importa! Não importa! Ninguém tem o direito de tirá-lo de mim se eu cuido dele, e eles, não. Estão deixando que ele morra lá, trancado e sozinho", concluiu apaixonadamente, depois cobriu o rosto com os braços e começou a chorar — pobrezinha da srta. Mary.

Os olhos azuis e curiosos de Dickon ficavam cada vez mais redondos.

"Ô-ô-ô!", ele disse, arrastando a exclamação lentamente com uma mistura de espanto e piedade.

"Não tenho nada para fazer", Mary disse. "Nada me pertence. Encontrei-o sozinha e entrei lá sozinha. Fiz como o sabiá, e eles não o tiraram do sabiá."

"Onde fica?", Dickon perguntou em voz baixa.

A srta. Mary se levantou imediatamente. Sabia que se sentia do contra outra vez, e obstinada, e não se incomodava nem um pouco. Era imperiosa e indiana, e, ao mesmo tempo, estava agitada e triste.

"Venha comigo, vou lhe mostrar", ela disse.

E o levou pelo caminho ladeado de louros para o passadiço onde a hera crescia tão densa. Dickon a seguia com uma expressão estranha, quase piedosa no rosto. Sentia-se como se fosse levado para ver o ninho de alguma ave estranha e tivesse que se movimentar com cuidado. Quando ela se aproximou do muro e ergueu a hera que descia como uma cortina, ele se sobressaltou. Havia uma porta, e Mary a empurrou e abriu devagar, e eles passaram juntos pela abertura, e então Mary parou e apontou para o lugar com uma atitude desafiadora.

"É isso", ela disse. "É um jardim secreto, e eu sou a única pessoa no mundo que quer vê-lo vivo."

Dickon olhou em volta várias vezes.

"Ô!", quase sussurrou. "Que lugar bonito, diferente! Parece um sonho."

O Jardim Secreto

O NINHO DO SABIÁ
CAPÍTULO XI

Ele ficou olhando em volta por dois ou três minutos enquanto Mary o observava, e depois começou a andar lentamente, pisando ainda mais leve que Mary na primeira vez que estivera entre aqueles quatro muros. Seus olhos pareciam registrar tudo — as árvores cinzentas com os galhos da mesma cor escalando os troncos e pendendo dos galhos, o emaranhado nos muros e em meio à grama, as alcovas de arbustos perenes com os assentos de pedra e as floreiras altas em seu interior.

"Nunca pensei que veria este lugar", o menino confessou finalmente, com um sussurro.

"Você sabia sobre ele?", Mary perguntou.

Ela falou em voz alta, e Dickon fez um sinal.

"Temos que falar baixo", disse, "ou alguém vai ouvir e vai querer saber o que tem pra fazer aqui."

"Ah! Eu esqueci!", Mary disse, sentindo-se amedrontada e cobrindo rapidamente a boca com a mão. "Você sabia sobre o jardim?", perguntou de novo quando se recompôs.

Dickon assentiu.

"Martha me contou que ele existia e que ninguém nunca entrava nele", respondeu. "Nós ficávamos imaginando como era."

Ele parou e olhou em volta, para o lindo emaranhado cinzento em torno dele, e seus olhos redondos pareciam estranhamente felizes.

"Vai ter ninhos aqui quando a primavera chegar", ele falou. "Deve ser o lugar mais seguro da Inglaterra pra se fazer um ninho. Ninguém nunca vem aqui, e tem os caules enroscados nas árvores, e as rosas pra completar. Queria saber por que será que todos os pássaros da charneca não vêm fazer ninho aqui."

A srta. Mary tocou o braço dele de novo sem se dar conta.

"Vai ter rosas?", cochichou. "Você sabe? Pensei que todas talvez estivessem mortas."

"Hum... Não! Não estão, não todas!", Dickon respondeu. "Olha aqui!"

Ele se aproximou da árvore mais próxima deles — uma muito velha, com a casca do tronco coberta de líquen cinzento, mas que exibia uma cortina de ramos e galhos emaranhados. Tirou uma faca grossa do bolso e abriu uma das lâminas.

"Tem muita madeira morta que precisa ser cortada", explicou. "E tem muita madeira velha, mas também surgiu alguma nova no ano passado. Esta parte aqui é nova", e tocou um broto que parecia meio marrom, meio esverdeado, não cinza e duro como os outros.

Mary tocou o broto com interesse e reverência.

"Este?", ela perguntou. "Este aqui está vivo?"

Dickon estendeu a boca naquele sorriso largo.

"Tão vivente quanto você ou eu", garantiu, e Mary lembrou que Martha havia explicado que "vivente" era o mesmo que "vivo" ou "cheio de vida".

"Fico feliz que esteja vivente!", ela sussurrou, mas era como se gritasse. "Quero que todos fiquem viventes. Vamos dar uma volta no jardim e contar quantos viventes existem aqui."

Mary estava arfando com a agitação, e Dickon estava tão animado quanto ela. Eles foram de árvore em árvore e de arbusto em arbusto. Dickon levava a faca na mão e mostrava coisas que ela achava maravilhosas.

"Cresceram sem nenhum cuidado", ele disse, "mas as mais fortes estão aqui. As mais delicadas morreram, mas as outras cresceram e cresceram, e se espalharam e se reproduziram, até que tudo ficou uma maravilha. Olha aqui!" Dickon puxou para baixo um galho cinza e grosso que parecia estar seco. "Alguém pode pensar que é madeira morta, mas eu não acredito que esteja, não até a raiz. Vou cortar bem rente pra ver."

Ele se ajoelhou com a faca e cortou completamente o galho que parecia não ter vida, cortou bem perto da terra.

"Pronto!", anunciou exultante. "Eu falei. Ainda tem verde nessa madeira. Olha isso."

Mary se ajoelhou antes de ele falar, olhando para o galho com grande interesse.

"Quando ele é esverdeado assim e tem esse leite, é vivente", Dickon explicou. "Quando a parte de dentro está seca e quebra fácil, como esse pedaço que eu cortei fora, está acabado. Tem uma grande raiz aqui de onde brota toda essa madeira viva, e se a madeira velha for cortada, e a terra for trabalhada e tratada, vai ter..." Ele parou de falar e olhou para cima, para os ramos que subiam e desciam dos galhos sobre eles. "Vai ter uma fonte de rosas aqui no verão."

Eles seguiram de arbusto em arbusto e de árvore em árvore. Ele era muito forte e muito habilidoso com sua faca, e sabia como cortar a madeira seca e morta e removê-la, e podia dizer quando um ramo ou galho que não parecia promissor ainda tinha vida verde em seu interior. Em meia hora, Mary achava que também ela poderia dizer, e quando ele cortou um galho que parecia não ter mais vida, ela sufocou um grito de alegria ao ver o pequeno sinal de um verde úmido. A pá, a enxada e o forcado foram muito úteis. Ele mostrou à menina como usar o forcado enquanto cavava em volta das raízes com a pá, revolvia a terra e deixava entrar o ar.

Eles trabalhavam com afinco em torno de uma das maiores roseiras quando Dickon viu algo que arrancou dele uma exclamação de surpresa.

"Ora!", ele gritou, apontando para a grama a alguns centímetros de onde estava. "Quem fez aquilo ali?"

Era uma das clareiras que Mary tinha aberto em torno dos brotinhos verdes.

"Fui eu", ela respondeu.

"Ora, pensei que não soubesse nada de jardinagem!", o garoto exclamou.

"Não sei", Mary confirmou, "mas eles eram tão pequenos, e a grama era tão densa e forte, que pareciam não ter espaço para respirar. Então abri um lugar para eles. Não sei nem o que são essas plantinhas."

Dickon se ajoelhou ao lado dos brotos com aquele sorriso largo.

"Ficou muito bom", elogiou. "Um jardineiro não podia ter ensinado a fazer melhor. Agora eles vão crescer como o pé de feijão do João. Aqui tem açafrão, ali são campânulas, e logo depois são narcisos." E olhou para outro canteiro. "E ali tem mais narcisos de outra variedade. Ô, vai ficar tudo lindo."

Dickon correu para outra clareira.

"Trabalhou muito pra uma menina tão pequena", disse, olhando-a da cabeça aos pés.

"Estou engordando", Mary contou, "e estou ficando mais forte. Antes eu estava sempre cansada. Quando cavo, não sinto nenhum cansaço. Gosto de sentir o cheiro da terra quando é revirada."

"É muito bom pra você", ele aprovou, balançando a cabeça com ar sábio. "Não tem nada tão bom quanto o cheiro da boa e velha terra, exceto o cheiro de coisas frescas crescendo quando a chuva cai em cima delas. Eu saio para a charneca quando está chovendo, deito embaixo de um arbusto e fico ouvindo o barulho manso das gotas na urze, inspirando e sentindo o cheiro. A mãe diz que a ponta do meu nariz treme como o focinho de um coelho."

"Você nunca fica resfriado?", Mary perguntou, olhando para ele com admiração. Nunca tinha visto um menino tão divertido, nem tão agradável.

"Eu, não", ele respondeu, rindo. "Nunca peguei resfriado desde que nasci. Não fui criado como uma florzinha que tem medo do frio. Corro pela charneca com qualquer tempo, como os coelhos. A mãe diz que respirei ar fresco suficiente por 12 anos pra nunca fungar de resfriado. Sou forte como um galho de espinheiro-branco."

Ele trabalhava sem parar enquanto falava, e Mary o seguia e ajudava com o forcado ou a enxada.

"Tem muito trabalho pra fazer aqui!", o menino comentou uma vez, olhando em volta com animação.

"Pode vir de novo e me ajudar?", Mary pediu. "Tenho certeza de que também posso ajudar. Posso arrancar as ervas daninhas e fazer o que você disser. Oh! Venha, Dickon!"

"Venho todos os dias, se você quiser, faça chuva ou faça sol", ele respondeu sem hesitar. "É a maior diversão que já tive na vida, ficar aqui trancado e ajudar a despertar um jardim."

"Se você vier", Mary disse, "se me ajudar a fazer o jardim reviver, eu... Eu não sei nem o que vou fazer", concluiu impotente. O que se pode fazer por um menino como esse?

"Eu falo o que você pode fazer", Dickon respondeu com seu sorriso feliz. "Vai ficar mais gordinha e vai ter o apetite de uma jovem raposa, e vai aprender a falar com o sabiá como eu falo. Hum, vai ser muito divertido."

Ele começou a andar pelo jardim, olhando para o topo das árvores, para os muros e os arbustos com uma expressão pensativa.

"Não quero que isto aqui fique parecendo um jardim de jardineiro, todo arrumadinho e podado, todo desenhado, você quer?", Dickon perguntou. "É mais bonito assim, com as coisas crescendo naturalmente, balançando e se enroscando umas às outras."

"Não vamos arrumar demais", Mary concordou ansiosa. "Não vai parecer um jardim secreto se for todo arrumado."

Dickon coçou a cabeça cor de ferrugem com uma expressão confusa.

"É claro que é um jardim secreto", disse, "mas parece que alguém além do sabiá esteve aqui desde que ele foi trancado, há dez anos."

"Mas a porta estava trancada e a chave estava enterrada", Mary explicou. "Ninguém podia entrar."

"É verdade", ele respondeu. "É um lugar estranho. Tenho a impressão de que alguém andou podando as plantas aqui e ali há menos de dez anos."

"Mas como isso pode ter sido feito?", Mary quis saber.

Ele examinava um galho de roseira comum e balançava a cabeça.

"Pois é! Como?", murmurou. "Com a porta trancada e a chave enterrada."

A srta. Mary sempre sentia que, por mais que vivesse muitos anos, nunca esqueceria aquela primeira manhã, quando seu jardim começou a crescer. É claro, ele parecia ter começado a crescer, de fato, naquela manhã. Quando Dickon começou a limpar trechos e plantar sementes, ela se lembrou do que Basil costumava cantar quando queria irritá-la.

"Existem flores que parecem sinos?", indagou.

"Lírios-do-vale parecem sinos", o menino respondeu enquanto cavava com a enxada, "e vários tipos de campânulas."

"Vamos plantar algumas", ela decidiu.

"Já tem lírios-do-vale aqui, eu vi. Eles estão brotando muito juntos e vamos ter que separar os pés, mas tem bastante. As outras demoram dois anos pra florescer depois de semeadas, mas posso trazer outras plantas do jardim do casebre. Por que quer essas?"

Mary contou a Dickon sobre Basil e seus irmãos na Índia, e sobre como ela os odiava por causa do apelido que lhe haviam dado, "Senhorita Mary do Contra".

"Eles dançavam à minha volta e cantavam uma musiquinha para mim. Cantavam..."

>Senhorita Mary do Contra,
>Como cresce seu jardim?
>Com campânulas feito sinos, conchas,
>E cravos enfileirados assim.

"Acabei de me lembrar disso e fiquei pensando se existem flores cuja forma lembra um sino."

Ela franziu um pouco a testa e empurrou a enxada contra a terra com mais força que antes.

"Eu não era tão do contra quanto eles."

Mas Dickon riu.

"Ô!", ele disse, e enquanto esfarelava o solo preto e rico, ela notou que o menino farejava seu aroma. "Não acredito que alguém tenha motivo pra ser do contra quando há flores e coisas assim, e tantos bichos amigáveis correndo por aí e construindo casas pra eles, ou fazendo ninhos e cantando e assobiando, não é?"

Mary se ajoelhou ao lado dele e, segurando as sementes, o encarou. Já não franzia a testa.

"Dickon", ela falou, "você é tão bondoso quanto Martha disse que era. Gosto de você, e é a quinta pessoa de quem gosto. Nunca pensei que gostaria de cinco pessoas."

Dickon sentou-se sobre os calcanhares, como Martha fazia quando estava limpando a grade da lareira. Ele tinha um jeito divertido e encantador, Mary pensou, com seus olhos azuis e redondos, as faces vermelhas e o nariz empinado que parecia sempre feliz.

"Só gosta de cinco pessoas?", ele perguntou. "Quem são as outras quatro?"

"Sua mãe, Martha", Mary foi contando nos dedos, "o sabiá e Ben Weatherstaff."

Dickon riu tanto que foi forçado a sufocar o som com o braço sobre a boca.

"Sei que você acha que sou um menino estranho", disse, "mas eu acho que você é a menina mais estranha que já conheci."

Então Mary fez uma coisa inusitada. Ela se inclinou para a frente e fez ao garoto uma pergunta que nunca tinha sonhado fazer a ninguém. E tentou formular a pergunta falando como as pessoas de Yorkshire, porque essa era a linguagem dele, e na Índia um nativo sempre ficava satisfeito se alguém falasse sua língua.

"Ô, você gosta de mim?", perguntou.

"Ô!", ele respondeu com sinceridade. "É claro que sim. Gosto muito de você, e o sabiá também gosta, eu acredito que sim!"

"São dois, então", Mary contou. "Duas pessoas gostam de mim."

Depois disso, eles passaram a trabalhar mais que nunca e com mais alegria. Mary se sobressaltou e ficou triste quando o grande relógio no pátio deu as badaladas que marcavam a hora de sua refeição do meio-dia.

"Tenho que ir", disse pesarosa. "E você também tem que ir para casa, não tem?"

Dickon riu.

"Meu almoço é fácil de carregar", respondeu. "A mãe sempre me deixa carregar alguma coisinha de comer no bolso."

Ele pegou o casaco da grama e tirou do bolso um pequeno embrulho envolto em um lenço limpo de tecido rústico azul e branco. Nele havia duas fatias grossas de pão com uma fatia de alguma coisa entre elas.

"Normalmente é só pão", ele disse, "mas hoje tem uma boa fatia de bacon no meio."

Mary pensou que aquela era uma refeição estranha, mas ele parecia pronto para saboreá-la.

"Corre, vai comer", Dickon disse. "Vou terminar de comer antes. Depois vou trabalhar mais um pouco antes de ir pra casa."

Ele se sentou com as costas apoiadas em uma árvore.

"Vou chamar aquele sabiá", disse, "e dar a casquinha do bacon pra ele bicar. Eles gostam de gordura."

Mary não suportava a ideia de deixá-lo. De repente, era como se ele fosse uma espécie de ser encantado da floresta, que sumiria antes de ela voltar ao jardim. Parecia bom demais para ser verdade. Ela se dirigiu à porta andando bem devagar, mas parou no meio do caminho e voltou.

"Aconteça o que acontecer... você nunca iria contar, certo?", perguntou.

Dickon deu uma primeira e grande mordida no pão com bacon, e suas bochechas vermelhas ficaram infladas, mas isso não o impediu de dar um sorriso encorajador.

"Se você fosse um passarinho e me contasse onde fica seu ninho, acha que eu contaria pra alguém? Eu, não", ele respondeu. "Você está segura como um passarinho."

E Mary tinha certeza de que estava.

"POSSO TER UM POUCO DE TERRA?"
CAPÍTULO XII

ary correu tanto que estava bem ofegante quando chegou ao quarto. O cabelo caía desarrumado sobre a testa, e as faces brilhavam, coradas. A refeição a esperava, e Martha estava em pé ao lado da mesa.

"Você se atrasou um pouco", disse. "Onde estava?"

"Conheci Dickon!", Mary contou. "Eu conheci Dickon!"

"Eu sabia que ele viria", Martha respondeu exultante. "O que achou dele?"

"Acho... que ele é bonito", Mary declarou com tom determinado.

Martha parecia surpresa, mas contente também.

"Bom", ela disse, "ele é o melhor menino que já nasceu, mas nunca pensamos que fosse bonito. O nariz dele é empinado demais."

"Gosto quando o nariz é empinado", Mary falou.

"E os olhos são muito redondos", Martha insistiu, um pouco hesitante. "Apesar da cor ser bonita."

"Gosto de olhos redondos", Mary disse. "E eles têm exatamente a mesma cor do céu sobre a charneca."

Martha transbordava satisfação.

"A mãe diz que ele ficou com os olhos daquela cor de tanto olhar para os pássaros e para as nuvens. Mas ele também tem a boca grande, não tem?"

"Adorei a boca grande", Mary confessou com obstinação. "Queria que a minha fosse daquele jeito."

Martha riu, encantada.

"Ia ficar engraçado nessa sua carinha miúda", respondeu. "Mas eu sabia que seria desse jeito quando visse Dickon. O que achou das sementes e das ferramentas de jardinagem?"

"Como sabe que ele as trouxe?", Mary perguntou.

"Ô! Nunca pensei que não traria. Dickon traria tudo mesmo que tivesse que ir buscar em Yorkshire. Ele é muito responsável."

Mary temia que ela começasse a fazer perguntas difíceis, mas não foi o que aconteceu. Martha estava muito interessada nas sementes e ferramentas de jardinagem, e houve apenas um momento em que Mary sentiu medo. Foi quando ela começou a perguntar onde as flores seriam plantadas.

"Pra quem perguntou sobre isso?", Martha indagou.

"Ainda não perguntei nada a ninguém", Mary disse com alguma hesitação.

"Bom, eu não perguntaria ao jardineiro-chefe. O sr. Roach se acha muito importante, se acha mesmo."

"Não o conheço", Mary respondeu. "Só conheci jardineiros menores e Ben Weatherstaff."

"Se eu fosse você, ia perguntar pro Ben Weatherstaff", Martha a aconselhou. "Ele não é tão mau quanto parece, apesar de ser rabugento. O sr. Craven deixa o Ben fazer o que quer porque ele estava aqui quando a sra. Craven era viva, e ele fazia a senhora rir. Ele divertia a senhora. E ela gostava dele. Talvez ele encontre um cantinho separado e mais afastado pra você plantar as flores."

"Se for separado e mais afastado, e ninguém quiser esse lugar, então ninguém vai poder reclamar por eu ficar com ele, não é?", Mary sugeriu ansiosa.

"Não teria motivo nenhum", Martha confirmou. "Você não ia fazer mal a ninguém."

Mary comeu o mais depressa que pôde e, quando saiu da mesa, ia correr ao quarto para pôr o chapéu de novo, mas Martha a impediu.

"Tenho uma coisa pra falar", ela avisou. "Achei melhor deixar você comer antes. O sr. Craven chegou hoje de manhã, e acho que ele quer ver você."

Mary empalideceu.

"Ah!", exclamou. "Por quê? Por quê? Ele não quis me ver quando cheguei. Ouvi Pitcher dizer que ele não queria."

"Bom", Martha explicou, "a sra. Medlock diz que é por causa da mãe. Ela foi ao povoado Thwaite e o encontrou por lá. Nunca tinha falado com ele, mas a sra. Craven já esteve no nosso casebre umas duas ou três vezes. Ele tinha se esquecido disso, mas a mãe não, e ela teve o descaramento de ir falar com o homem. Não sei o que disse a ele, mas foi alguma coisa que fez o sr. Craven decidir que queria conhecer você antes de partir de novo amanhã."

"Ah!", Mary exclamou mais uma vez. "Ele vai embora amanhã? Que bom!"

"Vai passar muito tempo fora. Talvez não volte antes do outono ou do inverno. Vai viajar pro estrangeiro. Ele sempre faz isso."

"Ah! Que bom... Que bom!", Mary declarou pensativa.

Se ele não voltasse até o inverno, ou mesmo até o outono, ela teria tempo para ver o jardim secreto ganhar vida. Mesmo se ele descobrisse e tirasse o jardim dela, teria tido esse tempo, pelo menos.

"Quando acha que ele vai querer me..."

Mary não concluiu a frase, porque a porta se abriu e a sra. Medlock entrou no aposento. Ela usava seu melhor vestido preto, tinha uma touca na cabeça e levava um grande broche preso à gola com a imagem do rosto de um homem. Era uma imagem colorida do sr. Medlock, morto há alguns anos, e ela sempre usava o broche quando estava mais arrumada. Ela parecia nervosa e agitada.

"Seu cabelo está desarrumado", disse apressada. "Vá escová-lo. Martha, ajude-a a colocar o melhor vestido. O sr. Craven me mandou levá-la ao seu escritório."

Toda a cor abandonou o rosto de Mary. Seu coração começou a bater mais depressa, e ela sentiu que voltava a ser uma criança rígida, sem graça e silenciosa. Nem respondeu à declaração da sra. Medlock, apenas se virou e foi para o quarto ao lado. Martha a seguiu. Ela não disse nada enquanto era vestida e penteada, e depois de pronta, seguiu a sra. Medlock em silêncio pelos corredores. O que havia para ser dito? Era obrigada a ir conhecer o sr. Craven, e ele não gostaria dela, e ela não gostaria dele. Sabia qual seria sua opinião sobre ela.

Mary foi levada a uma parte da casa onde não estivera antes. Finalmente, a sra. Medlock bateu a uma porta, e alguém disse: "Entre", e elas entraram juntas no aposento. Havia um homem sentado em uma poltrona diante da lareira acesa, e a sra. Medlock falou com ele.

"Aqui está a srta. Mary, senhor", ela disse.

"Pode ir, deixe-a aqui. Eu mando buscá-la quando quiser que a leve", o sr. Craven informou.

Quando a sra. Medlock saiu e fechou a porta, Mary ficou parada esperando, uma coisinha sem graça, torcendo as mãozinhas unidas. Dava para ver que o homem na poltrona não era exatamente um corcunda, mas tinha os ombros altos e meio tortos, e seus cabelos pretos eram entremeados por fios brancos. Ele virou a cabeça e falou com ela.

"Venha aqui!", disse.

Mary se aproximou dele.

Não era um homem feio. Seu rosto seria bonito se não parecesse tão infeliz. Era como se vê-la o preocupasse e perturbasse, como se não soubesse o que fazer com ela.

"Você está bem?", ele perguntou.

"Sim", Mary respondeu.

"Estão cuidando bem de você?"

"Sim."

Ele massageou a testa de um jeito apreensivo enquanto olhava para ela.

"É muito magra", disse.

"Estou engordando", Mary respondeu daquele jeito que, sabia, era o mais rígido.

Que rosto infeliz ele tinha! Os olhos escuros mal pareciam vê-la, como se estivessem vendo alguma outra coisa, e ele não conseguisse concentrar os pensamentos nela.

"Eu me esqueci de você", ele falou. "Como poderia lembrar? Ia mandar buscar uma governanta, ou uma babá, ou alguém com essas qualificações, mas esqueci."

"Por favor...", Mary começou. "Por favor..." Um nó sufocante se formou em sua garganta.

"O que quer dizer?", ele perguntou.

"Sou... Sou muito grande para ter uma babá", Mary disse. "E por favor... Por favor, não me obrigue a ter uma governanta."

Ele coçou a testa de novo e a encarou.

"Foi o que a mulher chamada Sowerby disse", resmungou distraído.

Mary conseguiu reunir um pouco de coragem.

"Essa é... É a mãe de Martha?", gaguejou.

"Sim, acho que é."

"Ela sabe muito sobre crianças", Mary falou. "Tem doze filhos. Ela sabe."

O homem pareceu despertar.

"O que quer fazer?"

"Quero brincar lá fora", Mary declarou, torcendo para a voz não tremer. "Nunca gostei disso na Índia. Aqui isso me deixa com fome, e estou engordando."

Ele a observava.

"A sra. Sowerby disse que seria bom para você. Talvez seja", ele opinou. "Ela acha que é melhor você ficar mais forte antes de ter uma governanta."

"Eu me sinto mais forte quando saio para brincar e o vento sopra da charneca", Mary concordou.

"Onde você brinca?", o homem perguntou em seguida.

"Em todos os lugares", Mary arquejou. "A mãe de Martha me deu uma corda para pular. Eu pulo corda e corro, e olho em volta para ver se as coisas estão começando a brotar da terra. Não faço nada de mau."

"Não precisa ficar tão amedrontada", o homem falou com tom preocupado. "Uma criança como você não poderia fazer nada de mau! Pode fazer o que quiser."

Mary levou a mão à garganta, pois temia que ele pudesse ver o nó que, ela sentia, se formava ali com a agitação. Depois deu um passo na direção dele.

"Posso?", indagou trêmula.

Seu rostinho aflito parecia preocupá-lo mais que nunca.

"Não fique tão apavorada", ele reagiu. "É claro que pode. Sou seu tutor, embora seja um tutor ruim para qualquer criança. Não posso lhe dar tempo ou atenção, estou muito doente, destroçado e absorto; mas quero que você fique feliz e confortável. Não sei nada sobre crianças, mas a sra. Medlock vai providenciar tudo de que precisar. Mandei que ela a trouxesse aqui hoje porque a sra. Sowerby disse que eu deveria vê-la. A filha dela falou sobre você. Ela acha que você precisa de ar fresco, liberdade e correr por aí."

"Ela sabe tudo sobre crianças", Mary repetiu.

"Deve saber", o sr. Craven concordou. "Achei que ela foi muito ousada por me abordar, mas ela disse que… a sra. Craven tinha sido bondosa com ela." O homem parecia ter dificuldade para falar o nome da esposa morta. "É uma mulher respeitável. Agora que vi você, acho que ela disse coisas sensatas. Brinque ao ar livre tanto quanto quiser. O lugar é grande, pode ir onde quiser e divertir-se como quiser. Quer alguma coisa?" E acrescentou como se pensasse nisso de repente: "Brinquedos, livros, bonecas?".

"Talvez eu queira", Mary hesitou. "Posso ter um pouco de terra?"

Em sua ansiedade, ela não pensou em como as palavras soariam estranhas e como não eram exatamente aquelas que queria dizer. O sr. Craven reagiu com espanto.

"Terra?!", repetiu. "Como assim?"

"Para plantar sementes, fazer coisas crescerem, vê-las ganhar vida."

Ele a encarou por um momento, depois passou a mão sobre os olhos.

"Você… gosta muito de jardins", falou lentamente.

"Eu não sabia nada sobre eles na Índia", Mary explicou. "Estava sempre doente e cansada, e lá fazia muito calor. Às vezes, fazia canteirinhos na areia e enfiava flores neles. Mas aqui é diferente."

O sr. Craven levantou-se e começou a andar sem pressa pelo cômodo.

"Um pouco de terra", disse para si mesmo, e Mary pensou que, de algum jeito, podia ter despertado nele alguma lembrança. Quando parou e falou com ela, seus olhos escuros eram quase brandos, bondosos.

"Pode ter quanta terra quiser", ele disse. "Você me faz lembrar de uma pessoa que amava a terra e as coisas que cresciam nela. Quando vir um pedaço de terra que despertar seu interesse", ele disse com um esboço de sorriso, "pegue-a, criança, e faça-a ganhar vida."

"Posso escolher qualquer uma... se não tiver dono?"

"Qualquer uma", ele respondeu. "Pronto! Agora você tem que ir, estou cansado." E tocou o sino para chamar a sra. Medlock. "Até logo. Estarei fora durante o verão."

A sra. Medlock chegou tão depressa que Mary pensou que ela devia ter ficado esperando no corredor.

"Sra. Medlock", o sr. Craven disse a ela, "agora que vi a criança, entendo o que a sra. Sowerby quis dizer. Ela precisa estar menos frágil antes de começar as lições. Alimente-a com comida simples, saudável. Deixe-a correr livre pelo jardim. Não fique muito em cima dela. A menina precisa de liberdade, ar fresco e movimento. A sra. Sowerby virá vê-la de vez em quando e, às vezes, ela pode ir ao casebre."

A sra. Medlock parecia satisfeita. Ficou aliviada ao ouvir que não deveria "ficar muito em cima" de Mary. Achava a criança um fardo cansativo e tinha se aproximado dela o mínimo possível. Além disso, ela gostava da mãe de Martha.

"Obrigada, senhor", disse. "Susan Sowerby e eu estudamos juntas, e ela é uma mulher sensata e de bom coração. Eu nunca tive filhos, e ela tem doze, e nunca vi crianças melhores e mais saudáveis. A srta. Mary só tem coisas boas a receber deles. Eu mesma ouviria sempre os conselhos de Susan Sowerby sobre crianças. Ela é o que se pode chamar de mente equilibrada, se é que me entende."

"Eu entendo", o sr. Craven garantiu. "Agora leve a srta. Mary e mande Pitcher vir falar comigo."

Quando a sra. Medlock a deixou no fim do corredor onde ficavam seus aposentos, Mary correu de volta ao quarto. Ela encontrou Martha esperando-a ali. De fato, Martha voltara correndo depois de ter levado os pratos sujos para a cozinha.

"Posso ter meu jardim!", Mary gritou. "E pode ser onde eu quiser! Não terei uma governanta por um bom tempo! Sua mãe virá me ver, e eu posso ir ao seu casebre! Ele disse que uma garotinha como eu não pode fazer nada de mau, e falou que eu posso fazer o que quiser... em qualquer lugar!"

"Ô, isso foi muita bondade dele, não foi?", Martha reagiu com alegria.

"Martha", Mary falou com tom solene, "ele é um homem muito bom, só que seu rosto é infeliz, e a testa é toda contraída."

Mary correu para o jardim o mais depressa que pôde. Tinha demorado mais do que achava que devia, e sabia que Dickon teria que ir embora logo para a caminhada de oito quilômetros. Quando ela passou pela porta por baixo da hera, viu que ele não estava trabalhando onde o havia deixado. As ferramentas de jardinagem estavam reunidas embaixo de uma árvore. Ela correu até lá, olhou em volta, mas não viu Dickon em parte alguma. Ele havia ido embora, e o jardim secreto estava vazio — exceto pelo sabiá, que tinha acabado de passar por cima do muro e pousado em uma roseira para observá-la.

"Ele sumiu", Mary falou com tom de lamento. "Oh! Ele era... Ele era... Ele era só um ser encantado da floresta?"

Alguma coisa branca presa à roseira chamou sua atenção. Era um pedaço de papel, um pedaço da carta que ela escrevera para Martha enviar a Dickon. Estava presa a um espinho comprido, e ela soube que Dickon tinha deixado o papel ali. Algumas letras grosseiras e uma espécie de desenho cobriam parte da folha. Em princípio, ela não conseguiu determinar o que eram. Depois viu que era o esboço de um ninho com um pássaro dentro dele. Abaixo do desenho, as letras de forma avisavam:

"Eu vô voltá."

Jardim Secreto

"SOU COLIN"
CAPÍTULO XIII

ary levou o papel para a casa quando foi fazer a refeição seguinte e mostrou o desenho a Martha.
"Ô!", Martha exclamou com orgulho. "Nunca pensei que nosso Dickon fosse tão esperto. Esse desenho é de um sabiá no ninho, do mesmo tamanho do passarinho e duas vezes mais natural."

Então Mary compreendeu que Dickon havia deixado o desenho como uma mensagem. Queria reforçar que ela podia ter certeza de que ele guardaria seu segredo. O jardim era seu ninho, e ela era como um passarinho. Ah, como gostava daquele menino simples e incomum!

Esperava que ele voltasse no dia seguinte e adormeceu ansiosa pelo amanhecer.

Mas nunca se sabe como o tempo vai estar em Yorkshire, especialmente na primavera. Ela foi acordada à noite pelo barulho da chuva forte batendo na janela. Era uma chuva torrencial, e o vento "bufava" em volta da casa velha e imensa e de suas chaminés. Mary sentou-se na cama sentindo-se infeliz e furiosa.

"A chuva é tão do contra quanto eu sempre fui", disse. "Só veio porque sabia que eu não a queria."

Depois se jogou sobre o travesseiro e escondeu o rosto. Não chorou, mas ficou ali deitada, odiando o som da chuva forte, odiando o vento e seus "bufos". Não conseguiu voltar a dormir. O som pesaroso a mantinha acordada porque ela mesma se sentia pesarosa. Se estivesse feliz, provavelmente adormeceria com o barulho da chuva. Como o vento "bufava", e como as gotas grandes de chuva batucavam na vidraça!

"Parece uma pessoa que se perdeu na charneca e está vagando e chorando", ela disse.

Estava acordada há cerca de uma hora, virando de um lado para o outro, quando alguma coisa a fez sentar na cama de repente e virar a cabeça em direção à porta, os ouvidos atentos. Mary ficou ouvindo, ouvindo.

"Agora não é o vento", ela murmurou. "Isso não é o vento. É diferente. É aquele choro que ouvi antes."

A porta de seu quarto estava encostada, e o som vinha do corredor, um choro agitado, fraco e distante. Ela ouviu por alguns minutos, e a cada minuto tinha mais e mais certeza. Precisava descobrir o que era isso. Era algo ainda mais estranho que o jardim secreto e a chave escondida. Talvez a irritação a tornasse mais ousada. Mary se levantou da cama.

"Vou descobrir o que é isso", declarou. "Todos estão deitados, e não me importo com a sra. Medlock... Não me importo!"

Havia uma vela ao lado de sua cama, e ela a pegou e saiu do quarto sem fazer barulho. O corredor era muito comprido e escuro, mas ela estava agitada demais para se incomodar com isso. Julgava lembrar o caminho até o corredor curto com a porta coberta por uma tapeçaria, aquela por onde a sra. Medlock tinha passado no dia em que ela se perdeu. E o som tinha vindo daquela porta. Mary seguiu em frente com a vela, quase tateando enquanto avançava, o coração batendo tão forte que ela acreditava poder ouvi-lo. O choro distante persistia, a conduzindo. Às vezes, parava por um momento, depois recomeçava. Era ali mesmo que devia virar? Ela parou e pensou. Sim, era. Por aquele corredor, depois à esquerda, depois subia dois degraus largos e virava à direita de novo. Sim, lá estava a porta coberta com a tapeçaria.

Ela a abriu com cuidado, a fechou depois de passar e ficou parada no corredor ouvindo o choro nitidamente, embora não fosse muito alto. Vinha do outro lado da parede à sua esquerda, e alguns metros à frente havia uma porta. Dava para ver a luminosidade por baixo dela. O Alguém que chorava estava naquele cômodo, e era um Alguém muito jovem.

Mary se dirigiu à porta, a abriu e agora estava no aposento!

Era um cômodo grande com móveis antigos e bonitos. Um fogo brando ardia na lareira, e uma lamparina queimava ao lado da cama de dossel cercada por uma cortina de brocado. Na cama, um menino chorava agitado.

Mary se perguntou se estava em um lugar real, ou se havia adormecido de novo e estava sonhando sem saber.

O menino tinha um rosto delicado e atento da cor do marfim, e os olhos pareciam ser grandes demais para ele. Ele também tinha muito cabelo, mechas que caíam sobre a testa em ondas pesadas e faziam o rosto pequeno parecer ainda menor. Dava a impressão de que estivera doente, mas seu choro era mais de cansaço e irritação do que de dor.

Mary estava parada perto da porta com a vela na mão, prendendo a respiração. Depois de um instante, ela começou a se dirigir ao interior do aposento, e, conforme se aproximou, a luz da vela atraiu a atenção do menino, que virou a cabeça sobre o travesseiro e olhou para ela, os olhos cinzentos tão arregalados que pareciam ser imensos.

"Quem é você?", ele perguntou finalmente, com um sussurro meio amedrontado. "Um fantasma?"

"Não, não sou", Mary respondeu, e seu próprio sussurro também soou assustado. "Você é um fantasma?"

Ele a encarava fixamente. Mary notou que seus olhos eram estranhos. Eram cinzentos e grandes demais para o rosto, impressão criada pelos cílios pretos que o emolduravam.

"Não", ele respondeu depois de um momento. "Sou Colin."

"Colin?", ela hesitou.

"Colin Craven. E você é quem?"

"Mary Lennox. O sr. Craven é meu tio."

"Ele é meu pai", disse o menino.

"Seu pai!", Mary exclamou. "Ninguém me contou que ele tinha um filho! Por que não me contaram?"

"Venha aqui", ele chamou, mantendo os olhos estranhos sobre ela com uma expressão ansiosa.

Mary se aproximou da cama, e ele estendeu a mão e a tocou.

"Você é de verdade, não é?", disse. "Tenho esses sonhos reais de vez em quando. Você pode ser um deles."

Mary havia se agasalhado com um xale de lã antes de sair do quarto e colocou um pedaço do tecido entre seus dedos.

"Veja como isso é grosso e quente", ela disse. "Posso beliscar você de leve, se quiser, para mostrar como sou real. Por um minuto, também pensei que você pudesse ser um sonho."

"De onde você veio?", o menino quis saber.

"Do meu quarto. O vento fazia barulho, por isso eu não conseguia dormir, ouvi alguém chorando e quis descobrir quem era. Por que estava chorando?"

"Porque também não conseguia dormir e minha cabeça doía. Como é mesmo seu nome?"

"Mary Lennox. Ninguém contou para você que eu tinha vindo morar aqui?"

Ele ainda tocava o tecido do xale, mas dava a impressão de que começava a acreditar que ela era real.

"Não", respondeu. "Ninguém teve coragem."

"Por quê?", Mary quis saber.

"Porque eu teria ficado com medo de que você me visse. Não deixo ninguém me ver ou falar comigo."

"Por quê?", Mary perguntou de novo, sentindo-se mais intrigada a cada momento.

"Porque sou assim sempre, doente, preso à cama. Meu pai também não permite que as pessoas falem comigo. Os criados não têm permissão para falar comigo. Se sobreviver, posso ficar corcunda, mas não vou viver. Meu pai odeia pensar que posso ser como ele."

"Ah, que casa estranha é esta!", Mary comentou. "Que casa estranha! Tudo é meio sigiloso. Quartos são trancados, jardins são trancados... E você! Também fica trancado?"

"Não. Fico neste quarto porque não quero sair dele. O cansaço é muito grande."

"Seu pai vem ver você?", Mary arriscou.

"Às vezes. Geralmente, quando estou dormindo. Ele não quer me ver."

"Por quê?", Mary perguntou de novo, incapaz de se conter.

Uma sombra de raiva passou pelo rosto do menino.

"Minha mãe morreu quando nasci, e é devastador para ele olhar para mim. Ele acha que não sei, mas ouvi as pessoas falando. Ele praticamente me odeia."

"Ele odeia o jardim porque ela morreu", Mary retrucou, quase falando para si mesma.

"Que jardim?", o menino indagou.

"Ah! Só... Só um jardim do qual ela gostava", Mary gaguejou. "Você sempre esteve aqui?"

"Quase sempre. Algumas vezes fui levado a lugares à beira-mar, mas me recusava a ficar porque as pessoas ficam olhando para mim. Eu usava uma coisa de ferro para manter minhas costas retas, mas um médico figurão veio de Londres para me examinar e disse que aquilo era bobagem. Ele disse que o aparelho deveria ser removido e que eu precisava de ar fresco. Odeio ar fresco e não quero sair."

"Eu também não queria quando cheguei aqui", Mary contou. "Por que fica olhando para mim desse jeito?"

"Por causa dos sonhos que parecem reais", ele respondeu meio agitado. "Às vezes, quando abro os olhos, não acredito que estou acordado."

"Nós dois estamos acordados", Mary garantiu. Depois olhou para o quarto de teto alto, com seus cantos sombrios e a luminosidade pálida da chama da vela. "Parece um sonho, e estamos no meio da noite, e todos na casa estão dormindo... Todos, menos nós. Estamos bem acordados."

"Não quero que seja um sonho", o menino declarou inquieto.

Mary pensou imediatamente em uma coisa.

"Se não quer que as pessoas o vejam", começou, "quer que eu vá embora?"

Ele ainda segurava a ponta do xale, e a puxou de leve.

"Não", respondeu. "Se fosse, eu acabaria acreditando que foi um sonho. Se você é real, sente-se naquela banqueta e vamos conversar. Quero ouvir sobre você."

Mary deixou a vela sobre a mesa ao lado da cama e sentou-se na banqueta estofada. Não queria ir embora. Queria ficar no misterioso quarto escondido e conversar com o misterioso menino.

"O que quer que eu diga?", ela perguntou.

Ele queria saber há quanto tempo ela estava em Misselthwaite; queria saber em que corredor ficava seu quarto; queria saber o que ela fazia; se detestava a charneca tanto quanto ele; onde ela morava antes de chegar em Yorkshire. Mary respondeu a todas essas perguntas e muitas outras enquanto ele ouvia deitado. Ele a fez contar muitas coisas sobre a Índia e sobre sua viagem pelo oceano. Ela descobriu que, por ser inválido, o menino não tinha aprendido as coisas como as outras crianças aprendiam. Uma de suas babás o havia ensinado a ler quando ele era bem pequeno, ele estava sempre lendo e vendo ilustrações em livros maravilhosos.

Embora o pai raramente o visse quando estava acordado, ele lhe dava todo tipo de coisas interessantes com que se entreter. Mas ele nunca parecia estar entretido. Podia ter tudo que quisesse e nunca era obrigado a fazer nada que não tivesse vontade.

"Todo mundo é obrigado a fazer o que me agrada", ele revelou com indiferença. "Sentir raiva me deixa doente. Ninguém acredita que vou viver o suficiente para ser um adulto."

Ele falava como se estivesse acostumado com a ideia, tão acostumado que ela havia deixado de ser importante. Parecia gostar do som da voz de Mary. Enquanto ela falava, ele a ouvia, sonolento, mas interessado. Uma ou duas vezes, ela se perguntou se o menino não estava adormecendo aos poucos. Mas, finalmente, ele fazia uma pergunta que dava início a um novo assunto.

"Quantos anos você tem?", ele quis saber.

"Tenho 10", Mary respondeu, esquecendo-se por um instante. "E você também."

"Como sabe disso?", ele indagou com voz surpresa.

"Porque, quando você nasceu, a porta do jardim estava trancada, e a chave da porta, enterrada. E o jardim foi fechado há dez anos."

Colin ergueu um pouco o corpo, virou-se para ela e se apoiou nos cotovelos.

"Que porta do jardim estava trancada? Quem fez isso? Onde a chave estava enterrada?", ele indagou e era como se, de repente, estivesse muito interessado.

"É... É o jardim que o sr. Craven odeia", Mary explicou nervosa. "Ele trancou a porta. Ninguém... Ninguém sabia onde ele tinha enterrado a chave."

"Que tipo de jardim é esse?", Colin persistiu aflito.

"Ninguém foi autorizado a entrar nele por dez anos", foi a resposta cuidadosa de Mary.

Mas era tarde demais para ter cautela. Ele era muito parecido com ela. Também não tinha nada em que pensar, e a ideia de um jardim escondido o atraía da mesma forma como a havia atraído. O menino fazia pergunta atrás de pergunta. Onde era? Ela nunca tinha procurado a porta? Nunca havia interrogado os jardineiros?

"Eles não falam sobre isso", Mary explicou. "Acho que foram orientados a não responder perguntas."

"Eu os obrigaria", Colin disse.

"Você poderia?" Mary começava a sentir medo. Se ele era capaz de fazer as pessoas responderem perguntas, vai saber o que mais poderia acontecer!

"Todo mundo tem a obrigação de me agradar. Já falei", ele respondeu. "Se eu sobrevivesse, este lugar seria meu. Todos sabem disso. Eu os obrigaria a me dizer."

Mary não sabia que ela mesma fora mimada, mas via claramente que esse menino misterioso tinha sido. Ele achava que era dono do mundo inteiro. Como era peculiar, e como falava com frieza sobre a morte.

"Acha que não vai viver?", ela perguntou, em parte por estar curiosa, em parte por ter esperança de, com isso, fazê-lo esquecer o jardim.

"Acho que não", ele respondeu com a mesma indiferença que havia demonstrado antes. "Sempre ouvi as pessoas dizendo que não, desde que consigo me lembrar. No começo elas pensavam que eu era pequeno demais para entender, e agora acham que não escuto. Mas eu escuto. Meu médico é primo do meu pai. Ele é muito pobre e, se eu morrer, vai herdar Misselthwaite quando meu pai estiver morto. Acho que ele não quer que eu viva."

"Você quer viver?", Mary indagou.

"Não", ele respondeu com uma mistura de irritação e cansaço. "Mas não quero morrer. Quando me sinto doente, deito aqui e penso nisso até chorar, chorar muito."

"Ouvi você chorando três vezes", Mary contou, "mas não sabia o que era. Por que estava chorando?" Ela queria muito que ele esquecesse o jardim.

"Minha sugestão", o menino respondeu, "é que pensemos em outra coisa. Fale sobre o jardim. Quer vê-lo?"

"Sim", Mary respondeu em voz baixa.

"Eu também", ele continuou de um jeito persistente. "Acho que nunca quis realmente ver alguma coisa antes, mas quero ver aquele jardim. Quero que a chave seja desenterrada. Que a porta seja aberta. Eu deixaria que me levassem até lá em uma cadeira. Isso seria tomar ar fresco. Vou fazer com que abram a porta."

Ele estava agitado, e os olhos estranhos brilhavam como se fossem estrelas, mais imensos que nunca.

"Eles têm que me agradar", disse. "Vou obrigá-los a me levar lá, e você também vai poder ir."

Mary apertava as mãos. Tudo seria arruinado — tudo! Dickon nunca voltaria. Ela nunca mais se sentiria como um passarinho com um ninho secreto e seguro.

"Ah, não... não... não... Não faça isso!", gritou.

Ele a encarou como se achasse que ela tivesse ficado maluca.

"Por quê?", exclamou. "Você disse que queria ver."

"Sim", Mary respondeu com um soluço na voz, "mas se os obrigar a abrir a porta e levar você lá, ele nunca mais será um segredo."

"Um segredo", o menino repetiu. "O que está dizendo? Fale."

As palavras de Mary quase se atropelavam.

"É que... É que...", ela ofegava, "se ninguém souber além de nós, se houvesse uma porta escondida em algum lugar por baixo da hera... Se houvesse... Se pudéssemos encontrá-la; e se pudéssemos entrar por ela juntos e fechá-la, sem que ninguém soubesse que há alguém lá dentro, e pudéssemos chamar o lugar de nosso jardim e fingir que... que somos passarinhos, e que aquele é nosso ninho, e se brincássemos lá quase todos os dias, plantássemos sementes e as fizéssemos viver..."

"Está morto?", ele a interrompeu.

"Logo estará se ninguém cuidar dele", Mary continuou. "Os bulbos viverão, mas as rosas..."

Ele a interrompeu novamente, apesar do entusiasmo da menina.

"O que são bulbos?", perguntou apressado.

"São narcisos, lírios e campânulas. Estão trabalhando embaixo da terra agora, empurrando pontinhas verdes para a superfície, porque a primavera está chegando."

"A primavera está chegando? Como ela é? Não dá para vê-la nos quartos, se você estiver doente."

"É o sol brilhando na chuva e a chuva caindo no sol, e coisas brotando da terra e trabalhando embaixo dela", Mary contou. "Se o jardim fosse um segredo e pudéssemos entrar nele, poderíamos ver as coisas ficando maiores a cada dia, e veríamos quantas rosas estão vivas. Não percebe? Ah, não vê como seria muito melhor se ele fosse um segredo?"

O menino caiu de costas sobre os travesseiros e ficou lá deitado com uma expressão estranha no rosto.

"Nunca tive um segredo", confessou, "exceto aquele sobre não viver até ser adulto. Eles não sabem que sei disso, então é uma espécie de segredo. Mas gosto mais desse que está propondo."

"Se não obrigar ninguém a levá-lo ao jardim", Mary insistiu, "talvez... Tenho quase certeza de que vou acabar descobrindo como entrar lá. E então... se o médico quiser que você saia em sua cadeira, e é claro que você sempre pode fazer o que quer, talvez... Talvez possamos encontrar outro menino para empurrá-lo, e podemos ir sozinhos, e esse jardim vai ser um segredo para sempre."

"Eu... gostaria disso", ele admitiu muito devagar, com um olhar sonhador. "Gostaria disso. Não seria ruim respirar ar fresco em um jardim secreto."

Mary começou a recuperar o fôlego e se sentir mais segura, porque a ideia de manter o segredo parecia agradá-lo. Tinha quase certeza de que, se continuasse falando e pudesse induzi-lo a visualizar o jardim mentalmente, como ela mesma tinha visto, ele gostaria tanto que não suportaria pensar que todos poderiam pisar ali quando quisessem.

"Vou lhe dizer como eu *acho* que seria, se pudéssemos entrar lá", Mary falou. "Ele está fechado há tanto tempo que as plantas cresceram emaranhadas, talvez."

O menino permanecia deitado e quieto enquanto ela continuava falando sobre as rosas, que *poderiam* ter se espalhado de árvore em árvore, pendendo delas, e sobre os diversos pássaros que *poderiam* ter construído seus ninhos lá porque era seguro. E depois falou a ele sobre o sabiá e Ben Weatherstaff, e havia tanto para contar sobre o sabiá, e era tão fácil e seguro falar sobre ele que a menina perdeu o medo. O sabiá o agradou tanto que ele sorriu até parecer quase bonito, e no início Mary chegara a pensar que ele era quase tão sem graça quanto ela, com seus olhos grandes e cabelos abundantes.

"Não sabia que os pássaros podiam ser assim", ele admitiu. "Mas se você fica sempre em um quarto, nunca vê coisas. Quantas coisas você sabe! É como se tivesse entrado naquele jardim!"

Mary não sabia o que dizer, por isso não disse nada. Ele não esperava uma resposta, evidentemente, e o momento seguinte foi uma surpresa para a menina.

"Vou deixar você ver uma coisa", ele anunciou. "Está vendo aquela cortina de seda cor-de-rosa cobrindo a parede acima do console da lareira?"

Mary não tinha notado a cortina, mas levantou a cabeça e a viu. Era de uma seda suave e cobria o que parecia ser um quadro.

"Sim", ela respondeu.

"Tem um cordão nela", Colin disse. "Vá até lá e puxe o cordão."

Mary levantou-se e, muito intrigada, encontrou o cordão. Quando ela o puxou, a cortina de seda deslizou pelos anéis que a seguravam e revelou um quadro. Era a imagem de uma menina risonha. Os cabelos radiantes estavam presos por uma fita azul, e os olhos alegres e lindos eram exatamente como os olhos infelizes de Colin, cinzentos e aparentando o dobro do tamanho que realmente tinham por causa dos cílios em volta deles.

"É minha mãe", Colin falou com tom de lamento. "Não entendo por que ela morreu. Às vezes a odeio por isso."

"Que estranho!", Mary disse.

"Se ela fosse viva, acredito que eu não estaria doente o tempo todo", ele resmungou. "Ouso dizer que eu também viveria. E meu pai não odiaria olhar para mim. Acredito que eu teria costas fortes. Feche a cortina."

Mary fez o que ele disse e voltou à banqueta.

"Ela é muito mais bonita que você", disse, "mas os olhos são exatamente como os seus, têm a mesma cor e o mesmo formato. Por que deixa a cortina sobre ela?"

Ele se moveu, sentindo-se desconfortável.

"Eu os obriguei a fazer a cortina", disse. "Às vezes, não gosto de vê-la olhando para mim. Ela sorri demais, enquanto eu estou doente e miserável. Além do mais, ela é minha, e não quero que todo mundo a veja."

Depois de alguns momentos de silêncio, Mary falou:

"O que a sra. Medlock faria se descobrisse que eu estive aqui?", perguntou.

"Faria o que eu mandasse", ele respondeu. "E eu diria que quero que você venha me visitar e conversar comigo todos os dias. Estou feliz por ter vindo."

"Eu também estou", Mary disse. "Virei sempre que puder, mas...", ela hesitou, "terei que ir procurar a porta do jardim todos os dias."

"Sim, terá", Colin concordou, "e pode me contar tudo depois."

Ele ficou pensativo por alguns minutos, como ela havia ficado antes, depois voltou a falar.

"Acho que você também será um segredo", disse. "Não vou contar nada enquanto eles não descobrirem. Sempre posso mandar a enfermeira sair do quarto e dizer que quero ficar sozinho. Conhece Martha?"

"Sim, eu a conheço muito bem", Mary respondeu. "Ela faz as coisas para mim."

Ele inclinou a cabeça na direção do corredor lá fora.

"É ela quem está dormindo no outro quarto. A enfermeira foi embora ontem para passar a noite com a irmã, e ela sempre chama Martha para cuidar de mim quando quer sair. Martha lhe dirá quando você pode vir aqui."

Então Mary entendeu a expressão perturbada de Martha quando ela havia começado a fazer perguntas sobre o choro.

"Martha sempre soube sobre você?", indagou.

"Sim, ela vem cuidar de mim com frequência. A enfermeira prefere ficar longe de mim, e Martha vem quando ela sai."

"Estou aqui há muito tempo. Devo ir agora? Parece estar com sono."

"Queria dormir antes de você ir embora", ele confessou acanhado.

"Feche os olhos", Mary falou e puxou a banqueta para mais perto. "Vou fazer o que minha aia costumava fazer na Índia. Vou bater de leve em sua mão e afagá-la e cantar alguma coisa em voz baixa."

"Talvez eu goste disso", ele aprovou, já sonolento.

De algum jeito, ela sentia pena do menino e não queria que ele ficasse acordado, então se apoiou na cama e começou a afagar e bater de leve em sua mão e a cantar bem baixinho um cântico em hindustâni.

"Isso é bom", ele comentou ainda mais sonolento, e ela continuou cantando e afagando, e quando olhou para ele de novo, seus olhos tinham se fechado e os cílios repousavam sobre as faces, pois ele dormia profundamente. Então ela se levantou devagar, pegou a vela e saiu sem fazer nenhum barulho.

UM JOVEM RAJÁ
CAPÍTULO XIV

A charneca estava escondida na névoa quando a manhã chegou, e a chuva não tinha parado de cair. Hoje não seria possível sair. Martha estava tão ocupada que Mary não teve sequer uma oportunidade de conversar com ela, mas, à tarde, pediu-lhe que sentasse no quarto infantil com ela. Martha chegou com a meia que estava sempre tricotando quando não estava fazendo outra coisa.

"Qual é o problema?", ela perguntou assim que as duas se sentaram. "Está com cara de quem tem alguma coisa pra dizer."

"Tenho. Descobri o que era o barulho de choro", Mary anunciou.

Martha colocou o tricô sobre os joelhos e olhou para ela com uma expressão assustada.

"Não!", exclamou. "Como?"

"Ouvi o choro à noite", Mary continuou. "E me levantei para ir ver de onde ele vinha. Era Colin. Eu o encontrei."

O rosto de Martha ficou vermelho de espanto.

"Ô! Srta. Mary!", a criada disse meio chorosa. "Não devia ter feito isso... Não devia! Vai me meter em confusão. Nunca contei nada pra você sobre ele, mas isso vai me encrencar. Vou perder meu emprego, e o que a mãe vai fazer?"

"Não vai perder o emprego", Mary disse. "Ele ficou feliz por eu ter ido lá. Conversamos muito, e ele disse que tinha ficado feliz com minha presença."

"Ele disse?", Martha choramingou. "Tem certeza? Não sabe como ele fica quando não gosta de alguma coisa. Um menino daquele tamanho e chora como um bebê. Mas quando fica bravo, ele grita pra deixar todo mundo com medo. Sabe que ninguém aqui é dono do próprio destino."

"Ele não ficou bravo", Mary continuou. "Perguntei a ele se queria que eu fosse embora, e ele me fez ficar. Fez perguntas, e eu fiquei sentada na banqueta e conversei com ele sobre a Índia, sobre o sabiá e os jardins. Ele não me deixava sair. E me deixou ver o retrato da mãe dele. Antes de sair, cantei para ele dormir."

Martha finalmente deixou escapar uma exclamação de espanto.

"Mal posso acreditar em você!", protestou. "É como se tivesse entrado na toca de um leão. Se ele estivesse como está na maior parte do tempo, teria tido um ataque de birra e acordado a casa inteira. Ele não deixa nenhum estranho olhar pra ele."

"Ele me deixou olhar para ele. Olhei o tempo todo, e ele olhou para mim. Nós olhamos um para o outro!", Mary disse.

"Não sei o que fazer!", Martha exclamou agitada. "Se a sra. Medlock descobre, vai pensar que desobedeci às ordens dela e contei pra você, e é bem capaz de me mandar de mala e cuia de volta pra casa da mãe."

"Ele não vai contar nada disso para a sra. Medlock. No começo, vai ser uma espécie de segredo", Mary falou com firmeza. "E ele diz que todo mundo é obrigado a fazer o que ele quer."

"É, isso é verdade... Aquele menino mau!", Martha suspirou e limpou a testa com o avental.

"Ele diz que a sra. Medlock também. E quer que eu vá conversar com ele todos os dias. E você tem que me dizer quando ele quiser minha visita."

"Eu?!", Martha reagiu. "Vou perder meu emprego, vou perder, com certeza!"

"Não vai se estiver fazendo o que ele quiser. Todo mundo tem que fazer o que ele quer", Mary argumentou.

"Está querendo dizer que ele foi agradável com você?" Martha estava quase gritando, com os olhos arregalados.

"Acho que ele quase gostou de mim", Mary respondeu.

"Então deve ter enfeitiçado o menino!", Martha decidiu e respirou profundamente.

"Está falando de magia?", Mary perguntou. "Ouvi falar de magia na Índia, mas não sei fazer. Só entrei no quarto dele e fiquei tão surpresa quando o vi que parei e fiquei olhando. Ele virou e ficou olhando para mim. E pensou que eu fosse um fantasma, ou um sonho, e eu pensei a mesma coisa dele. E foi muito estranho ficar ali só com ele no meio da noite, sem saber nada um do outro. E começamos a fazer perguntas um ao outro. E quando perguntei se eu devia ir embora, ele disse que não."

"É o fim do mundo!", Martha arfou.

"O que ele tem?", Mary quis saber.

"Ninguém sabe ao certo. O sr. Craven quase ficou maluco quando o menino nasceu. Os médicos achavam que ele teria que ir para um hospício. Foi porque a sra. Craven morreu, como eu já contei. Ele nem olhava pro bebê. Só se lamentava, dizia que seria outro corcunda como ele e que seria melhor que morresse."

"Colin é corcunda?", Mary perguntou. "Não parecia."

"Ainda não é. Mas começou todo errado. A mãe falou que a casa tinha problemas e revolta suficientes pra desencaminhar qualquer criança. Eles tinham medo de que o menino tivesse as costas fracas e vêm cuidando disso o tempo todo — mantendo-o deitado e impedindo-o de andar. Uma vez fizeram ele usar um suporte de ferro, mas o menino ficou tão aflito que piorou. Então um médico da cidade chegou e mandou tirarem aquele negócio dele. Ele falou com o outro médico de um jeito bem duro, mas educado. Disse que era muito remédio e muita falta de limite, porque o menino fazia tudo que queria."

"Eu acho que ele é um garoto muito mimado", Mary opinou.

"É o pior que eu já vi!", Martha concordou. "Não vou dizer que não fica doente muitas vezes. Já quase morreu de tosse e resfriado duas ou três vezes. E teve febre reumática uma vez, e febre tifoide. Ô! A sra. Medlock levou o maior susto daquela vez. Ele estava muito perturbado, e ela conversava com a enfermeira, certa de que ele não entendia nada, e disse: 'Dessa vez ele vai morrer, com certeza, e vai ser melhor pra ele e pra todo mundo'. E virou pra olhar o menino e ele estava com aqueles olhos enormes, olhando pra ela tão atento quanto ela mesma olhava. Ela não sabia o que tinha acontecido, mas ele só a encarou e disse: 'Você, me dê um pouco de água e pare de falar'."

"Acha que ele vai morrer?", Mary perguntou.

"A mãe diz que não tem como uma criança viver sem tomar ar fresco, passando o tempo todo deitada, lendo livros e tomando remédio. Ele é fraco e odeia dar trabalho quando é levado lá pra fora, pega resfriado muito fácil e diz que isso o deixa mais doente."

Mary sentou-se e olhou para o fogo.

"Estou pensando se não faria bem a ele sair, ir ao jardim ver as coisas crescendo. Foi bom para mim."

"Um dos piores ataques que ele teve", Martha disse, "foi quando foi levado pra ver as rosas perto da fonte. Ele tinha lido em algum lugar que as pessoas pegavam uma coisa chamada 'febre da rosa' e começou a espirrar e dizer que estava com a doença, e um jardineiro novo que não conhecia as regras passou por ali e olhou pra ele com curiosidade. Ele teve um ataque e disse que o homem estava olhando porque ele era corcunda. Chorou até ficar com febre e passou a noite toda doente."

"Se algum dia ele se zangar comigo, nunca mais irei vê-lo", Mary falou.

"Ele vai ter sua visita quando quiser sua visita", Martha disse. "É bom saber disso desde o início."

Logo depois elas ouviram uma campainha, e Martha enrolou o tricô.

"A enfermeira deve querer que eu fique um pouco com ele", disse. "Espero que o menino esteja de bom humor."

Ela ficou fora do quarto por uns dez minutos e voltou com uma expressão intrigada.

"Bom, você enfeitiçou o menino", disse. "Ele está no sofá com o livro de gravuras. Disse pra enfermeira se afastar até as seis horas. E que eu devia esperar no quarto ao lado. No minuto em que ela saiu, ele me chamou e disse: 'Quero que Mary Lennox venha conversar comigo, e não esqueça: não deve contar isso a ninguém'. É melhor você ir depressa."

Mary saiu apressada. Não queria ver Colin tanto quanto queria ver Dickon, mas queria muito vê-lo.

O fogo ardia na lareira quando Mary entrou no quarto, e à luz do dia ela conseguiu ver que era um aposento muito bonito. Havia cores nos tapetes, nas cortinas, nos quadros e nos livros nas paredes, o que tornava tudo mais radiante e confortável, apesar do céu cinzento e da chuva que caía. Colin parecia uma gravura em um livro. Vestia um roupão de veludo e estava sentado em uma grande almofada de brocado. E suas faces estavam vermelhas.

"Entre", ele disse. "Passei a manhã toda pensando em você."

"Também estive pensando em você", Mary respondeu. "Não imagina como Martha está apavorada. Ela diz que a sra. Medlock vai pensar que ela me contou sobre você, e que ela vai ser dispensada por isso."

O menino franziu a testa.

"Diga a ela para vir até aqui", disse. "Ela está no quarto vizinho."

Mary foi buscar Martha. A pobrezinha tremia. Colin ainda estava muito sério.

"Tem que fazer o que eu quero ou não?", ele perguntou.

"Tenho que fazer o que quer, senhor", Martha respondeu gaguejando, e seu rosto ficou vermelho.

"Medlock não tem que fazer o que eu quero?"

"Todo mundo tem, senhor", Martha confirmou.

"Bem, então, se ordeno que traga a srta. Mary até mim, como Medlock pode dispensá-la se descobrir?"

"Por favor, não deixe que ela faça isso, senhor", ela pediu.

"*Ela* é quem será dispensada se disser uma palavra", o herdeiro Craven anunciou com altivez. "E não gostaria disso, tenho certeza."

"Obrigada, senhor", Martha respondeu, curvando-se em reverência. "Quero cumprir meu dever, senhor."

"E o que quero é que o cumpra", Colin retrucou ainda mais altivo. "Vou protegê-la. Agora vá."

Quando Martha saiu e fechou a porta, Colin viu que a srta. Mary olhava para ele como se estivesse curiosa.

"Por que está olhando para mim desse jeito?", ele perguntou. "Em que está pensando?"

"Estou pensando em duas coisas."

"Que coisas? Sente-se e me conte."

Mary acomodou-se na banqueta.

"A primeira é que, uma vez, quando eu estava na Índia, vi um menino que era um rajá. Tinha rubis, esmeraldas e diamantes nele todo. Ele falava com as pessoas como você falou com Martha. Todo mundo tinha que fazer tudo o que ele dissesse, e sem demora. Acho que seriam mortos se não fizessem."

"Vou querer saber mais sobre rajás depois, mas antes me diga: qual era a segunda coisa?"

"Eu estava pensando", Mary contou, "em como você é diferente de Dickon."

"Quem é Dickon?", ele quis saber. "Que nome estranho!"

Ela podia responder, achava que podia falar com ele sobre Dickon sem mencionar o jardim secreto. Tinha gostado de ouvir Martha falar sobre ele. Além do mais, queria muito falar sobre ele. Seria como se, assim, o trouxesse para mais perto.

"Ele é irmão de Martha. Tem 12 anos", explicou. "É diferente de todo mundo. Ele consegue encantar raposas, esquilos e pássaros, como os nativos na Índia encantam serpentes. Ele toca uma música muito suave em uma flauta, e os bichos se aproximam para ouvir."

Havia alguns livros grandes sobre a mesa ao lado dele, e Colin puxou um de repente.

"Aqui tem uma foto de um encantador de serpentes", exclamou. "Vem ver."

Era um lindo livro com magníficas ilustrações coloridas, e ele o virou para mostrar uma delas.

"Ele é capaz disso?", perguntou animado.

"Ele tocou a flauta, e os animais pararam para ouvir", Mary explicou. "Mas não diz que é magia. Ele diz que é porque mora na charneca e conhece tudo por lá. Diz que, às vezes, se sente como uma ave ou um coelho, de tanto que gosta deles. Acho que ele fez perguntas ao sabiá. Os dois pareciam conversar em trinados suaves."

Colin se recostou na almofada, e seus olhos ficaram ainda maiores. A cor nas faces ganhou intensidade.

"Fale mais sobre ele", pediu.

"Ele sabe sobre ovos e ninhos", Mary continuou. "E sabe onde vivem as raposas, os texugos e as lontras. Ele não revela esses segredos porque os outros meninos encontrariam as tocas e assustariam os animais. Dickon conhece tudo que cresce ou vive na charneca."

"Ele gosta da charneca?", Colin perguntou. "Como pode, se aquele é um lugar tão grande, vazio e horrível?"

"É um lugar muito bonito", Mary protestou. "Milhares de coisas adoráveis crescem nele, e milhares de criaturinhas se ocupam de construir ninhos e fazer buracos, todas gorjeando, cantando ou guinchando umas para as outras. São muito agitadas e se divertem embaixo da terra, nas árvores ou nas flores. É o mundo delas."

"Como sabe tudo isso?" Colin se virou e apoiou-se sobre um cotovelo para olhar para ela.

"Eu nunca estive lá, na verdade", Mary falou, lembrando-se de repente. "Só passei por lá no escuro. Achei horrível. Martha me falou do lugar primeiro, depois Dickon. Quando Dickon fala, você tem a impressão de ver e ouvir as coisas, como se estivesse no meio da urze com o sol brilhando e o tojo espalhando seu cheiro de mel, tudo cercado de abelhas e borboletas."

"Quem é doente nunca vê nada", Colin retrucou inquieto. Parecia alguém que ouvia um som novo ao longe e tentava entender o que era.

"Não se pode ver nada ficando sempre dentro de um quarto", Mary argumentou.

"Eu não poderia ir à charneca", o menino declarou ressentido.

Mary ficou em silêncio por um minuto, depois deu uma resposta ousada.

"Poderia... Um dia."

Ele se moveu como se tivesse levado um susto.

"Ir à charneca! Como eu poderia? Vou morrer."

"Como sabe?", Mary reagiu sem se apiedar. Não gostava de como ele falava sobre morrer. Não se sentia muito solidária. Pelo contrário, tinha a impressão de que ele se gabava disso.

"Ah, é o que escuto desde que posso lembrar", Colin respondeu irritado. "Estão sempre cochichando sobre isso e pensando que não percebo. E, além disso, eles gostariam que eu morresse."

A srta. Mary se sentiu do contra. E comprimiu os lábios.

"Se quisessem minha morte", disse, "eu não morreria. Quem quer que você morra?"

"Os criados... e, é claro, o dr. Craven, porque ele herdaria Misselthwaite e seria rico, e não pobre. Ele não se atreve a dizer, mas sempre fica animado quando eu pioro. Quando tive febre tifoide, seu rosto ficou até iluminado. E acho que meu pai também quer a mesma coisa."

"Não creio que queira", Mary contestou obstinada.

A resposta fez Colin se virar e olhar para ela novamente.

"Não?"

Então ele se recostou na almofada e ficou quieto, como se estivesse pensando. E houve um prolongado silêncio. Talvez ambos estivessem pensando em coisas estranhas, coisas nas quais as crianças normalmente não pensam.

"Gosto do médico de Londres porque ele os fez tirar a coisa de ferro das suas costas", Mary comentou finalmente. "Ele falou que você ia morrer?"

"Não."

"O que ele disse?"

"Ele não cochichou", Colin respondeu. "Talvez soubesse que odeio cochichos. Eu o ouvi dizer uma coisa em voz alta. Ele disse: 'O menino pode viver, se assim decidir. Despertem nele essa vontade'. E parecia estar irritado."

"Vou dizer quem poderia talvez despertar em você essa vontade", Mary falou pensativa. Sentia-se como se pudesse gostar dessa coisa de uma disposição ser induzida em um outro sentido. "Dickon poderia. Ele está sempre falando sobre coisas vivas. Nunca fala sobre coisas que estão mortas ou doentes. Está sempre olhando para o céu para ver os pássaros voando, ou para a terra para ver algo crescendo. Ele tem olhos muito azuis e redondos que estão sempre muito abertos, olhando tudo. E ele dá um sorriso muito grande com sua boca larga, e as bochechas são vermelhas — tão vermelhas quanto cerejas."

Mary puxou a banqueta para mais perto do sofá, e sua expressão mudou com a lembrança da boca larga e curva e dos olhos muito abertos.

"Olhe aqui", disse. "Não vamos falar sobre morte; não gosto disso. Vamos falar sobre viver. Vamos falar muito sobre Dickon. E depois vamos olhar suas ilustrações."

Foi a melhor coisa que ela poderia ter dito. Falar sobre Dickon significava falar sobre a charneca, o casebre e as catorze pessoas que moravam nele com dezesseis xelins por semana, e sobre as crianças que engordavam com grama como pôneis selvagens. E sobre a mãe de Dickon, a corda de pular, a charneca banhada pelo sol, as pontinhas verdes brotando da terra preta. E era tudo tão vivo que Mary falava mais do que jamais tinha falado antes — e Colin falava e ouvia como nunca antes. E os dois começaram a rir à toa, como fazem as crianças que se sentem felizes juntas. E riram tanto que, no fim, ficaram barulhentos como duas criaturas normais e saudáveis de 10 anos de idade — não como uma menina dura, pequenina e incapaz de amar, e um menino doente que acreditava que ia morrer.

Eles se divertiram tanto que esqueceram as ilustrações e o tempo. Estavam rindo alto de Ben Weatherstaff e seu sabiá, e Colin estava sentado, como se tivesse esquecido as costas fracas, quando de repente se lembrou de uma coisa.

"Sabe, tem uma coisa em que não paramos para pensar", ele disse. "Somos primos."

Era tão estranho terem conversado tanto sem nunca lembrar desse detalhe tão simples que riram mais que nunca, porque tinham se colocado na disposição para rir de qualquer coisa. E, no meio da diversão, a porta se abriu e o dr. Craven entrou acompanhado pela sra. Medlock.

O dr. Craven se assustou de verdade, e a sra. Medlock quase caiu para trás porque, acidentalmente, ele colidiu com ela.

"Bom Deus!" Os olhos da pobre sra. Medlock quase saltavam das órbitas. "Bom Deus!"

"O que é isso?", perguntou o dr. Craven se aproximando. "O que isso significa?"

E Mary se lembrou de novo do menino rajá. Colin respondeu como se o espanto do médico e o terror da sra. Medlock não tivessem nenhuma importância. Estava tão pouco perturbado ou amedrontado quanto se os visitantes fossem um gato e um cachorro velhos.

"Essa é minha prima, Mary Lennox", ele falou. "Pedi a ela para vir conversar comigo. Gosto dela. Mary deve vir conversar comigo sempre que eu mandar chamá-la."

O dr. Craven olhou para a sra. Medlock com ar de reprovação.

"Ah, senhor", ela arfou. "Não sei como isso aconteceu. Não há neste lugar um só criado que se atreveria a falar... Todos receberam ordens."

"Ninguém disse nada a ela", Colin esclareceu. "Ela me ouviu chorar e me encontrou. Estou feliz por ela ter vindo. Não seja tola, Medlock."

Mary viu que o dr. Craven não parecia satisfeito, mas era bem claro que não se atrevia a contrariar seu paciente. Ele se sentou ao lado de Colin e tomou seu pulso.

"Receio que tenha ficado agitado demais. Agitação não faz bem a você, meu menino", disse.

"Vou ficar agitado se ela for afastada de mim", Colin respondeu, e seus olhos faíscavam. "Estou melhor. Ela me faz melhorar. A enfermeira deve trazer seu chá junto com o meu. Vamos tomar o chá juntos."

A sra. Medlock e o dr. Craven se olharam incomodados, mas não havia nada que pudessem fazer, era óbvio.

"Ele parece bem melhor, senhor", a sra. Medlock arriscou. "Mas...", e refletiu um pouco mais, "parecia ainda melhor hoje de manhã, antes que a menina viesse ao quarto."

"Ela esteve aqui ontem à noite, ficou comigo por muito tempo. Cantou uma canção hindustâni e me fez adormecer", Colin revelou. "Eu estava melhor quando acordei. Quis meu café da manhã. E agora quero meu chá. Avise a enfermeira, Medlock."

O dr. Craven não demorou muito a sair. Conversou com a enfermeira por alguns minutos quando ela entrou no quarto e disse algumas palavras de alerta para Colin. Ele não devia falar demais; não devia esquecer que estava doente; não devia esquecer que se cansava com muita facilidade. Mary teve a impressão de que havia muitas coisas desconfortáveis que ele não poderia esquecer.

Colin parecia agitado e mantinha os inusitados olhos de cílios pretos cravados no rosto do dr. Craven.

"Eu *quero* esquecer!", ele finalmente respondeu. "Ela me faz esquecer essas coisas. Por isso a quero aqui."

O dr. Craven não parecia contente quando saiu do quarto. Olhou intrigado para a garotinha sentada na grande banqueta. A menina tinha voltado a ser a criança retesada e silenciosa assim que ele entrou, e o médico não conseguia entender qual era o motivo do interesse. O menino, de fato, parecia mais animado, porém... E ele suspirou profundamente conforme atravessava o corredor.

"Eles estão sempre querendo que eu coma coisas quando não quero comer", Colin comentou quando a enfermeira chegou com o chá e deixou a bandeja sobre a mesa ao lado do sofá. "Mas se você comer, eu como. Esses bolinhos parecem muito bons e quentinhos. Fale mais sobre os rajás."

O Jardim Secreto

CONSTRUIR O NINHO
CAPÍTULO XV

epois de mais uma semana de chuva, o arco elevado do céu azul apareceu novamente, e o sol que se derramava dele era quente. Embora não tivesse tido chance de ver o jardim secreto ou Dickon, a srta. Mary havia se divertido muito. A semana nem pareceu longa. Ela havia passado horas com Colin no quarto dele todos os dias, falando sobre rajás, jardins, Dickon, o casebre e a charneca. Tinham visto livros esplêndidos e ilustrações, e algumas vezes Mary lera coisas para Colin, outras vezes, ele havia lido para ela. Quando se divertia e estava interessado em alguma coisa, Mary achava que ele nem parecia um inválido, exceto pelo rosto muito pálido e por estar sempre no sofá.

"Você é uma menina ardilosa por ter saído de sua cama e seguido um barulho, como fez naquela noite", a sra. Medlock dissera uma vez. "Mas não há como não reconhecer que isso foi uma bênção para muitos de nós. Ele não teve um ataque de birra nem uma crise de choro desde que vocês se tornaram amigos. A enfermeira estava quase abandonando o posto por estar muito cansada dele, mas diz que não se incomoda mais em ficar, agora que você divide os horários com ela", e deu uma risadinha.

Em suas conversas com Colin, Mary tentara ser muito cautelosa sobre o jardim secreto. Havia coisas que queria saber sobre ele, mas sentia que devia descobri-las sem fazer perguntas diretas. Em primeiro lugar, como começava a gostar de estar com ele, queria descobrir se Colin era o tipo de menino a quem podia contar um segredo. Ele não era nada parecido com Dickon, mas estava tão visivelmente animado com a ideia de um jardim sobre o qual ninguém sabia que ela acreditava que talvez pudesse confiar nele. Mas não o conhecia há tempo suficiente para ter certeza. A segunda coisa que queria descobrir era isto: se ele fosse digno de confiança — de verdade —, seria possível levá-lo ao jardim sem ninguém mais saber? O médico figurão dissera que ele precisava de ar fresco, e Colin havia declarado que não se incomodaria em tomar ar fresco em um jardim secreto. Talvez, se respirasse muito ar fresco, conhecesse Dickon, o sabiá, e visse coisas crescendo, ele não pensaria tanto em morrer. Mary tinha se visto no espelho algumas vezes recentemente e sabia que parecia uma criatura muito diferente da criança que vira ao chegar da Índia. Essa criança parecia muito mais agradável. Até Martha percebera a mudança.

"O ar da charneca já fez muito bem pra você", ela havia dito. "Não está mais tão amarela, nem tão magra. O cabelo não fica mais grudado na cabeça, parece ter mais vida e isso faz com que chame mais atenção."

"Assim como eu", Mary respondeu. "Está ficando mais forte e mais encorpado. E tenho certeza de que tenho mais cabelo."

"Parece, é verdade", Martha concordou, afofando um pouco as mechas em torno do rosto da menina. "Você não fica mais tão feia com ele desse jeito, e agora tem um pouco de vermelho nas bochechas."

Se os jardins e o ar fresco haviam sido bons para ela, talvez fossem bons para Colin. Por outro lado, se odiava que as pessoas olhassem para ele, talvez não gostasse de conhecer Dickon.

"Por que fica bravo quando olham para você?", ela perguntou um dia.

"Sempre odiei isso", o menino respondeu. "Desde pequeno. Eles me levavam à praia, e eu ficava deitado no carrinho, e todo mundo olhava, e as mulheres paravam para conversar com minha enfermeira, e elas começavam a cochichar, e eu sabia que estavam dizendo que eu não viveria até ficar adulto. Às vezes, as mulheres afagavam meu rosto e diziam: 'Pobrezinho!'. Uma vez, uma mulher fez isso, e eu gritei e mordi a mão dela. Ela ficou tão assustada que saiu correndo."

"Pensou que você tivesse ficado raivoso como um cachorro", Mary respondeu sem demonstrar nenhuma admiração.

"Não me interessa o que ela pensou", Colin respondeu carrancudo.

"Queria saber por que não gritou e me mordeu quando entrei em seu quarto", Mary comentou. Depois sorriu.

"Pensei que fosse um fantasma ou um sonho", ele respondeu. "Não se pode morder um fantasma ou um sonho, e eles não se incomodam se você gritar."

"Você odiaria se... se um menino olhasse para você?", Mary perguntou hesitante.

Ele se reclinou sobre a almofada e pensou um pouco.

"Tem um menino", respondeu bem devagar, como se pensasse sobre cada palavra, "tem um menino com quem acho que não me incomodaria. É aquele que sabe onde moram as raposas... Dickon."

"Tenho certeza de que não se incomodaria com ele", Mary falou.

"Os pássaros e os outros animais não se incomodam", Colin continuou, ainda pensativo, "talvez por isso eu também não deva me incomodar. Ele é uma espécie de encantador de animais, e eu sou um animal menino."

Depois ele riu, e ela também riu; na verdade, a conversa acabou com os dois rindo muito, achando muito engraçada a ideia de um animal menino escondido em sua toca.

Mais tarde, Mary sentiu que não precisava ter medo por Dickon.

Naquela primeira manhã, quando o céu ficou azul de novo, Mary acordou muito cedo. O sol se derramava em raios oblíquos que atravessavam as persianas, e havia algo de tão alegre na imagem que ela pulou da cama e correu para a janela. Levantou as persianas e abriu a janela, e um sopro de ar fresco e perfumado a envolveu. A charneca estava azul, e o mundo todo parecia ter sido tocado pela magia. Havia sons suaves aqui e ali, em todos os lugares, como se orquestras de pássaros começassem a se preparar para um concerto. Mary pôs a mão para fora da janela e a manteve sob o sol.

"Está quente... quente!", disse. "Isso vai fazer as pontinhas verdes crescerem, subirem e subirem, e vai fazer os bulbos e as raízes trabalharem e se esforçarem ao máximo embaixo da terra."

Ela se ajoelhou e se debruçou na janela, esticando o corpo o máximo possível para o lado de fora, enchendo os pulmões e farejando o ar até dar risada, porque lembrou que a mãe de Dickon tinha dito que a ponta do nariz dele tremia como o focinho de um coelho.

"Deve ser muito cedo", ela disse. "As nuvenzinhas estão cor-de-rosa, e nunca vi o céu dessa cor. Ninguém acordou. Não ouço nem os meninos do estábulo."

Um pensamento repentino a fez ficar em pé.

"Não posso esperar! Vou ver o jardim!"

Àquela altura, ela já havia aprendido a se vestir sozinha, e pôs as roupas em cinco minutos. Conhecia uma portinha secundária que podia destrancar sozinha e desceu correndo usando apenas as meias, deixando para calçar os sapatos no saguão. Lá ela removeu as correntes, o ferrolho e a tranca, e quando a porta estava aberta, desceu o degrau com um pulo, e lá estava ela, sobre a grama que tinha ficado verde, embaixo do sol, sentindo os sopros mornos e doces à sua volta e ouvindo os trinados, gorjeios e cantos que vinham de cada arbusto e árvore. Mary bateu palmas de pura alegria e olhou para cima, para o céu azul, rosa, perolado e branco, e foi inundada pela luz da primavera de tal forma que sentiu como se devesse gorjear e cantar alto, e sabia que as cotovias e os sabiás não poderiam se conter. Mary correu em torno dos arbustos e pelos caminhos que levavam ao jardim secreto.

"Tudo já está diferente", disse. "A grama está mais verde e as coisas brotam em todos os lugares, ramos se desenrolam e folhinhas verdes se abrem. Tenho certeza de que Dickon virá hoje à tarde."

A chuva quente e demorada fizera coisas estranhas nos canteiros de ervas que ladeavam o passadiço que passava pelo muro mais baixo. Havia coisas brotando e se projetando das raízes de aglomerados de plantas, e aqui e ali era possível ver lampejos de roxo e amarelo se espalhando entre os caules de açafrão. Seis meses antes, a srta. Mary não teria visto como o mundo despertava, mas agora ela não perdia nada.

Quando chegou ao lugar cuja porta ficava escondida sob a hera, ela se assustou com um som alto e curioso. Era um grasnido — o grasnido de um corvo, e vinha de cima do muro, e quando ela olhou para cima, lá estava uma grande ave escura de plumagem brilhante, olhando para ela de um jeito muito sábio. Mary nunca tinha visto um corvo de perto, e aquilo a deixou um pouco nervosa, mas no momento seguinte ele abriu as asas e voou para longe, sobre o jardim. Esperava que ele não ficasse lá dentro, e empurrou a porta se perguntando se o pássaro estaria lá. Quando entrou no jardim, Mary viu que ele provavelmente pretendia ficar, porque havia pousado em uma macieira, e embaixo da macieira havia um animal avermelhado de cauda felpuda, e os dois observavam o corpo inclinado e a cabeça cor de ferrugem de Dickon, que estava ajoelhado na grama e trabalhava duro.

Mary atravessou o jardim correndo na direção dele.

"Oh, Dickon! Dickon!", gritou. "Como conseguiu chegar aqui tão cedo? Como? O sol acabou de nascer!"

Ele se levantou rindo, radiante e desgrenhado; seus olhos eram como pedaços do céu.

"Ô!", disse. "Acordei muito antes do sol. Como ia ficar dormindo? O mundo ficou todo bonito de novo hoje. E tem zumbidos e ruídos e piados dos pássaros construindo ninhos, e cheiros para sentir, e coisas que fazem você querer sair em vez de ficar deitado. Quando o sol apareceu, a charneca endoideceu de alegria, e eu tava no meio da urze, e corri como um louco gritando e cantando. E vim direto pra cá. Não ia conseguir ficar longe. Ora, o jardim tava aqui esperando!"

Mary pôs as mãos no peito, ofegante como se também tivesse corrido. "Oh, Dickon, Dickon! Estou tão feliz que quase não consigo respirar!"

Ao ver o menino falando com uma desconhecida, o animal de cauda vermelha e felpuda se levantou de seu lugar embaixo da árvore e se aproximou dele, e o corvo desceu do galho e pousou em seu ombro.

"Esse é o filhotinho de raposa", Dickon explicou enquanto afagava a cabeça do animal. "Seu nome é Capitão. E esse aqui é o Fuligem. Fuligem voou pela charneca comigo, e Capitão correu como se estivesse fugindo de cachorros. Os dois sentiram a mesma coisa que eu."

Nenhuma das criaturas parecia estar com medo de Mary. Quando Dickon começou a andar por ali, Fuligem continuou em seu ombro, e Capitão trotava silenciosamente perto dele.

"Olhe aqui!", Dickon disse. "Veja como isso brotou, e aquilo, e aquilo ali! E ô! Olha aqueles ali!"

Ele se jogou de joelhos, e Mary se abaixou ao seu lado. Tinham encontrado uma moita de açafrão que explodia em tons de roxo, laranja e dourado. Mary se inclinou e beijou as flores.

"Nunca se deve beijar uma pessoa desse jeito", ela disse ao erguer a cabeça. "Flores são muito diferentes."

Ele parecia confuso, mas sorriu.

"Ô!", disse. "Beijo minha mãe desse jeito sempre, quando volto da charneca depois de um dia perambulando e ela está na porta, no sol, contente e confortável."

Eles correram de uma parte a outra do jardim e encontraram tantas maravilhas que foram obrigados a se lembrar de que precisavam cochichar ou falar baixo. Dickon mostrou a ela folhas em botão, prontas para abrir, em galhos de roseiras que pareciam mortas. Ele mostrou 10 mil novas pontinhas verdes brotando da terra. Eles aproximaram o nariz da terra e sentiram o cheiro da primavera; cavaram, arrancaram mato e riram baixo e com vontade, até o cabelo da srta. Mary estar tão despenteado quanto o de Dickon, e o rosto quase tão vermelho quanto o dele.

Todas as alegrias da terra estavam no jardim secreto naquela manhã, e no meio delas surgiu um encanto maior que todos os outros, porque era mais maravilhoso. Algo passou voando rápido por cima do muro e através das árvores para um canto próximo, um lampejo de uma ave de peito vermelho com alguma coisa no bico. Dickon se levantou silencioso e estendeu a mão para Mary quase como se, de repente, tivessem sido surpreendidos às gargalhadas em uma igreja.

"Nada de barulho", cochichou. "Não é nem pra respirar. Sabia que ele tava procurando uma parceira na última vez que vi. É o sabiá do Ben Weatherstaff. Ele tá construindo um ninho. Vai ficar aqui se nosso barulho não assustar ele."

Os dois se sentaram na grama com cuidado e ficaram imóveis.

"Não é pra ele perceber que tá sendo observado", Dickon explicou. "Ele vai embora se achar que alguém vai atrapalhar. Vai ficar um pouco diferente até tudo isso acabar. Ele tá montando uma casa. Vai ficar mais acanhado e vai levar tudo a mal. Não tem tempo pra conversa e fofoca. É bom ficar quieto um pouco e tentar parecer uma árvore, a grama ou os arbustos. Depois, quando ele se acostumar a ver nós dois aqui, vou assobiar um pouco, e ele vai entender que não vamos atrapalhar."

A srta. Mary não estava assim tão certa se sabia, como Dickon, fingir que era grama, árvore ou arbusto. Mas ele falara tal estranheza como se fosse a coisa mais simples e mais natural do mundo, e ela sentiu que devia ser bem fácil para ele e, de fato, ficou observando o menino por alguns minutos com atenção, se perguntando se era possível que ele se tingisse de verde e projetasse galhos e folhas. Mas Dickon só ficou ali sentado e quieto, e quando falou foi com um tom tão baixo e manso que era curioso que ela pudesse ouvi-lo, ainda que pudesse.

"Faz parte da primavera, essa coisa de construir ninho", ele disse. "Garanto que acontece do mesmo jeito todo ano desde que o mundo começou. Eles têm seu jeito de pensar e fazer as coisas, e é melhor a pessoa não se meter. Você pode perder um amigo na primavera mais facilmente do que em qualquer outra estação se for curiosa demais."

"Se falarmos sobre ele, não vou conseguir não olhar", Mary respondeu tão suavemente quanto conseguiu. "Precisamos falar de outra coisa. Tem uma coisa que quero lhe dizer."

"Ele vai gostar mais se falarmos de outra coisa", Dickon concordou. "O que tem pra me dizer?"

"Bem... Sabe quem é o Colin?", ela cochichou.

Dickon virou a cabeça para encará-la.

"O que você sabe dele?", perguntou.

"Eu o conheci. Estive conversando com ele todos os dias desta semana. Ele quer que eu vá visitá-lo. Diz que o faço esquecer que é doente e que vai morrer", Mary respondeu.

A surpresa desapareceu do rosto redondo de Dickon, dando lugar ao alívio.

"Fico feliz com isso", ele exclamou. "Bem feliz. E aliviado. Sabia que não podia falar nada sobre ele e não gosto de ter que esconder as coisas."

"Não gosta de esconder o jardim?", Mary perguntou.

"Eu nunca vou falar sobre ele", Dickon respondeu. "Mas falo pra mãe: 'Mãe, tenho um segredo. Não é nada ruim, você sabe. Não é pior que esconder um ninho de passarinho. Você não se importa, não é?'."

Mary sempre queria ouvir sobre a mãe dele.

"E o que ela respondeu?", perguntou, sem nenhum receio de saber.

Dickon sorriu com doçura.

"Ela falou uma coisa que combina muito com ela", respondeu. "Fez um carinho na minha cabeça, riu e disse: 'Ah, menino, pode ter todos os segredos que quiser. Conheço você há 12 anos'."

"Como ficou sabendo sobre Colin?", Mary indagou.

"Todo mundo que conhece o sr. Craven sabe que ele tem um menino que vai ficar aleijado, e sabe que o sr. Craven não gosta que falem dele. As pessoas têm pena do sr. Craven, porque a sra. Craven era uma moça muito bonita e eles gostavam muito um do outro. A sra. Medlock faz uma pausa no nosso casebre sempre que vai a Thwaite e não se incomoda de falar com a mãe na nossa frente, porque sabe que fomos educados pra merecer confiança. Como você ficou sabendo dele? Martha estava muito nervosa na última vez que foi pra casa. Disse que você ouviu o menino chorando e começou a fazer perguntas, e ela não sabia o que dizer."

Mary contou ao garoto sua história sobre ter acordado no meio da noite com o vento uivando e ter escutado ruídos distantes, uma voz queixosa que a havia conduzido pelos corredores escuros com uma vela na mão, e como isso acabou com ela abrindo a porta de um quarto pouco iluminado com uma cama de dossel em um canto. Quando descreveu o rosto pequeno e pálido e os estranhos olhos contornados por cílios pretos, Dickon balançou a cabeça.

"São como os olhos da mãe dele, mas os dela eram sempre risonhos, dizem. E dizem que o sr. Craven não suporta ver o menino acordado porque os olhos dele são muito parecidos com os da mãe, mas parecem muito diferentes em seu rosto infeliz."

"Acha que ele quer morrer?", Mary cochichou.

"Não, mas ele queria nunca ter nascido. A mãe diz que essa é a pior coisa pra uma criança. Os que não são queridos quase nunca crescem. O sr. Craven pode comprar tudo pro pobre menino, mas queria esquecer que ele existe sobre a face da terra. Pra começar, tem medo de um dia olhar pra ele e descobrir que ele ficou corcunda."

"Colin tem tanto medo disso que não fica sentado", Mary contou. "Ele diz que está sempre pensando que, se sentir um calombo nascendo, vai ficar maluco e gritar até morrer."

"Ô! Ele não devia ficar lá deitado pensando nessas coisas", Dickon disse. "Nenhum menino pode melhorar pensando nesse tipo de coisa."

A raposa estava deitada na grama ao lado dele, olhando para cima para pedir um carinho de vez em quando, e Dickon se inclinou e afagou seu pescoço enquanto pensava por alguns minutos em silêncio. Depois levantou a cabeça e olhou para o jardim.

"Na primeira vez que viemos aqui", disse, "tudo parecia cinza. Olhe agora e me diz se não vê uma diferença."

Mary olhou e prendeu a respiração por um instante.

"Ora!", exclamou. "O muro cinzento está mudando. É como se uma névoa verde subisse por ele. É quase como um véu de neblina verde."

"É", Dickon concordou. "E vai ficar mais e mais verde, até o cinza desaparecer completamente. Consegue imaginar o que eu estava pensando?"

"Sei que era alguma coisa boa", Mary falou animada. "Acredito que era alguma coisa sobre Colin."

"Estava pensando que, se estivesse aqui, ele não ia ficar pensando em calombos crescendo nas costas; ia procurar as flores nascendo nos galhos das roseiras, e estaria mais saudável", Dickon explicou. "Estava pensando se não dá pra fazer ele sentir vontade de vir aqui e ficar deitado embaixo das árvores na cadeira dele."

"Também estive pensando nisso. Pensei nisso quase todas as vezes que falei com ele", Mary disse. "Pensei se ele seria capaz de guardar um segredo, se poderíamos trazê-lo até aqui sem sermos vistos por ninguém. Você poderia empurrar a cadeira, talvez. O médico disse que ele precisa de ar fresco, e se ele quiser vir, ninguém se atreverá a contrariá-lo. Ele não vai sair com outras pessoas, e talvez até fiquem contentes se ele sair conosco. Colin pode mandar os jardineiros ficarem afastados, de forma que não descubram nada."

Dickon continuava coçando as costas do Capitão enquanto pensava.

"Ia ser bom pra ele, verdade", disse. "Nenhum de nós ia pensar que ele não devia ter nascido. Somos só duas crianças vendo um jardim crescer, e ele ia ser mais uma. Dois meninos e uma menina só olhando pra primavera. Garanto que ia ser melhor que coisa de médico."

"Ele está deitado no quarto há muito tempo e sempre teve tanto medo de entortar as costas que acabou ficando esquisito", Mary opinou. "Colin sabe muita coisa que aprende nos livros, mas não sabe mais nada além daquilo. Diz que é doente demais para notar as coisas e odeia sair, odeia jardins e odeia jardineiros. Mas gosta de ouvir falar sobre esse jardim porque é um segredo. Não me atrevi a contar muita coisa, mas ele disse que queria ver o lugar."

"Vamos trazer Colin aqui algum dia, com certeza", Dickon decidiu. "Posso empurrar a cadeira, é claro. Percebeu como o sabiá e sua parceira trabalham, enquanto ficamos aqui sentados? Olhe pra ele empoleirado naquele galho, pensando onde põe o graveto que está segurando no bico."

Ele assobiou baixinho, e o sabiá virou a cabeça e olhou para ele, curioso, ainda segurando o graveto. Dickon falou com ele como Ben Weatherstaff falava, mas usando o tom de um conselho amistoso.

"Onde puser isso aí", disse, "vai ficar bom. Você sabe construir um ninho desde que saiu do ovo. Vai logo, rapaz. Não pode perder tempo."

"Ah, gosto de ouvir você falando com ele!", Mary confessou, rindo com alegria. "Ben Weatherstaff o critica e debocha dele, e ele saltita e parece entender cada palavra, e sei que gosta disso. Ben Weatherstaff diz que ele é tão vaidoso que prefere levar uma pedrada a não ser notado."

Dickon também riu e continuou falando.

"Você sabe que não vamos incomodar", disse ao sabiá. "Somos quase como coisas da natureza. Também estamos construindo um ninho aqui. Cuidado pra não entregar nós dois."

E embora o sabiá não respondesse porque estava com o bico ocupado, Mary soube, quando ele voou com o graveto para o seu canto do jardim, que a escuridão de seus olhinhos brilhantes como o orvalho significava que não contaria o segredo deles por nada no mundo.

O Jardim Secreto

"NÃO VOU!", INSISTIU MARY
CAPÍTULO XVI

les encontraram muito o que fazer naquela manhã, e Mary se atrasou na volta para a casa, e também estava com tanta pressa para retornar ao trabalho que havia se esquecido completamente de Colin até o último momento.

"Diga ao Colin que ainda não posso ir vê-lo", ela pediu a Martha. "Estou muito ocupada no jardim."

Martha parecia sentir medo.

"Ô, srta. Mary! Ele pode perder a disposição quando eu der seu recado."

Mas Mary não tinha medo dele como tinham as outras pessoas, e ela não era do tipo que sacrificava os próprios desejos.

"Não posso ficar", respondeu. "Dickon está me esperando." E saiu correndo.

A tarde foi ainda mais adorável e atribulada do que a manhã. Quase todas as ervas daninhas já tinham sido retiradas do jardim, e a maior parte das rosas e árvores tinham sido podadas, e a área em torno delas fora limpa. Dickon levara uma pá e ensinou Mary a usar todas as ferramentas dela, de forma que, àquela altura, embora fosse claro que o lindo lugar dominado pela natureza não seria um "jardim de jardineiro", haveria ali uma profusão de coisas vivas crescendo antes da chegada da primavera.

"Vai ter flores de macieira e cerejeira lá em cima", Dickon comentou enquanto trabalhava. "E vai ter pessegueiros e ameixeiras em flor junto do muro, e a grama vai ser um tapete de flores."

A raposinha e o corvo estavam tão felizes e ocupados quanto eles, e o sabiá e sua parceira voavam de um lado para o outro como pequenos raios de luz. Às vezes, o corvo batia as asas pretas e se afastava para o topo das árvores no parque. Cada vez que voltava, ele se empoleirava perto de Dickon e crocitava várias vezes, como se contasse suas aventuras, e Dickon falava com ele como havia conversado com o sabiá. Uma vez, quando Dickon estava muito ocupado e não respondeu de imediato, Fuligem pousou sobre seu ombro e bicou uma orelha com cuidado. Quando Mary quis descansar um pouco, Dickon sentou-se com ela embaixo de uma árvore, tirou a flauta do bolso e tocou aquelas notas suaves e estranhas, e dois esquilos apareceram sobre o muro para olhar e ouvir.

"Você está um pouco mais forte", Dickon comentou, observando enquanto ela cavava. "Está começando a ficar diferente, isso é certo."

Mary estava radiante com o exercício e o bom humor.

"Estou ficando mais encorpada a cada dia", respondeu exultante. "A sra. Medlock vai ter que providenciar vestidos maiores para mim. Martha falou que meu cabelo está ficando mais grosso. Não é mais tão murcho e sem graça."

O sol começava a se pôr e projetava raios dourados sob as árvores quando eles se separaram.

"Amanhã vai ser bom", Dickon disse. "Venho trabalhar quando o sol nascer."

"Eu também", Mary respondeu.

Ela voltou para a casa correndo tanto quanto os pés conseguiam. Queria contar a Colin sobre o filhote de raposa e o corvo de Dickon, e sobre o que a primavera estava fazendo. Tinha certeza de que ele gostaria de ouvir. Por isso não foi muito agradável quando, ao abrir a porta do quarto, ela encontrou Martha esperando com uma expressão triste.

"O que aconteceu?", perguntou. "O que Colin falou quando disse a ele que eu não poderia ir?"

"Ô! Queria que tivesse ido. Ele teve um ataque de birra. Demorei a tarde toda pra fazer ele se acalmar. Ele olhava o relógio o tempo todo."

Mary comprimiu os lábios. Assim como Colin, ela não tinha o costume de considerar o bem-estar das outras pessoas e não via motivo para um menino mal-humorado interferir naquilo que ela mais gostava de fazer. Nada sabia sobre as lamúrias de gente doente e nervosa, gente que não sabia controlar o próprio temperamento sem precisar deixar outras pessoas doentes e nervosas também. Na Índia, quando tinha dor de cabeça, ela fazia o possível para todo mundo ter dor de cabeça ou alguma coisa igualmente ruim. E sentia que estava completamente certa; mas é claro que agora achava que Colin estava completamente errado.

O menino não estava no sofá quando ela entrou no quarto. Estava deitado de costas na cama e não virou a cabeça quando ela entrou. Esse era um mau começo, e Mary se aproximou dele com atitude rígida.

"Por que não se levantou?", perguntou.

"Levantei hoje de manhã, quando pensei que viria", ele respondeu sem encará-la. "E fiz com que me colocassem de volta na cama hoje à tarde. Minhas costas doíam, minha cabeça doía, e eu estava cansado. Por que não veio?"

"Estava trabalhando no jardim com Dickon."

Colin franziu a testa e se dignou a olhar para ela.

"Não vou deixar esse menino vir aqui se você vai ficar com ele em vez de vir conversar comigo", disse.

Mary se irritou. Era capaz de se irritar sem fazer nenhum barulho. Apenas ficava azeda e obstinada, e não se importava com as consequências.

"Se mandar Dickon embora, nunca mais entrarei neste quarto!"

"Vai ter que entrar se eu quiser", Colin rebateu.

"Não vou!", insistiu Mary.

"Eu a obrigarei", ele avisou. "Eles a arrastarão até aqui."

"Pois que arrastem, senhor rajá!", Mary reagiu furiosamente. "Podem me arrastar até aqui, mas não poderão me obrigar a falar quando me trouxerem. Ficarei sentada rangendo os dentes e não falarei com você. Nem olharei para você. Olharei para o chão!"

Eles formavam uma dupla e tanto, os dois ali se encarando. Se fossem dois meninos de rua, teriam voado para cima um do outro e trocado socos e rolado pelo chão. Na situação em que se encontravam, fizeram a segunda pior coisa depois disso.

"Você é uma egoísta!", Colin gritou.

"E você é o quê?", Mary retrucou. "Gente egoísta sempre diz isso. Qualquer pessoa que não faça o que você quer é egoísta. Você é mais egoísta que eu. É o menino mais egoísta que já vi."

"Não sou! Não sou tão egoísta quanto seu belo Dickon! Ele faz você ficar brincando na terra, sabendo que estou aqui sozinho. Ele é egoísta, saiba você!"

Os olhos de Mary pareciam labaredas.

"Ele é melhor do que qualquer outro menino que já existiu!", ela disse. "Ele é... É como um anjo!" Podia parecer uma coisa boba para dizer, mas ela não se importava.

"Belo anjo!", Colin rosnou furioso. "Ele é só um menino comum que mora em um casebre na charneca!"

"E ele é melhor do que qualquer rajá!", Mary respondeu. "Mil vezes melhor!"

Por ser a mais forte dos dois, ela começava a vencer a disputa. A verdade era que Colin nunca havia brigado com alguém como ele mesmo em toda a sua vida e, no geral, a experiência foi favorável, embora ele e Mary não soubessem disso. Colin virou a cabeça no travesseiro, fechou os olhos, e uma grande lágrima escapou e escorreu pelo rosto. Começava a se sentir patético e com pena de si mesmo — e de mais ninguém.

"Não sou tão egoísta quanto você, porque estou sempre doente, e tenho certeza de que há um calombo crescendo em minhas costas", disse. "Além disso, vou morrer."

"Não vai!", Mary discordou sem nenhuma piedade.

Ele abriu os olhos, que estavam cheios de indignação. Nunca tinha ouvido isso antes. Sentia-se furioso e ligeiramente satisfeito ao mesmo tempo, se é que isso era possível.

"Não vou?", gritou. "Eu vou! Você sabe que vou! Todo mundo diz que vou."

"Não acredito nisso!", Mary retrucou mal-humorada. "Você só diz isso para fazer as pessoas sentirem pena. Acho que se orgulha disso. Eu não acredito! Se fosse um bom menino, talvez fosse verdade, mas você é muito maldoso!"

Apesar das costas defeituosas, Colin sentou-se na cama em um saudável ímpeto de fúria.

"Saia do quarto!", gritou, pegando o travesseiro e jogando nela. Colin não era forte o bastante para acertá-la, e o travesseiro caiu aos pés dela, mas Mary pareceu ofendida.

"Eu vou!", disse. "E não vou voltar!"

Ela se dirigiu à porta e, antes de sair, virou-se e falou:

"Eu ia contar muitas coisas boas. Dickon trouxe consigo a raposa e o corvo, e eu ia falar sobre eles. Agora não vou lhe contar nada!"

A menina saiu e fechou a porta e, para seu grande espanto, encontrou a enfermeira ali com jeito de quem esteve ouvindo a conversa, e ainda mais espantoso foi encontrá-la rindo. Era uma mulher jovem, grande e bonita que nem devia ser uma enfermeira treinada, já que não suportava inválidos e estava sempre inventando desculpas para deixar Colin com Martha ou com qualquer outra pessoa que aceitasse ficar em seu lugar. Mary nunca havia gostado dela e simplesmente a encarou enquanto a mulher ria cobrindo a boca com um lenço.

"De que está rindo?", a menina perguntou.

"De vocês dois", a mulher respondeu. "É a melhor coisa que poderia ter acontecido ao mimadinho enfermo, ter alguém tão mimado quanto ele para enfrentá-lo." Ela riu de novo no lenço. "Se ele tivesse uma irmã com quem brigar, isso teria sido sua salvação."

"Ele vai morrer?"

"Não sei e não me interessa", a enfermeira disse. "Metade do que o aflige é histeria e questão de temperamento."

"O que é histeria?", Mary quis saber.

"Vai descobrir se tiver que cuidar dele depois de um ataque como o que acabou de ter, mas, de qualquer maneira, você deu a ele um motivo para ficar histérico, e estou satisfeita com isso."

Mary voltou ao quarto dela com uma disposição muito diferente daquela que tinha ao voltar do jardim. Estava irritada e desapontada, mas não sentia pena de Colin. Sentia-se animada para contar a ele muitas coisas, tentando decidir se seria ou não seguro lhe confiar um segredo. Começava a pensar que sim, seria, mas agora havia mudado de ideia. Nunca contaria a ele, e o menino poderia ficar em seu quarto sem nunca respirar ar fresco e morrer se quisesse! Seria bem feito! Estava tão azeda e agitada que por alguns minutos quase esqueceu Dickon e o véu verde que cobria o mundo, o vento manso que soprava da charneca.

Martha a esperava, e sua expressão perturbada foi temporariamente substituída por interesse e curiosidade. Havia uma caixa de madeira sobre a mesa e, destampada, ela revelava diversos pacotes organizados.

"O sr. Craven mandou isso pra você", Martha falou. "Parece que tem livros de figuras na caixa."

Mary lembrou-se de que havia pedido os livros no dia em que estivera no escritório dele.

"Quer alguma coisa, bonecas, brinquedos, livros?" Ela abriu o pacote, imaginando se ele havia mandado uma boneca, e também se perguntando o que deveria fazer com ela se fosse esse o caso. Mas não era uma boneca. Eram vários livros bonitos como os de Colin, e dois deles eram sobre jardins, cheios de ilustrações. Havia dois ou três jogos e um lindo diário com um monograma dourado, uma caneta dourada e um tinteiro.

Tudo era tão bonito que o prazer começou a superar a raiva. Não esperava ser lembrada por ele, e seu coraçãozinho duro se aqueceu.

"Escrevo melhor em letra cursiva do que em letra de forma", disse, "e a primeira coisa que vou fazer é escrever uma carta para dizer a ele que estou muito grata."

Se fosse amiga de Colin, teria corrido para mostrar a ele seus presentes, e teriam olhado juntos as ilustrações e lido alguns trechos dos livros sobre jardinagem, talvez tentado jogar os jogos, e ele teria se divertido tanto que não teria pensado nenhuma vez que ia morrer, nem tocado as costas para ver se nascia um calombo nelas. Ele fazia isso de um jeito que Mary não conseguia tolerar. Despertava nela uma sensação desconfortável de medo, porque ele sempre parecia muito amedrontado. Colin dizia que, se um dia sentisse um caroço, por menor que fosse, saberia que a corcunda tinha começado a crescer. Alguma coisa que ele havia escutado a sra. Medlock cochichar com a enfermeira lhe deu essa ideia, que ele alimentou em segredo até plantá-la na mente com firmeza. A sra. Medlock tinha comentado que as costas do pai dele haviam começado a encurvar quando ele era criança. Colin nunca contou a ninguém, além de Mary, que suas "birras", como eram chamadas, eram fruto de um medo histérico e secreto. Quando ele disse isso, Mary sentiu pena do menino.

"Ele sempre começa a pensar nisso quando está contrariado ou cansado", disse a si mesma. "E hoje está contrariado. Talvez... Talvez tenha passado a tarde inteira pensando nisso."

Ela ficou quieta, olhando para o tapete e pensando.

"Eu disse que nunca mais voltaria...", ela hesitou, franzindo a testa. "Mas talvez, só talvez, eu volte para ver... se ele quer minha companhia... de manhã. Talvez ele tente jogar o travesseiro em mim de novo, mas... acho que eu vou até lá."

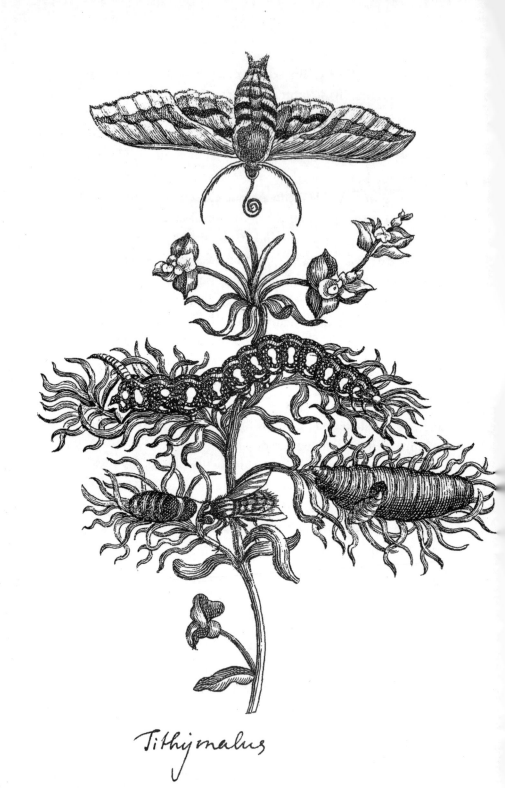
Tithymalus

UM ATAQUE DE BIRRA
CAPÍTULO XVII

ary havia acordado muito cedo e trabalhado duro no jardim, estava cansada e com sono, e assim que Martha serviu seu jantar e ela terminou de comer, foi feliz para a cama. E quando descansou a cabeça no travesseiro, murmurou para si mesma:

"Vou sair antes do café da manhã para trabalhar com Dickon e depois, acho, vou vê-lo."

No meio da noite, ela supôs, foi acordada por ruídos tão horríveis que pulou da cama em um instante. O que era aquilo... O que era aquilo? No minuto seguinte, teve certeza de que sabia. Portas eram abertas e fechadas, pés corriam pelo corredor, e alguém chorava e gritava ao mesmo tempo, chorava e gritava de um jeito horrível.

"É Colin", Mary disse. "E isso é um daqueles ataques de birra que a enfermeira chamou de histeria. Que barulheira horrível."

Enquanto ouvia os gritos e soluços, a menina entendia por que as pessoas ficavam assustadas a ponto de fazer tudo que ele quisesse, só para não terem que passar por isso. Cobrindo as orelhas com as mãos, ela tremia e se sentia enjoada.

"Não sei o que fazer. Não sei o que fazer", repetia para si mesma. "Não consigo suportar."

Em um momento, ela se perguntou se o ataque cessaria caso ousasse ir até lá, mas depois se lembrou de como Colin a havia expulsado do quarto e pensou que sua presença poderia piorar a situação. Mesmo quando pressionava as orelhas com mais força, ainda ouvia os sons terríveis. Odiava tudo aquilo, e estava tão apavorada que, de repente, o ruído começou a enfurecê-la, e Mary pensou que talvez devesse ter também um ataque de birra para assustá-lo como ele a assustava. Não estava acostumada à explosividade de ninguém, exceto a dela mesma. A menina tirou as mãos das orelhas, levantou-se e bateu o pé.

"Ele tem que parar! Alguém tem que fazê-lo parar! Alguém devia bater nele!", gritou.

Nesse momento, ela ouviu pés correndo pelo corredor. Em seguida, a porta do quarto foi aberta e a enfermeira entrou. Ela não estava rindo, de jeito nenhum. E se encontrava bem pálida.

"Ele está histérico", a mulher falou apressada. "Vai se machucar. Ninguém pode fazer nada com ele. Vá lá e tente, como uma boa menina. Ele gosta de você."

"Ele me expulsou do quarto hoje de manhã", Mary respondeu, batendo o pé agitada.

A reação agradou a enfermeira. A verdade era que ela temia encontrar Mary chorando com a cabeça embaixo das cobertas.

"Isso mesmo", ela disse. "É com essa disposição que você tem que ir lá. Vá e chame a atenção dele. Dê a ele algo novo em que pensar. Faça isso, criança, o mais depressa que puder."

Só mais tarde Mary percebeu que toda a situação havia sido engraçada, além de assustadora — que era engraçado todos os adultos terem tanto medo a ponto de recorrerem a uma garotinha, só por acreditarem que ela era tão intratável quanto Colin.

Mary saiu do quarto correndo, e quanto mais se aproximava dos gritos, mais furiosa ficava. Quando chegou à porta do quarto, sentia-se perversa. Ela a abriu com um empurrão violento e correu em direção à cama de dossel.

"Pare!", gritou. "Pare! Odeio você! Todo mundo odeia você! Queria que todos fugissem desta casa e deixassem você gritando até morrer! Você *vai* morrer de tanto gritar daqui a pouco, e espero que isso aconteça!"

Uma criança boa e piedosa não seria capaz de pensar ou dizer tais coisas, mas o choque de tê-las ouvido foi a melhor coisa para aquele menino histérico a quem ninguém jamais tinha ousado contrariar ou conter.

Ele estava deitado com o rosto voltado para baixo, batendo no travesseiro com as mãos, e quase pulou da cama ao se virar, tal a velocidade com que reagiu ao som daquela furiosa voz infantil. Seu rosto estava um horror, branco, vermelho e inchado, e ele arfava e sufocava; mas a pequena e violenta Mary não se importava com nada disso.

"Se você der mais um grito", ela ameaçou, "eu também vou gritar e sou capaz de gritar mais alto, e você vai ficar com medo, vai ficar com medo de mim!"

O menino havia parado de gritar, porque ela o assustara. O grito que estava se formando quase o sufocou. As lágrimas escorriam por seu rosto, e ele tremia.

"Não consigo parar!", ele ofegou, soluçando. "Não consigo... Não consigo!"

"Consegue!", Mary gritou. "Metade da sua doença é histeria e questão de temperamento... Só histeria, histeria, histeria!" E ela batia o pé cada vez que repetia a palavra.

"Senti o calombo... Eu senti", Colin falou com a voz sufocada. "Sabia que ia acontecer. Vou ficar corcunda e morrer", e se virou de novo, escondeu o rosto, soluçou e chorou, mas não gritou.

"Você não sentiu calombo nenhum!", Mary o desmentiu com firmeza. "Se sentiu, foi só um calombo histérico. Histeria dá calombo. Não tem nada de errado com suas costas horríveis, nada além de histeria! Vire-se e me deixe ver."

Ela gostava da palavra "histeria", e sentia que, de algum jeito, repeti-la tinha algum efeito sobre ele. Provavelmente, como ela, Colin nunca a ouvira antes.

"Enfermeira", ela chamou, "venha aqui e mostre-me as costas dele agora mesmo!"

A enfermeira, a sra. Medlock e Martha esperavam juntas ao lado da porta, olhando para ela, todas boquiabertas. As três tinham arquejado de medo mais de uma vez. A enfermeira se aproximou como se estivesse meio assustada. Colin soluçava ofegante.

"Talvez ele... não permita", ela hesitou em voz baixa.

Mas Colin ouviu o comentário e falou com dificuldade entre soluços: "Mo-Mostra para ela! Ela vai... vai ver!"

As costas exibidas eram magras. Dava para contar cada costela e cada vértebra da coluna, embora a srta. Mary não as tenha contado quando se inclinou para examinar o local com uma expressão solene no rostinho furioso. A menina parecia tão contrariada e antiquada que a enfermeira virou o rosto para esconder um esboço de sorriso. Houve apenas um minuto de silêncio, porque até Colin tentou conter a respiração enquanto Mary examinava sua coluna de um extremo ao outro, e de volta, com a mesma atenção que teria demonstrado o importante médico de Londres.

"Não tem calombo nenhum aí!", ela declarou finalmente. "Não tem nenhuma bolinha, nem do tamanho de um alfinete, só a saliência dos ossos, e você só consegue senti-los porque está magro demais. Eu também tenho ossos salientes, e eles ficavam tão visíveis quanto os seus, até eu começar a engordar, e ainda não engordei o suficiente para escondê-los. Não tem nada, nem uma bolinha do tamanho de um alfinete! Se disser isso de novo, vou dar risada!"

Ninguém além de Colin sabia que efeito essas palavras proferidas com fúria infantil produziam nele. Se algum dia tivesse tido alguém com quem falar sobre seus terrores secretos — se algum dia tivesse se permitido fazer perguntas —, se tivesse tido companheiros de infância e não houvesse ficado deitado naquela casa enorme e fechada, respirando uma atmosfera carregada do medo de pessoas que eram, em sua maioria, ignorantes e estavam cansadas dele, teria descoberto que a maior parte de seu pavor e de sua enfermidade era causada por ele mesmo. Mas ficara deitado pensando em si mesmo, em suas dores e aflições por horas, dias, meses e anos. E agora que uma garotinha furiosa e impiedosa insistia em dizer que ele não estava doente como pensava estar, Colin acreditou que pudesse estar dizendo a verdade.

"Eu não sabia", a enfermeira disse, "que ele acreditava ter um calombo nas costas. Suas costas são fracas porque ele se recusa a ficar sentado. Eu mesma poderia ter dito a ele que não tem calombo nenhum aí."

Colin engoliu em seco e virou um pouco o rosto para olhá-la.

"Po-Poderia?", gaguejou de um jeito patético.

"Sim, senhor."

"Pronto!", Mary, que também engoliu em seco, disse.

Colin virou o rosto mais uma vez e, com exceção dos suspiros profundos e entrecortados que eram o fim da tempestade de soluços, ficou quieto por um minuto, embora as lágrimas ainda escorressem por seu rosto, molhando o travesseiro. Na verdade, as lágrimas significavam que ele era invadido por um grande e curioso alívio. Em seguida ele se virou e olhou para a enfermeira de novo, e o estranho era que não parecia mais um rajá quando falou com ela.

"Você acha... Acha que posso viver até me tornar um adulto?", perguntou.

A mulher não era sábia nem tinha um coração mole, mas conseguiu repetir algumas das palavras do médico de Londres.

"Provavelmente sim, se fizer o que mandarem você fazer e não ceder ao seu temperamento, e se sair e passar muito tempo ao ar livre."

A birra de Colin havia passado, e ele estava fraco e exausto de tanto chorar, e isso talvez houvesse feito com que se sentisse mais brando. O menino estendeu a mão na direção de Mary, e é uma alegria dizer que, tendo também superado a birra, ela aceitou o gesto de aproximação e segurou a mão do primo, selando aquela espécie de reconciliação.

"Eu vou... Vou lá fora com você, Mary", ele anunciou. "Não vou odiar o ar fresco se conseguirmos encontrar..." Bem a tempo, Colin se lembrou de que não devia mencionar o jardim secreto e concluiu: "Vou gostar de sair com você, se Dickon vier para empurrar minha cadeira. Quero muito conhecer Dickon, a raposa e o corvo".

A enfermeira refez a cama amarrotada, sacudiu e arrumou os travesseiros. Depois preparou uma xícara de caldo de carne para Colin e serviu uma também a Mary, que a aceitou satisfeita depois da agitação. A sra. Medlock e Martha se retiraram aliviadas, e quando tudo ficou arrumado, calmo e em ordem, a enfermeira parecia pronta para se retirar também. Ela era uma mulher jovem e saudável que se ressentia por perder horas de sono, e bocejou sem constrangimento enquanto olhava para Mary, que tinha empurrado sua banqueta para perto da cama de dossel e segurava a mão de Colin.

"Agora você deve voltar ao seu quarto e dormir", disse. "Ele também vai adormecer em pouco tempo se não for incomodado. Então eu também irei me deitar no quarto ao lado."

"Quer que eu cante para você aquela canção que aprendi com minha aia?", Mary cochichou para Colin.

Ele puxou sua mão com gentileza e voltou para ela os olhos cansados.

"Ah, sim!", respondeu. "É uma canção muito relaxante. Vou dormir em um minuto."

"Eu o faço dormir", Mary disse à enfermeira. "Pode ir se quiser."

"Bem", a mulher reagiu, tentando parecer relutante, "se ele não dormir em meia hora, você deve me chamar."

"Muito bem", Mary concordou.

A enfermeira saiu em seguida, e Colin puxou a mão de Mary novamente.

"Quase falei", ele disse, "mas me contive a tempo. Não vou falar e vou dormir, mas você disse que tinha muitas coisas para me contar. Você... Acha que descobriu alguma coisa sobre o jardim secreto?"

Mary olhou para o rosto magro e cansado e para os olhos inchados, e seu coração amoleceu.

"S-Sim", respondeu. "Acho que sim. Se você dormir, eu conto tudo amanhã." A mão dele tremeu.

"Oh, Mary! Oh, Mary! Se eu pudesse entrar no jardim, acho que viveria até me tornar adulto! Será que, em vez de cantar a canção da aia, você não poderia me contar em voz baixa, como fez naquele primeiro dia, como imagina que seja o jardim? Tenho certeza de que isso vai me fazer adormecer."

"Sim", Mary concordou. "Feche os olhos."

Colin fechou os olhos e ficou deitado e quieto, e ela segurou a mão dele e começou a falar bem devagar e em voz baixa.

"Acho que ele ficou abandonado por tanto tempo que as coisas que lá cresceram ficaram todas enroscadas. Acho que as rosas subiram, subiram e subiram até se pendurarem nos galhos e nos muros e se espalharem pelo chão, quase como uma névoa cinzenta. Algumas morreram, mas muitas... estão vivas, e quando o verão chegar, surgirão cortinas e fontes repletas de rosas. Acho que o chão é coberto de narcisos, campânulas, lírios e íris que estão brotando da escuridão. Agora que a primavera começou, talvez... talvez..."

O som suave de sua voz o deixava cada vez mais quieto, e ela percebeu e continuou:

"Talvez elas estejam brotando em meio à grama, talvez haja moitas de açafrão roxo e dourado agora mesmo. Talvez as folhas estejam começando a se abrir, e talvez... o cinza esteja se transformando, e um véu de névoa verde esteja se espalhando sobre tudo. E as aves começaram a procurar o jardim porque ele é muito seguro e tranquilo. E talvez... talvez... talvez...", ela continuou com sua voz suave e lenta, "talvez o sabiá tenha encontrado uma parceira... e esteja construindo um ninho."

E Colin adormeceu.

Carduus vulgaris.

Jardim Secreto

"VOCÊ NÃO DEVE ESPERAR MUITO TEMPO"
CAPÍTULO XVIII

claro que Mary não acordou cedo na manhã seguinte. Dormiu até tarde porque estava cansada, e quando Martha levou seu café da manhã, disse a ela que achava que Colin estava muito quieto, doente e febril, como sempre ficava depois de ter se esgotado com um ataque de choro. Mary comeu devagar enquanto ouvia o relato.

"Ele pediu pra você, por favor, ir lá assim que puder", Martha avisou. "É estranho como ele gosta de você. E foi bem dura com ele ontem à noite, não foi? Ninguém mais teria tido coragem pra isso. Ô, coitadinho do menino! Foi tão estragado que nem sal dá jeito naquilo. A mãe diz que as duas piores coisas que podem acontecer pra uma criança são nunca ter o que quer e sempre ter o que quer. Ela não sabe qual é pior. Você também ficou bem nervosa. Mas fui no quarto dele, e ele me disse: 'Por favor, pode pedir para a srta. Mary vir falar comigo?'. Imagina, ele pediu por favor! Você vai, senhorita?"

"Antes vou correr para encontrar Dickon", Mary respondeu. "Não, vou falar com Colin primeiro e dizer a ele... Eu sei o que vou dizer a ele", concluiu com uma súbita inspiração.

Ela usava chapéu quando apareceu no quarto de Colin e, por um segundo, o menino ficou desapontado. Estava na cama. Seu rosto estava muito pálido, e havia sombras escuras em torno dos olhos.

"Fico feliz por ter vindo", disse. "Estou com dor de cabeça e em todos os lugares porque me sinto muito cansado. Vai a algum lugar?"

Mary se aproximou da cama.

"Não vou demorar", respondeu. "Vou encontrar Dickon, mas eu volto. Colin, é... para tratar de um assunto sobre o jardim."

O rosto do menino se iluminou e recuperou parte da cor.

"Ah, é?", ele exclamou. "Sonhei com ele a noite toda. Ouvi você falar alguma coisa sobre o cinza se tornar verde, e sonhei que estava em um lugar cheio de folhinhas verdes e trêmulas, e havia pássaros nos ninhos por todos os lados, e eles pareciam muito mansos e quietos. Vou ficar deitado pensando nisso até você voltar."

Cinco minutos depois, Mary estava no jardim com Dickon. A raposa e o corvo o acompanhavam de novo, e dessa vez também havia dois esquilos domesticados.

"Hoje vim a cavalo", ele contou. "Ô, ele é muito bonzinho, o Pulo! Trouxe esses dois nos bolsos. Esse é o Castanha, e esse outro aqui é o Casca."

Quando ele falou "Castanha", um esquilo pulou sobre seu ombro direito, e quando ele disse "Casca", o outro saltou para o esquerdo.

Quando eles se sentaram na grama com Capitão aninhado aos seus pés, Fuligem ouvindo solenemente de um galho de árvore, e Castanha e Casca explorando tudo em volta deles, Mary teve a sensação de que seria insuportável se afastar de um cenário tão encantador, mas quando começou a contar sua história, a expressão no rosto engraçado de Dickon a fez mudar de ideia pouco a pouco. Podia ver que ele sentia mais pena de Colin que ela. O menino olhou para o céu e para tudo que o cercava.

"Escute os pássaros, o mundo parece estar cheio deles, todos assobiando e cantando", disse. "Olhe como eles se movem por aí, como chamam uns aos outros. Quando chega a primavera, parece que o mundo todo está chamando. As folhas se abrem pra você ver e, pelos céus, os cheiros bons que se espalham!" Ele farejou com o nariz empinado. "E aquele pobre garoto deitado, trancado, vendo tão pouco que começa a pensar em coisas que dão vontade de gritar. Ô! Temo que tirar ele de lá... Temo que trazer ele pra ver, ouvir e cheirar o ar, pra se encharcar de sol. E não devemos esperar muito tempo pra fazer isso."

Quando ele se interessava muito pelo assunto, sempre falava com sotaque mais forte, embora tentasse modificar o dialeto em outras ocasiões para Mary poder entendê-lo melhor. Mas ela adorava seu sotaque de Yorkshire e, de fato, estava tentando aprender a falar daquele jeito. Por isso tentou agora.

"É, temo", ela disse (e isso significava "Sim, temos"). "Vou falar pra ele o que vamos fazer", continuou, e Dickon riu, porque quando a menina tentava falar como alguém de Yorkshire ele se divertia muito. "Ele gosta muito de você. Quer conhecê você, e Fuligem e Capitão. Quando eu voltá pra casa pra falá com ele, vou perguntá se você pode ir lá amanhã de manhã e levá as criaturas, e depois, daqui a um tempo, quando tivé mais folhas abertas e umas flores, vâmo trazê ele pra fora e você vai empurrá a cadeira e vâmo mostrá tudo isso pra ele."

Quando ela parou, estava orgulhosa de si mesma. Nunca tinha falado tanto como alguém de Yorkshire antes e havia se lembrado bem do sotaque.

"Você devia falar desse jeito com o sr. Colin", Dickon riu. "Ele vai rir, e não tem nada melhor pra gente doente que dar risada. A mãe diz acreditar que meia hora por dia de risada todas as manhãs pode curar a pessoa de febre tifoide."

"Vou falar com ele desse jeito hoje mesmo", Mary respondeu, rindo também.

Havia chegado um tempo em que todos os dias e todas as noites mágicos pareciam passar pelo jardim e extrair beleza da terra e dos ramos com suas varinhas. Era difícil ir embora e abandonar tudo, especialmente com Castanha em cima de seu vestido e Casca descendo pelo tronco da macieira sob a qual estavam sentados, de onde a observava com olhos cheios de curiosidade. Mas ela voltou para a casa e, quando sentou perto da cama de Colin, ele começou a farejar como Dickon fazia, embora de um jeito menos experiente.

"Você está com cheiro de flores e... coisas frescas", ele exclamou com alegria. "Que cheiro é esse? É fresco, morno e doce ao mesmo tempo."

"É o vento da charneca", Mary disse. "Fiquei sentada na grama embaixo de uma árvore com Dickon, Capitão, Fuligem, Castanha e Casca. É primavera, e tudo lá fora tá cheio de sol e tem cheiro bom."

Ela falava com um sotaque tão carregado quanto era capaz, e você não sabe como é carregado o sotaque das pessoas de Yorkshire até ouvir uma delas falando. Colin começou a rir.

"O que está fazendo?", ele perguntou. "Nunca ouvi você falar desse jeito antes. É engraçado."

"Estou mostrando pra você um pouco de Yorkshire", Mary respondeu triunfante. "Não sei falar como Dickon e Martha, mas dá pra imitar um pouco. Não entende quando ouve as pessoas falando desse jeito? Você nasceu e cresceu em Yorkshire! Ô! Fico me perguntando se você não tem vergonha na cara."

E ela também começou a rir, e os dois riram até não poder mais, até as gargalhadas ecoarem pelo quarto, e a sra. Medlock abrir a porta para entrar, ouvir as risadas e voltar ao corredor, impressionada.

"Ora, pelos céus!", ela disse, falando como uma nativa de Yorkshire porque não havia ninguém para ouvi-la e estava perplexa. "Quem já ouviu algo assim! Quem teria imaginado!"

Havia muito sobre o que falar. Era como se Colin nunca se cansasse de ouvir histórias sobre Dickon, Capitão, Fuligem, Castanha e Casca, e sobre o cavalo cujo nome era Pulo. Mary tinha ido ao bosque com Dickon para ver Pulo. Ele era um pônei com uma crina preta e espessa que caía sobre os olhos, uma carinha bonita e um focinho aveludado. Era bem magro, porque vivia da grama da charneca, mas era forte e firme, como se os músculos das patas fossem feitos de cabos de aço. Ele levantou a cabeça e relinchou baixinho no momento em que viu Dickon, se aproximou dele aos trotes e apoiou a cabeça em seu ombro, então Dickon falou em sua orelha e Pulo respondeu com relinchos baixos e bufadas. Dickon fez com que ele desse a pata da frente a Mary e beijasse o rosto dela com o focinho aveludado.

"Ele realmente entende tudo que Dickon fala?", Colin perguntou.

"Parece que sim", Mary respondeu. "Dickon fala que qualquer coisa entende o que você diz se for seu amigo de verdade, mas é preciso ser amigo de verdade."

Colin ficou deitado em silêncio por um tempo, e seus estranhos olhos cinzentos pareciam fitar a parede, mas Mary percebia que ele estava pensando.

"Queria ser amigo das coisas", ele falou finalmente, "mas não sou. Nunca tive nada que pudesse ser meu amigo e não suporto as pessoas."

"Consegue me suportar?", Mary perguntou.

"Sim", ele respondeu. "É engraçado, mas até gosto de você."

"Ben Weatherstaff disse que sou como ele", Mary contou. "Ele disse que nós dois temos o mesmo temperamento ruim. Acho que você também é como ele. Nós três somos iguais — você, eu e Ben Weatherstaff. Ele disse que nenhum de nós é muito agradável de olhar e que somos tão azedos quanto parecemos. Mas não me sinto azeda como me sentia antes de conhecer o sabiá e Dickon."

"Você sentia que odiava as pessoas?"

"Sim", Mary respondeu sem nenhuma afetação. "Eu o teria detestado se o tivesse visto antes de conhecer o sabiá e Dickon."

Colin estendeu a mão magra e a tocou.

"Mary", ele disse, "queria não ter dito o que eu disse sobre mandar Dickon embora. Odiei você quando disse que ele era como um anjo, ri de você, mas... mas talvez ele seja."

"Bem, foi engraçado dizer aquilo", ela admitiu com franqueza, "porque ele tem um nariz empinado, uma boca grande, e usa roupas cheias de remendos, e fala como um nativo de Yorkshire, mas... mas se um anjo viesse a Yorkshire e fosse morar na charneca... se houvesse um anjo em Yorkshire... creio que ele entenderia as coisas verdes e saberia como fazê-las crescer, e saberia como falar com as criaturas da natureza como Dickon faz, e elas saberiam que ele é um amigo de verdade."

"Acho que não vou me incomodar se Dickon olhar para mim", Colin disse. "Quero conhecê-lo."

"Que bom que disse isso", Mary respondeu, "porque... porque..."

De repente, passou por sua cabeça que esse era o momento para contar a ele. Colin sabia que ouviria uma novidade.

"Por que o quê?", ele indagou aflito.

Mary estava tão nervosa que se levantou da banqueta, aproximou-se dele e segurou suas mãos.

"Posso confiar em você? Confiei em Dickon porque os pássaros confiam nele. Posso confiar em você... de verdade... *de verdade*?", perguntou.

A expressão da menina era tão solene que ele quase sussurrou sua resposta.

"Sim... Sim!"

"Bem, Dickon virá ver você amanhã de manhã e vai trazer os bichos com ele."

"Oh! Oh!", Colin exclamou eufórico.

"Mas não é só isso", Mary continuou, empalidecendo com o nervosismo. "O resto é melhor. Tem uma porta no jardim. Eu a encontrei. Fica embaixo da hera no muro."

Se fosse um menino forte e saudável, Colin provavelmente teria gritado: "Urra! Urra! Urra!", mas era fraco e meio histérico; seus olhos foram se arregalando, e ele ficou ofegante.

"Ah, Mary!", gritou, meio soluçando. "Posso ver? Posso entrar lá? Vou *viver* para ver isso?" E agarrou as mãos dela para puxá-la para mais perto.

"É claro que vai ver!", Mary retrucou indignada. "É claro que vai viver para entrar lá! Não seja bobo!"

E ela era tão controlada, natural e infantil que o trouxe de volta ao equilíbrio, e ele começou a rir de si mesmo, e alguns minutos depois ela estava novamente sentada em sua banqueta, contando a ele não como imaginava que seria o jardim secreto, mas como realmente era, e as dores e o cansaço de Colin foram esquecidos, e ele ouvia encantado.

"É como você imaginava que seria", ele comentou finalmente. "Fala como se realmente tivesse visto o jardim. Você sabe, eu disse isso quando me contou essas coisas pela primeira vez."

Mary hesitou por uns dois minutos, depois disse a verdade.

"Eu tinha visto... e estive lá", confessou. "Encontrei a chave e entrei lá no jardim faz algumas semanas. Mas não me atrevi a contar... porque tinha medo de não poder confiar em você *de verdade*!"

Convolvulus minor purpureus.

O Jardim Secreto

"ELA CHEGOU!"
CAPÍTULO XIX

claro que o dr. Craven foi chamado na manhã seguinte ao ataque de birra de Colin. Ele sempre era chamado imediatamente quando algo assim acontecia e, ao chegar, sempre encontrava um menino pálido e abatido deitado em sua cama, deprimido e ainda tão histérico que podia voltar a soluçar ao menor estímulo. De fato, o dr. Craven temia e detestava as dificuldades dessas visitas. Dessa vez, ele só apareceu na Mansão Misselthwaite à tarde.

"Como ele está?", perguntou irritado à sra. Medlock assim que chegou. "Qualquer dia, ele ainda vai estourar uma veia em um desses ataques. O menino é meio desequilibrado, uma mistura de histeria e mimo."

"Bem, senhor", a sra. Medlock respondeu, "não vai acreditar quando o vir. Aquela criança de expressão azeda e sem graça, que é quase tão má quanto ele, o enfeitiçou. Não sei como ela fez isso. O Senhor lá de cima sabe que ela não tem atrativo algum e que mal se ouve sua voz, mas ela fez o que nenhum de nós se atreveu a fazer. Simplesmente voou para cima dele como um gato ontem à noite, bateu o pé e ordenou que parasse de gritar, e o assustou tanto que ele parou, e hoje à tarde... Bem, suba e veja, senhor. É inacreditável."

A cena que o dr. Craven encontrou ao entrar no quarto do paciente foi, de fato, surpreendente para ele. Quando a sra. Medlock abriu a porta, ele ouviu risadas e vozes conversando. Colin, vestido em seu roupão no sofá e sentado com as costas eretas, olhava para uma ilustração de um dos livros de jardinagem e conversava com a criança feia que, naquele momento, nem podia ser chamada de feia porque seu rosto estava iluminado pela alegria.

"Esses espigões azuis... teremos muitos desses", Colin anunciava. "O nome deles é del-fí-ni-os."

"Dickon diz que são esporas que cresceram", a srta. Mary disse com entusiasmo. "Já tem moitas dessa flor."

Então eles viram o dr. Craven e se calaram. Mary ficou imóvel, e Colin parecia agitado.

"Lamento saber que tenha passado mal ontem à noite, meu menino", o dr. Craven disse um pouco nervoso. Ele era um homem nervoso.

"Agora estou melhor, muito melhor", Colin respondeu como um rajá. "Vou sair na minha cadeira em um ou dois dias se não tiver problema. Quero um pouco de ar fresco."

O dr. Craven sentou-se ao lado dele, tomou seu pulso e o encarou curioso.

"Tem que ser um dia de tempo bom", ele disse, "e você precisa tomar cuidado para não se cansar."

"Ar fresco não vai me cansar", disse o jovem rajá.

Como esse mesmo jovem cavalheiro já gritara enfurecidamente, insistindo que ar fresco o deixaria resfriado e o mataria, não era incompreensível que o médico estivesse espantado.

"Pensei que não gostasse de ar fresco", ele comentou.

"Não gosto quando estou sozinho", respondeu o rajá, "mas minha prima vai comigo."

"E a enfermeira, certo?", o dr. Craven sugeriu.

"Não, não vou levar a enfermeira", respondeu, tão altivo que Mary se lembrou do jovem príncipe com seus diamantes, esmeraldas e pérolas, e dos grandes rubis na mão pequena e escura que ele movia para chamar os criados, que faziam reverências ao se aproximar e esperavam suas ordens. "Minha prima sabe cuidar de mim. Sempre fico melhor quando ela está comigo. Ela me fez melhorar ontem à noite. E eu conheço um menino muito forte que vai empurrar minha cadeira."

O dr. Craven estava alarmado. Se esse menino histérico e cansado por acaso melhorasse, ele perderia todas as chances de herdar Misselthwaite; mas não era um homem inescrupuloso, embora fosse fraco, e não pretendia permitir que o menino corresse riscos.

"Ele deve ser forte e firme", disse. "E preciso saber um pouco sobre ele. Quem é? Como se chama?"

"É Dickon", Mary falou de repente. Achava que, de alguma maneira, todos que conheciam a charneca deviam conhecer Dickon. E estava certa. Assim que falou, ela viu o rosto sério do dr. Craven relaxar com um sorriso aliviado.

"Ah, Dickon", ele falou. "Se é Dickon, você estará seguro. Ele é forte como um pônei da charneca, esse Dickon."

"E é de confiança", Mary acrescentou. "Ele é um minino pra se confiá em Yorkshire." Estava falando com Colin como os nativos de Yorkshire e se esqueceu de parar.

"Dickon ensinou isso a você?", o dr. Craven perguntou rindo.

"Estou aprendendo como se fosse francês", Mary respondeu de um jeito um tanto frio. "É como um dialeto dos nativos da Índia. Pessoas muito inteligentes tentam aprender os dialetos. Gosto disso, e Colin também."

"Bem, bem", ele disse. "Se isso o diverte, talvez não faça mal. Tomou seu brometo ontem à noite, Colin?"

"Não", o menino confessou. "No começo eu não queria tomar, e depois Mary me acalmou e me fez dormir falando baixinho, contando sobre como a primavera transformava um jardim."

"Parece relaxante", o dr. Craven reconheceu, mais perplexo que nunca e olhando de soslaio para a srta. Mary, que continuava sentada na banqueta, olhando para o tapete. "É evidente que está melhor, mas deve lembrar..."

"Não quero lembrar." O rajá ressurgiu. "Quando fico aqui deitado sozinho, eu lembro e sinto dores em todos os lugares, e penso em coisas que me fazem começar a gritar de ódio. Se houvesse em algum lugar um médico capaz de fazer com que eu esquecesse a doença, em vez de me lembrar dela, já o teria trazido aqui." E acenou com a mão magra, que realmente deveria estar coberta de anéis com brasões reais feitos de rubis. "Minha prima me faz melhorar porque ela me faz esquecer."

O dr. Craven nunca havia feito uma visita tão rápida depois de um ataque de birra; normalmente, era obrigado a permanecer por muito tempo e fazer muitas coisas. Essa tarde, ele não deu nenhum remédio nem deixou ordens, nem teve que presenciar cenas desagradáveis. Quando desceu, parecia muito pensativo, e quando conversou com a sra. Medlock na biblioteca, ela teve a impressão de que o homem estava confuso.

"Bem, senhor", ela disse, "quem poderia acreditar?"

"É, com certeza, uma situação completamente nova", o médico concordou. "E não há como negar que é melhor que a anterior."

"Creio que Susan Sowerby esteja certa, acredito nisso", a sra. Medlock disse. "Parei em seu casebre a caminho de Thwaite ontem e conversei um pouco com ela. E ela me disse: 'Bem, Sarah Ann, ela pode não ser uma boa criança, e pode não ser bonita, mas é uma criança, e crianças precisam de crianças'. Susan Sowerby e eu estudamos juntas."

"Ela é a melhor cuidadora de doentes que conheço", o dr. Craven disse. "Quando a encontro em um casebre, sei que há chances de salvar meu paciente."

A sra. Medlock sorriu. Ela gostava de Susan Sowerby.

"Susan tem um jeito especial", continuou. "Passei a manhã toda pensando em uma coisa que ela disse ontem. Ela disse: 'Uma vez, quando eu tava dando um sermão nas crianças porque elas tinham brigado, falei pra eles: quando eu tava na escola, meu professor disse que o mundo tem a forma de uma laranja, e antes de fazer 10 anos eu descobri que a laranja inteira não pertence a ninguém. Ninguém possui mais que um pedacinho, e tem horas em que parece que nem tem pedacinhos o bastante pra distribuir. Mas nenhum de vocês deve pensar que é dono da laranja inteira, ou vai descobrir que está enganado, e não vai descobrir sem sofrer muito antes. O que as crianças aprendem com as crianças', ela continuou, 'é que não adianta pegar a laranja inteira, com casca e tudo. Se fizer isso, é capaz de não ficar nem com as sementes, e elas são amargas demais pra comer'."

"Ela é uma mulher sábia", o dr. Craven reconheceu, enquanto vestia o casaco.

"Bem, ela tem um jeito de dizer as coisas", a sra. Medlock concluiu, muito satisfeita. "Algumas vezes falei para ela: 'Ô, Susan, se você fosse uma mulher diferente e não falasse com esse sotaque de Yorkshire, em alguns momentos diria até que é inteligente'."

Naquela noite, Colin dormiu sem acordar nenhuma vez, e quando abriu os olhos de manhã, ele ficou deitado e sorriu sem perceber — sorriu porque se sentia curiosamente confortável. Era bom estar acordado, e ele se virou e se espreguiçou. Sentia-se como se as amarras apertadas que antes o imobilizavam tivessem agora se afrouxado, soltando-o. Não sabia que o dr. Craven teria dito que seus nervos haviam relaxado e descansado. Em vez de permanecer na cama, olhando para a parede e desejando não ter acordado, ele tinha a cabeça cheia dos planos que fizera com Mary na noite anterior, das imagens do jardim e de Dickon e suas criaturas da natureza. Era muito bom ter coisas em que pensar. E não fazia nem dez minutos que estava acordado quando ouviu passos no corredor e Mary surgiu na porta. No instante seguinte, ela entrou no quarto e correu para perto da cama, levando com ela um sopro de ar fresco carregado com o aroma da manhã.

"Você saiu! Você saiu! Estou sentindo aquele cheiro bom das folhas!", ele gritou.

Mary tinha corrido, e seu cabelo estava solto e despenteado, e ela estava radiante e corada, embora Colin não pudesse ver.

"É tão bonito!", ela falou um pouco ofegante depois da corrida. "Você nunca verá nada mais bonito. Ela *chegou*! Pensei que tinha chegado outro dia, mas aquilo era só o começo. Agora ela está aqui! Chegou, a Primavera! Dickon disse que sim!"

"Chegou?", Colin indagou, e embora não soubesse nada sobre isso, sentiu o coração bater mais forte. Sentou-se na cama. "Abra a janela!", disse, rindo com um misto de alegria e animação, mas também da própria atitude. "Talvez dê para ouvir as trombetas douradas!"

E embora ele risse, Mary correu para a janela e, em um momento, a abriu para deixar entrar o frescor, a suavidade, os aromas e os cantos dos pássaros.

"Isso é ar fresco", ela disse. "Deite-se e respire fundo, inspire esse ar. É o que Dickon faz quando está deitado na charneca. Ele diz que sente o ar nas veias, que isso o fortalece, e que ele sente como se pudesse viver para sempre. Inspire, inspire."

Ela apenas repetia o que Dickon tinha dito, mas percebia o interesse de Colin.

"Para sempre! Isso o faz se sentir desse jeito?", o menino perguntou e fez o que Mary dizia, respirando bem fundo várias vezes até sentir que algo novo e delicioso estava acontecendo com ele.

Mary voltou para perto da cama.

"As coisas estão brotando da terra", ela falava apressada. "E tem flores se abrindo e botões por todos os lados, e o véu verde cobriu quase todo o cinza, e os pássaros estão apressados trabalhando em seus ninhos, porque temem se atrasar tanto que alguns ainda tenham que brigar por um espaço no jardim secreto. E as roseiras estão viçosas, e tem prímulas nas alamedas e nos bosques, e as sementes plantadas estão brotando, e Dickon levou a raposa, o corvo, os esquilos e um cordeiro recém-nascido."

Mary parou para respirar. O cordeiro recém-nascido havia sido encontrado por Dickon três dias antes, deitado ao lado da mãe, morta entre as moitas de tojo. Não foi o primeiro cordeiro órfão que ele encontrou, e o menino sabia o que fazer. Ele o levou ao casebre enrolado em seu casaco, deixou-o deitado perto do fogo e o alimentou com leite morno. Era uma coisinha macia com uma carinha de bebê e pernas compridas demais para o corpo. Dickon o havia carregado no colo pela charneca e levado a mamadeira no bolso junto com um esquilo, e ao sentar-se embaixo de uma árvore com o filhotinho no colo, Mary se sentira inundada por uma alegria estranha demais para conseguir falar. Um cordeiro — um cordeiro! Um cordeiro vivo que estava deitado em seu colo como um bebê!

Ela o descrevia com grande alegria, e Colin a ouvia e inspirava grandes porções de ar quando a enfermeira entrou. Ela se assustou um pouco ao ver a janela aberta. Sentira-se sufocada em muitos dias quentes naquele quarto porque seu paciente tinha certeza de que janelas abertas causavam resfriados.

"Tem certeza de que não está com frio, sr. Colin?", ela perguntou.

"Tenho", o menino respondeu. "Estou respirando muito ar fresco. Isso faz a pessoa ficar forte. Vou sentar no sofá para tomar o café da manhã. Minha prima vai tomar café comigo."

A enfermeira saiu escondendo um sorriso e foi pedir o café para os dois. Achava que a sala dos criados era um lugar mais divertido que os aposentos do inválido, e agora todos queriam ouvir as notícias do segundo andar. Havia muitas piadas sobre o jovem recluso e impopular que, como disse a cozinheira, "encontrou alguém que mande nele, que bom". A ala dos criados estava farta dos ataques de birra, e o mordomo, um homem que tinha uma família para cuidar, mais de uma vez expressara sua opinião sobre "uma boa surra" ser a solução para fazer o inválido se comportar melhor.

Quando Colin se sentou no sofá e o café da manhã foi posto sobre a mesa, ele fez um anúncio para a enfermeira com aquela sua atitude típica de rajá.

"Um menino, uma raposa, um corvo, dois esquilos e um cordeiro recém-nascido virão me visitar esta manhã. Quero que sejam trazidos aqui assim que chegarem", ele disse. "Não é para começar a brincar com os animais na ala dos criados e mantê-los lá. Quero-os aqui."

A enfermeira sufocou uma exclamação de espanto e tentou disfarçar fingindo que tossia.

"Sim, senhor", respondeu.

"Vou lhe dizer o que fazer", Colin continuou acenando com a mão. "Pode dizer a Martha para trazê-los aqui. O menino é irmão dela. Seu nome é Dickon, e ele é encantador de animais."

"Espero que os animais não mordam, sr. Colin", a enfermeira respondeu.

"Já disse que ele é um encantador", Colin falou de forma austera. "Animais de encantadores nunca mordem."

"Tem encantadores de serpentes na Índia", Mary disse. "E eles conseguem enfiar a cabeça da cobra na boca."

"Meu Deus!", a enfermeira se arrepiou.

Eles tomaram café com o ar da manhã circulando em torno deles. A refeição de Colin estava muito boa, e Mary o observava com grande interesse.

"Vai começar a engordar como eu", comentou. "Eu nunca queria tomar café da manhã quando estava na Índia, e agora quero."

"Hoje eu quis comer", Colin respondeu. "Talvez seja o ar fresco. Quando acha que Dickon virá?"

Ele não demorou a chegar. Uns dez minutos mais tarde, Mary levantou a mão.

"Ouça!", disse. "Ouviu um grasnido?"

Colin prestou atenção e ouviu, era o som mais estranho do mundo para se ouvir dentro de uma casa, um crocito áspero.

"Sim", ele disse.

"É o Fuligem", Mary contou. "Presta atenção. Ouviu um balido? Um balido fraquinho?"

"Ah, sim!", Colin gritou agitado.

"É o cordeiro recém-nascido", Mary explicou. "Ele vem vindo."

As botas que Dickon usava no pântano eram reforçadas e desajeitadas, e embora ele tentasse andar em silêncio, elas faziam barulho enquanto ele percorria os longos corredores. Mary e Colin ouviram seus passos até ele atravessar a porta coberta pela tapeçaria e pisar no tapete macio da entrada dos aposentos de Colin.

"Com licença, senhor", Martha falou ao abrir a porta. "Com licença, senhor, Dickon está aqui com seus bichos."

Dickon entrou exibindo seu sorriso mais largo. O cordeiro recém-nascido estava em seus braços, e a raposinha vermelha trotava ao lado dele. Castanha era levado sobre seu ombro esquerdo, Fuligem, no direito, e a cabeça e as patas de Casca podiam ser vistas logo acima do bolso do casaco.

Colin endireitou-se devagar e olhou, e ficou olhando — como fizera ao ver Mary pela primeira vez. Mas esse olhar era de fascínio e encantamento. A verdade era que, apesar de tudo que tinha ouvido, não havia chegado nem perto de entender como seria esse menino, e a raposa, o corvo, os esquilos e o cordeiro estavam tão próximos que pareciam quase fazer parte dele. Colin nunca havia conversado com um menino em toda a sua vida, e estava tão inundado de alegria e curiosidade que nem pensou em falar.

Mas Dickon não se sentiu nem um pouco tímido ou deslocado. Não se sentira constrangido, pois o corvo não conhecia sua linguagem e só havia olhado para ele sem falar na primeira vez que se viram. Criaturas eram sempre assim, até conhecerem mais sobre você. Ele se aproximou do sofá de Colin e, em silêncio, depositou o cordeirinho em seu colo, e imediatamente o filhote se ajeitou no roupão de veludo, começou a se aninhar em suas dobras e bateu a cabeça contra o corpo de Colin com uma suave impaciência. É claro que o menino não conseguiu mais ficar quieto.

"O que ele está fazendo?!", exclamou. "O que ele quer?"

"Quer a mãe dele", Dickon disse, sorrindo mais e mais. "Trouxe ele aqui com fome porque sabia que ia gostar de ver ele mamar."

Dickon se ajoelhou ao lado do sofá e tirou a mamadeira do bolso.

"Vem, pequeno", chamou, virando a cabecinha branca e felpuda com sua mão bronzeada e dócil. "É isso que você quer. Não vai achar nada aí nesse roupão de veludo. Pronto", e empurrou o bico de borracha para dentro da boca do cordeiro, que começou a mamar com êxtase faminto.

Depois disso, não foi difícil encontrar o que dizer. Quando o cordeiro dormiu, as perguntas jorraram e Dickon respondeu a todas. Contou-lhes como havia encontrado o cordeiro três dias antes, quando o sol estava nascendo. Ele estava na charneca ouvindo a cotovia e vendo a ave voar cada vez mais alto para o céu, até ela se tornar só um pontinho em meio ao azul.

"Quase tinha perdido a cotovia de vista, só a localizava pelo canto, e pensava como alguém podia ouvir aquilo quando parecia que o passarinho ia escapulir do mundo em um minuto, e foi aí que ouvi outra coisa no meio das moitas de tojo. Era um balido fraco, e eu soube que era um cordeiro novinho e com fome, e soube que ele não teria fome se não tivesse perdido a mãe, então fui procurar o filhote. Ô! Eu procurei. Andei muito no meio do tojo, em volta das moitas, e parecia sempre que estava andando no lugar errado. Mas finalmente vi uma coisinha branca do lado de uma pedra no alto do pântano, e subi até lá e achei o pequeno, quase morrendo de frio e fome."

Enquanto ele falava, Fuligem voava com um ar solene, entrando e saindo pela janela e crocitando comentários sobre o cenário, enquanto Castanha e Casca faziam excursões às árvores do lado de fora e corriam para cima e para baixo pelos troncos, explorando os galhos. Capitão dormia ao lado de Dickon, que estava sentado no tapete na frente da lareira.

Eles olhavam as ilustrações dos livros de jardinagem, e Dickon conhecia todas as flores da região pelo nome, e sabia exatamente quais delas já estavam crescendo no jardim secreto.

"Eu não sabia que essa aqui tinha esse nome", ele comentou, apontando para uma flor sob a qual estava escrito "Aquilégia", "mas aqui ela é chamada de colombina, e aquela ali é uma boca-de-leão, e as duas crescem por conta própria na sebe, mas as do jardim são maiores. Tem umas moitas grandes de colombina no jardim. Quando florescerem, vão parecer uma cama de borboletas azuis e brancas batendo as asas."

"Vou vê-las!", gritou Colin. "Eu vou vê-las!"

"É, vai", Mary confirmou séria. "E não deve esperar muito tempo para fazer isso."

Myrtillus baccis nigris

O Jardim Secreto

"VIVEREI PARA SEMPRE, E SEMPRE, E SEMPRE!"
CAPÍTULO XX

as eles tiveram que esperar mais de uma semana porque, primeiro, os dias foram de muito vento, e depois Colin foi ameaçado por um resfriado, e as duas coisas acontecendo dessa maneira, uma depois da outra, certamente o teriam lançado em um ataque de fúria, mas havia muito planejamento cuidadoso e misterioso a fazer, e todo dia Dickon ia visitá-lo, nem que só por alguns minutos, para contar o que estava acontecendo na charneca, nas sebes e nos caminhos, e nas margens dos riachos. As coisas que ele contava sobre as tocas das lontras, dos texugos e ratos-de-água, sem mencionar os ninhos das aves, e os ratos silvestres e suas casas, eram suficientes para fazer a pessoa quase tremer de empolgação quando ouvia os detalhes particulares de um encantador de animais e percebia com que ansiedade e euforia o movimentado mundo subterrâneo estava trabalhando.

"Eles são como nós", Dickon disse, "mas têm que construir suas casas todos os anos. E isso os deixa muito ocupados e apressados."

O mais envolvente, porém, eram as preparações que tinham de ser feitas antes de Colin poder ser transportado com o sigilo necessário até o jardim. Ninguém poderia ver a cadeira, nem Dickon e Mary depois que fizessem uma determinada curva no meio das plantas e seguissem pelo passadiço que acompanhava o lado externo do muro coberto de hera. Com o passar de cada dia, Colin se tornava mais e mais absorvido pela sensação de que o mistério em torno do jardim era seu maior encanto. Nada devia estragá-lo. Ninguém podia suspeitar de que tinham um segredo. As pessoas deviam pensar que ele estava apenas saindo com Mary e Dickon porque gostava deles e não se opunha a que olhassem para ele. Tinham longas e agradáveis conversas sobre a rota que seguiriam. Subiriam por esse caminho, desceriam por aquele e atravessariam o outro, e contornariam a fonte dos canteiros de flores como se estivessem olhando para os "arranjos de plantas" que o jardineiro-chefe, o sr. Roach, estivera criando. Seria uma coisa tão racional que ninguém pensaria em mistério. Depois, entrariam pelos passadiços entre os arbustos e desapareceriam até alcançar os muros mais longos. Tudo era pensado quase que com a mesma seriedade e elaboração dos planos de marcha criados pelos grandes generais em tempos de guerra.

Boatos sobre as coisas novas e curiosas que aconteciam nos aposentos do inválido se haviam espalhado, é claro, dos aposentos dos criados até os estábulos e entre os jardineiros, mas, ainda assim, o sr. Roach ficou assustado um dia, quando recebeu ordens do quarto do sr. Colin para apresentar-se nos aposentos que nenhum trabalhador da área externa jamais tinha visto, porque o inválido em pessoa queria falar com ele.

"Ora, ora", pensou ele, enquanto ia correndo trocar de casaco, "o que será que houve? Sua Alteza Real, para quem sequer devíamos olhar, está chamando um homem em quem ele nunca pôs os olhos."

"As coisas estão mudando nesta casa, sr. Roach", a sra. Medlock disse enquanto o levava pela escada do fundo para o corredor onde ficava o cômodo até então misterioso.

"Espero que seja uma mudança para melhor, sra. Medlock", ele respondeu.

"Não poderia ser para pior", ela continuou, "e por mais estranho que pareça, há os que dizem que as obrigações se tornaram menos pesarosas. Não se surpreenda, sr. Roach, se achar que foi parar no meio de um zoológico, e o Dickon de Martha Sowerby estiver mais à vontade do que você ou eu jamais poderíamos estar."

Havia, de fato, uma espécie de magia em Dickon, como Martha secretamente acreditava. Quando o sr. Roach ouviu o nome dele, sorriu complacente.

"Ele ficaria à vontade no Palácio de Buckingham ou no fundo de uma mina de carvão", disse. "Mas ele não é inconveniente. É muito bom, aquele menino."

Felizmente ele havia sido preparado, ou poderia ter se assustado. Quando a porta do quarto foi aberta, um grande corvo, que parecia se sentir em casa empoleirado no espaldar de uma cadeira entalhada, anunciou a entrada de um visitante com um ruidoso crocito. Apesar do aviso da sra. Medlock, o sr. Roach escapou por pouco da humilhação de ter que dar um pulo para trás.

O jovem rajá não estava na cama, nem em seu sofá. Estava sentado em uma poltrona, e havia ao lado dele um cordeirinho que balançava a cauda satisfeito enquanto Dickon o alimentava com uma mamadeira. Um esquilo descansava sobre as costas arqueadas de Dickon e roía uma castanha. A garotinha da Índia estava sentada em uma banqueta observando tudo.

"Aqui está o sr. Roach, sr. Colin", a sra. Medlock anunciou.

O jovem rajá virou-se e estudou o criado — ou foi essa a sensação que teve o jardineiro-chefe.

"Ah, você é Roach, não é?", ele disse. "Mandei chamá-lo para lhe dar algumas ordens muito importantes."

"Muito bem, senhor", Roach respondeu, pensando se receberia instruções para cortar todos os carvalhos do parque ou transformar os pomares em jardins aquáticos.

"Vou sair em minha cadeira hoje à tarde", Colin disse. "Se o ar fresco me fizer bem, talvez eu saia todos os dias. Quando sair, nenhum dos jardineiros deverá ficar perto do longo passadiço ao lado dos muros do jardim. Ninguém deve estar lá. Sairei por volta das duas horas, e todos devem se manter afastados até eu mandar avisar que podem voltar ao trabalho."

"Muito bem, senhor", o sr. Roach respondeu, muito aliviado por saber que os carvalhos e os pomares estavam seguros.

"Mary", Colin disse, se virando para ela, "como é que se diz na Índia quando a conversa acabou e você quer que a pessoa vá embora?"

"Você diz: 'Tem minha permissão para se retirar'", ela respondeu.

O rajá acenou com a mão.

"Tem minha permissão para se retirar, Roach", ele disse. "Mas lembre-se: isso é muito importante."

"Cá... Cá!", o corvo crocitou com sua voz áspera, mas polida.

"Muito bem, senhor. Obrigado, senhor", o sr. Roach falou, e a sra. Medlock o levou para fora do quarto.

No corredor, sendo um homem de temperamento agradável, ele riu até quase gargalhar.

"Pelos céus", disse, "ele tem um jeito muito nobre, não tem? Até parece que toda a família real se uniu em uma pessoa só, inclusive o príncipe consorte."

"Ô!", a sra. Medlock protestou. "Tivemos que deixá-lo pisar em cada um de nós desde que ele tem pés, e o menino acha que é para isso que as pessoas nasceram."

"Talvez ele supere essa atitude quando crescer, se viver", o sr. Roach sugeriu.

"Bem, uma coisa é certa", a sra. Medlock opinou. "Se ele viver e aquela criança indiana ficar aqui, garanto que ela vai ensinar ao menino que a laranja inteira não pertence a ele, como diz Susan Sowerby. E ele vai acabar descobrindo de que tamanho é seu pedaço."

Dentro do quarto, Colin estava recostado em suas almofadas.

"Agora está tudo seguro", ele disse. "E hoje à tarde eu o verei... Hoje à tarde estarei nele!"

Dickon voltou ao jardim com suas criaturas, e Mary ficou com Colin. Não parecia cansado, mas ficou muito quieto antes do almoço ser servido e permaneceu quieto enquanto comiam. Ela perguntou por quê.

"Seus olhos estão muito grandes, Colin", disse. "Quando está pensando, eles ficam assim. Em que está pensando agora?"

"Não consigo parar de pensar em como deve ser", o menino respondeu.

"O jardim?", Mary indagou.

"A primavera", ele explicou. "Estava pensando que nunca a vi de verdade antes. Raramente saía daqui, e quando saí, nunca olhei para ela. Nem pensei nisso."

"Nunca a vi na Índia porque lá ela não existia."

Por mais que a vida para ele tivesse apresentado um aspecto mórbido e de confinamento, Colin possuía mais imaginação que Mary, e, pelo menos, havia passado muito tempo olhando para livros e ilustrações maravilhosas.

"Naquela manhã, quando você entrou correndo e gritando: 'Ela chegou! Ela chegou!', aquilo me fez sentir estranho. Foi como se as coisas estivessem chegando com uma grande procissão e grandiosas explosões de música e rompantes. Tinha visto uma imagem assim em um dos meus livros — multidões de pessoas adoráveis e crianças com guirlandas e galhos com flores desabrochando, todos rindo, dançando e tocando flautas. Por isso falei que talvez ouvíssemos trombetas douradas e pedi para você abrir a janela."

"Que engraçado!", Mary disse. "É exatamente essa a sensação que se tem. E se todas as flores, folhas e coisas verdes, aves e criaturas silvestres passassem dançando ao mesmo tempo, que multidão seria! Tenho certeza de que dançariam, cantariam e tocariam flauta, e haveria explosões de música."

Os dois riram, mas não porque a ideia era engraçada, e sim porque ambos gostavam dela.

Um pouco mais tarde, a enfermeira preparou Colin. Ela notou que, em vez de ficar deitado como um tronco enquanto era vestido, ele se sentou e fez algum esforço para colaborar, e falou e riu com Mary o tempo todo.

"Hoje é um dos dias bons dele, senhor", ela contou ao dr. Craven, que passou para examiná-lo. "O menino está tão bem-humorado que parece mais forte."

"Retorno à tarde, depois que ele estiver de volta", o dr. Craven avisou. "Tenho que ver como esse passeio o afeta. Queria que ele aceitasse sua companhia", confessou em voz baixa.

"Eu preferiria abrir mão do caso neste momento, senhor, a ficar aqui enquanto a sugestão é feita", ela respondeu com repentina firmeza.

"Não pensei em sugerir nada", o médico falou com um leve nervosismo. "Vamos fazer essa experiência. Dickon é um menino a quem eu confiaria um recém-nascido."

O lacaio mais forte da casa carregou Colin até lá embaixo e o acomodou na cadeira de rodas, perto da qual Dickon esperava lá fora. Depois de um criado ajeitar os apoios e as almofadas, o rajá acenou para ele e para a enfermeira.

"Vocês têm minha permissão para ir", ele disse, e ambos desapareceram rapidamente, e devem ter ido dar risada dentro da casa, onde estavam seguros.

Dickon começou a empurrar a cadeira devagar e com firmeza. A srta. Mary andava ao lado, e Colin se inclinava para trás e erguia o rosto para o céu. O arco celeste parecia ainda mais alto, e as pequenas nuvens brancas eram como pássaros flutuando de asas abertas sob o azul cristalino. O vento soprava da charneca em grandes lufadas, trazendo uma doçura perfumada. Colin erguia o peito magro para inspirar, e seus olhos grandes davam a impressão de que eram eles que ouviam — não as orelhas.

"São muitos sons, muitos cantos, zumbidos e chamados", ele disse. "Que cheiro é esse que vem com o vento?"

"É o tojo se abrindo na charneca", Dickon respondeu. "Ô! As abelhas hoje estão uma maravilha!"

Nenhuma criatura humana era vista pelos caminhos que percorriam. De fato, cada jardineiro ou ajudante de jardineiro havia sido afastado. Mas eles circularam por entre os arbustos, contornaram a fonte com os canteiros e seguiram a rota cuidadosamente planejada pelo mero prazer do mistério. Porém, quando finalmente chegaram ao longo passadiço junto dos muros cobertos de hera, a sensação de euforia diante de uma aventura próxima os fez, por alguma razão curiosa que não podiam explicar, começar a cochichar.

"É isso", Mary disse. "Era por aqui que eu costumava ir e voltar perdida em pensamentos."

"Aqui?", Colin disse, e seus olhos estudaram a hera com uma mistura de curiosidade e ansiedade. "Mas não consigo ver nada", murmurou. "Não tem porta."

"Foi o que eu pensei", Mary revelou.

Então, em meio a um silêncio ofegante, mas agradável, a cadeira foi empurrada.

"Este é o jardim onde Ben Weatherstaff trabalha", Mary contou.

"É?", Colin reagiu.

Mais alguns metros, e Mary cochichou de novo.

"Foi aqui que o sabiá voou por cima do muro."

"É?", Colin quase gritou. "Ah! Queria que ele viesse de novo!"

"E ali", Mary continuou com um prazer solene, apontando para um grande arbusto lilás, "foi onde ele se empoleirou em um montinho de terra e me mostrou a chave."

Colin se endireitou na cadeira.

"Onde? Onde? Ali?" Seus olhos eram grandes como os do Lobo Mau quando Chapeuzinho Vermelho se sentiu impelida a comentar sobre eles. Dickon parou, e a cadeira também.

"E aqui", Mary anunciou, aproximando-se do canteiro perto da hera, "foi onde vim para falar com ele quando o passarinho gorjeou para mim do alto do muro. E esta é a hera que o vento afastou." Ela segurou a cortina verde.

"Oh! É isso... É isso!", Colin arfava.

"Aqui está a maçaneta, e aqui está a porta. Dickon, empurre... Empurre-o depressa!"

E Dickon o empurrou pela porta com um movimento forte, firme, esplêndido.

Mas Colin se jogou para trás contra as almofadas, embora exclamasse com euforia, cobriu os olhos com as mãos e os manteve fechados, recusando-se a ver qualquer coisa até que estivessem lá dentro, e a cadeira parasse como que por magia, e a porta fosse fechada. Só então ele descobriu os olhos e olhou em volta, atentamente, como Dickon e Mary haviam feito. E sobre muros, terra, árvores, ramos balançantes e gavinhas, o fino véu verde de folhinhas tenras havia se espalhado, e na grama embaixo das árvores e nos vasos cinzentos nas alcovas, e aqui e ali, e em todos os lugares havia toques ou explosões de dourado, roxo e branco, e as árvores exibiam trechos de rosa e branco em suas copas, e havia o bater de asas, e doces assobios fracos, e zumbidos, e cheiros e mais cheiros. E o sol aquecia seu rosto como se o afagasse com a mão. Fascinados, Mary e Dickon olhavam para ele. Colin parecia muito estranho e diferente porque uma luminosidade rosada se havia espalhado por ele — pelo rosto de mármore, pelo pescoço, pelas mãos, por tudo.

"Eu vou ficar bem! Eu vou ficar bem!", ele gritou. "Mary! Dickon! Eu vou ficar bem! E viverei para sempre, e sempre, e sempre!"

O Jardim Secreto

BEN WEATHERSTAFF
CAPÍTULO XXI

 ma das coisas estranhas de se viver no mundo é que só de vez em quando uma pessoa tem certeza de que vai viver para sempre, e sempre, e sempre. Esse sentimento acontece às vezes, ao se levantar na hora solene do nascer do dia, sair e, sozinha, olhar para o alto e ver o céu pálido se transformando lentamente, e coisas maravilhosas, passageiras e desconhecidas acontecem até que o leste quase a faça chorar e travar o coração diante da estranha majestade imutável do nascer do sol — que acontece todas as manhãs há milhares e milhares e milhares de anos. A pessoa, então, tem essa certeza por um momento. E tem essa certeza às vezes, quando fica sozinha em um bosque no momento do pôr do sol, e a misteriosa e profunda quietude dourada penetra, oblíqua, por entre os galhos e parece estar dizendo bem devagar, de novo, de novo e de novo alguma coisa que não

se pode ouvir, por mais que se tente. E, às vezes, no silêncio imenso do céu escuro à noite, com milhões de estrelas à espera observando, a pessoa tem certeza; e de vez em quando um som distante de música faz disso realidade; e às vezes quando se olha nos olhos de alguém.

E foi assim com Colin quando ele pela primeira vez viu, ouviu e sentiu a Primavera dentro dos quatro muros altos de um jardim escondido. Naquela tarde, o mundo todo parecia se dedicar a ser perfeito e radiantemente lindo e bondoso para um menino. Talvez por pura bondade celestial, a Primavera chegou e coroou tudo que era possível naquele lugar único. Mais de uma vez, Dickon parou o que estava fazendo e ficou quieto com uma espécie de fascínio crescente nos olhos, balançando a cabeça devagar.

"Ô, como é maravilhosa", disse. "Tenho doze, quase 13 anos, e tive muitas tardes em 13 anos, mas acho que nunca vi outra tão maravilhosa quanto esta."

"Sim, é maravilhosa", Mary concordou, suspirando de pura alegria. "Tenho certeza de que é a mais maravilhosa que já houve no mundo."

"Não acham", Colin falou com um cuidado sonhador, "que isso tudo foi feito pra mim?"

"Pelos céus!", Mary gritou admirada. "Está falando como alguém de Yorkshire. E falando bem, muito bem."

E a alegria reinou.

Eles levaram a cadeira para baixo da ameixeira, que estava coberta de flores brancas e vibrando com o zumbido das abelhas. Era como o toldo de um rei, um rei encantado. Havia cerejeiras em flor perto dali, e macieiras cujos botões eram cor-de-rosa e brancos, e aqui e ali um deles desabrochava completamente. Entre os ramos em flor desse toldo, fragmentos de céu azul olhavam para baixo como olhos maravilhosos.

Mary e Dickon trabalhavam um pouco aqui e ali, e Colin os observava. Eles levavam coisas para o menino ver — flores que estavam se abrindo, botões ainda inteiramente fechados, pedaços de galhos cujas folhas só começavam a brotar, uma pena de pica-pau que havia caído na grama, a casca vazia de um ovo chocado prematuramente.

Dickon empurrou a cadeira bem devagar por ali, dando várias voltas no jardim, parando de vez em quando para deixá-lo apreciar as maravilhas que brotavam da terra ou desciam das árvores. Era como ser levado para conhecer o território de um rei e uma rainha mágicos e visitar todas as misteriosas riquezas nele contidas.

"Será que vamos ver o sabiá?", Colin quis saber.

"Você vai ver ele muitas vezes depois de um tempo", Dickon respondeu. "Quando os ovos chocarem e os filhotes nascerem, ele vai ficar tão ocupado que vai até ficar tonto. Você vai ver ele voando, indo e voltando, carregando minhocas quase do tamanho dele no bico, e vai ter tanto barulho e tanta agitação quando ele voltar pro ninho que ele vai ficar nervoso e nem vai saber que boca alimentar primeiro. E bicos abertos e guinchos por todos os lados. A mãe diz que quando vê o trabalho que um sabiá tem pra encher todos aqueles bicos abertos, ela se sente uma dama sem nada pra fazer. Disse que já viu os camaradinhas de um jeito que parecia pingar suor deles, mas as pessoas não enxergam essas coisas."

Isso os fez rir tanto que foram obrigados a cobrir a boca com a mão, lembrando que não podiam ser ouvidos. Colin fora instruído sobre a lei dos sussurros e voz baixa vários dias antes. Ele gostava do mistério disso tudo e fazia o melhor que podia, mas no meio da euforia e da animação, era difícil não rir mais alto que um cochicho.

Cada momento da tarde foi repleto de coisas novas, e a cada hora a luz do sol ficava mais dourada. A cadeira de rodas foi levada novamente para debaixo da árvore, e Dickon sentou na grama e tinha acabado de pegar sua flauta quando Colin viu uma coisa que não notara antes por falta de tempo.

"Aquela árvore ali é muito velha, não é?", ele perguntou.

Dickon olhou para a árvore, e Mary também olhou, e houve um breve momento de imobilidade.

"Sim", Dickon respondeu, e sua voz tinha uma nota muito suave.

Mary olhava para a árvore e pensava.

"Os galhos são cinzentos e não tem sequer uma folha em lugar nenhum", Colin continuou. "Está morta, não está?"

"É", Dickon admitiu. "Mas as rosas subiram nela e vão esconder cada pedacinho de madeira morta quando estiverem cheias de folhas e flores. Aí não vai parecer morta. Vai ser a mais bonita de todas."

Mary ainda olhava para a árvore e pensava.

"Parece que um galho grande se partiu", Colin disse. "Queria saber como foi."

"Acontece muitas vezes por ano", Dickon respondeu. "Ô!" A exclamação foi de surpresa e alívio, e ele estendeu a mão para Colin. "Olha aquele sabiá! Olha lá ele! Está procurando comida pra sua parceira."

Colin quase não teve tempo de ver a ave, mas conseguiu vislumbrar o lampejo do peito vermelho e alguma coisa no bico. O pássaro voou em meio ao verde para o canto de vegetação mais fechada e lá desapareceu. Colin se recostou de novo na almofada, rindo baixinho.

"Ele estava levando o chá para ela. Talvez sejam cinco horas. Acho que também quero tomar chá."

E assim eles escaparam.

"Foi magia que fez o sabiá aparecer", Mary comentou com Dickon mais tarde. "Eu sei que foi magia." Porque ela e Dickon temiam que Colin pudesse perguntar alguma coisa sobre a árvore cujo galho tinha se partido dez anos atrás, e haviam discutido o assunto, e Dickon coçara a cabeça de um jeito preocupado.

"Não pode parecer que a árvore é diferente das outras", ele dissera. "Não podemos contar pra ele como o galho quebrou, nunca, pobrezinho. Se ele falar alguma coisa sobre a árvore, nós... nós fingimos que estamos alegres."

"Sim, isso mesmo", Mary concordou.

Mas ela não sentiu que pareceu alegre ao olhar para a árvore. Naqueles poucos momentos, pensou bastante sobre a possibilidade de haver alguma realidade naquela outra coisa que Dickon dissera. Ele esfregava o cabelo cor de ferrugem de um jeito confuso, mas uma expressão reconfortante surgiu em seus olhos azuis.

"A sra. Craven era uma jovem dama muito bonita", ele continuou hesitante. "E a mãe acha que ela passa muito tempo na Misselthwaite cuidando do menino Colin, como todas as mães fazem quando são levadas do mundo. Elas têm que voltar, sabe? Acontece que ela estava no jardim, e foi ela que colocou você e eu pra trabalhar e disse pra trazermos ele aqui."

Mary pensava que ele se referia a alguma coisa relacionada à magia. Acreditava muito em magia. Em segredo, achava que Dickon dominava a magia, magia boa, é claro, e a usava em tudo que se aproximava dele, e por isso as pessoas gostavam tanto do menino, e as criaturas da natureza sabiam que ele era um amigo. Ela ponderava, de fato, se não seria possível que seu dom tivesse atraído o sabiá bem na hora certa, quando Colin fez aquela pergunta perigosa. Sentia que a magia de Dickon vinha funcionando a tarde inteira, fazendo Colin parecer um garoto inteiramente diferente. Não era possível que ele fosse a mesma criatura enlouquecida que havia gritado, batido e mordido o travesseiro. Até sua palidez de mármore estava diferente. O brilho pálido de cor que havia surgido em seu rosto, no pescoço e nas mãos quando ele entrou no jardim não tinha desaparecido por completo. Agora ele parecia ser feito de carne, e não de mármore ou cera.

Eles viram o sabiá levar comida para a parceira duas ou três vezes, e aquilo era tão sugestivo que Colin decidiu que eles deviam tomar o chá da tarde.

"Vá pedir a um dos criados para levar um cesto ao passadiço dos rododendros", ele disse. "Depois, você e Dickon podem trazer o cesto para cá."

Era uma ideia boa, fácil de pôr em prática, e quando a toalha branca foi estendida sobre a grama, com chá quente, torrada com manteiga e bolinhos, a refeição deliciosa foi comida com apetite, e vários pássaros interromperam suas tarefas domésticas para investigar o que estava acontecendo e analisar as migalhas. Castanha e Casca subiram nas árvores com pedaços de bolo, e Fuligem pegou metade de um bolinho com manteiga e levou para um canto, onde o bicou e examinou, virando o alimento de um lado para o outro, fazendo comentários estridentes sobre ele até decidir engolir tudo de uma vez só.

A tarde se arrastava para sua hora mais branda. O sol aprofundava o dourado de seus raios, as abelhas iam para casa e os pássaros voavam com menos frequência. Dickon e Mary estavam sentados na grama, o cesto do chá havia sido arrumado e estava pronto para ser levado de volta para a casa, e Colin repousava sobre suas almofadas com o cabelo abundante puxado para trás, o rosto recoberto por uma cor natural.

"Não quero que esta tarde acabe", ele disse, "mas voltarei amanhã, e depois de amanhã, e depois, e depois."

"Vai respirar muito ar fresco, não vai?", Mary comentou.

"Não quero outra coisa", o menino respondeu. "Agora vi a primavera, e vou ver o verão. Vou ver tudo crescer por aqui. Eu vou crescer aqui."

"Ah, vai mesmo", Dickon confirmou. "Vamos fazer você andar por aqui e cavar como outras pessoas fizeram antes."

Colin ficou muito agitado.

"Andar!", exclamou. "Cavar! Será?"

O olhar de Dickon era cauteloso. Nem ele nem Mary jamais haviam perguntado se havia algum problema com as pernas do menino.

"É claro que vai", ele falou com firmeza. "Você... Você tem pernas como as outras pessoas!"

Mary ficou apreensiva até ouvir a resposta de Colin.

"Não tenho nenhuma doença nas pernas, mas elas são muito finas e fracas. Tremem tanto que tenho medo de me apoiar nelas."

Mary e Dickon respiraram aliviados.

"Quando perder o medo, vai conseguir ficar em pé", Dickon falou com alegria renovada. "E logo vai perder o medo."

"Eu vou?" Colin ficou parado, como se estivesse pensando em algumas coisas.

Todos ficaram quietos por um tempo. O sol descia no céu. Era aquela hora em que tudo se aquieta, e os três tinham vivido uma tarde excitante. Colin parecia descansar. Até as criaturas haviam parado de se mover por ali, se reuniram e descansavam perto deles. Fuligem estava empoleirado em um galho baixo, apoiado sobre uma perna só, e seus olhos sonolentos se cobriam por uma película cinzenta. Mary tinha a impressão de que ele começaria a roncar a qualquer minuto.

No meio dessa tranquilidade, foi um susto quando Colin levantou a cabeça e exclamou em um sussurro repentino e alarmado:

"Quem é aquele homem?"

Dickon e Mary levantaram depressa.

"Homem?!", os dois repetiram em voz baixa.

Colin apontou para o muro alto.

"Olhem!", sussurrou agitado. "Só olhem!"

Mary e Dickon olharam na direção apontada. Lá estava o rosto indignado de Ben Weatherstaff olhando para eles por cima do muro, em cima de uma escada! Ele chegou a brandir o punho cerrado para Mary.

"Se eu não fosse um solteirão e você fosse minha filha", ele gritou, "ia levar uma surra!"

Ele subiu mais um degrau com uma atitude ameaçadora, como se tivesse a intenção de pular o muro e castigá-la, mas quando ela foi em sua direção, o jardineiro pensou melhor e permaneceu em cima da escada, brandindo o punho para a menina.

"Nunca gostei muito de você!", ele continuou. "No começo, não suportava nem olhar pra você. Uma magrelinha com cara de leite, sempre fazendo perguntas e metendo o nariz onde não era chamada. Nunca entendi como chegou tão perto de mim. Não fosse pelo sabiá... O miserável..."

"Ben Weatherstaff", Mary reagiu ao recuperar o fôlego. Estava perto do muro, abaixo dele, e falava com um tom ofegante. "Ben Weatherstaff, foi o sabiá que me mostrou o caminho!"

O jardineiro parecia realmente disposto a descer para o lado de dentro do muro, tal a força de seu ultraje.

"Você é má!", disse. "Culpando um passarinho por sua maldade... Ele mostrou o caminho! Ele! Ô! Aquele coisinho..." Mary conseguiu antecipar o que ele diria em seguida, pois percebeu que a curiosidade o dominava. "Como ele fez isso?"

"Foi o sabiá que me mostrou o caminho", a menina insistiu. "Ele não sabia que estava fazendo isso, mas fez. E não posso explicar daqui, não enquanto está me ameaçando com o punho fechado."

O jardineiro parou de sacudir o punho de repente e abriu a boca, perplexo, ao ver alguma coisa se movendo pela grama em sua direção.

Ao ouvir suas primeiras palavras, Colin tinha ficado tão surpreso que se limitara a continuar ouvindo, como se estivesse hipnotizado. Mas, no meio da explosão, ele se recuperou e ordenou que Dickon o empurrasse.

"Leve-me até ali!", exigiu. "Leve-me para perto do muro e me coloque bem na frente dele!"

E era isso que Ben Weatherstaff via, e foi essa cena que o deixou de queixo caído. Uma cadeira de rodas com almofadas confortáveis que se aproximava dele como uma espécie de carruagem nobre, porque um jovem rajá a ocupava com uma autoridade real em seus olhos contornados por um tom escuro e na mão branca e magra estendida com altivez em sua direção. E ele parou bem abaixo do nariz de Ben Weatherstaff. Não era de estranhar que o jardineiro estivesse boquiaberto.

"Sabe quem eu sou?", o rajá perguntou.

Ben Weatherstaff o encarava atônito! Seus olhos velhos e vermelhos não se desviavam da cena, como se vissem um fantasma. Ele olhava e olhava, e engoliu em seco e nada disse.

"Sabe quem eu sou?", Colin repetiu ainda mais imperioso. "Responda!"

Ben Weatherstaff levantou a mão nodosa e a passou sobre os olhos e a testa, depois respondeu com uma voz estranha e trêmula.

"Quem é você? Sim, eu sei... São os olhos de sua mãe olhando pra mim desse rosto. Deus sabe como chegou aqui. Mas você é o pobre aleijado."

Colin esqueceu que algum dia teve aquelas costas. Com o rosto muito vermelho, ele se sentou ereto na cadeira.

"Não sou um aleijado!", gritou furioso. "Não sou!"

"Não é!", Mary gritou, quase subindo pelo muro com a força de sua indignação. "Ele não tem nenhum calombo! Eu olhei e não tem nada... Nada!"

Ben Weatherstaff passou a mão pela testa de novo e parecia não conseguir parar de olhar. A mão tremia, a boca tremia e a voz tremia. Ele era um velho ignorante, e um velho sem tato, e só conseguia lembrar as coisas que tinha escutado.

"Você... não tem as costas tortas?", perguntou com voz rouca.

"Não!", Colin gritou.

"Você... não tem pernas tortas?", Ben gemeu, ainda mais rouco.

Isso foi demais. A força com que Colin normalmente se jogava em suas crises de birra o impulsionou de um jeito diferente. Nunca antes alguém havia insinuado que suas pernas eram tortas — nem mesmo aos cochichos —, e a mera crença na existência delas, revelada pela voz de Ben Weatherstaff, foi mais do que o rajá de carne e osso pôde aturar. A raiva e o orgulho ferido o fizeram esquecer tudo, exceto aquele instante, e o encheram de uma força que ele jamais havia sentido antes, uma força quase sobrenatural.

"Venha cá!", Colin gritou para Dickon, já afastando o apoio das pernas e se libertando. "Venha cá! Venha aqui! Agora!"

Dickon surgiu ao lado dele em um segundo. Mary prendeu a respiração por um instante e sentiu que empalidecia.

"Ele consegue! Ele consegue! Ele consegue! Ele consegue!", repetia para si mesma em voz baixa, tão depressa quanto podia.

Houve uma movimentação rápida, os cobertores foram jogados no chão, Dickon segurou um braço de Colin, as pernas finas se estenderam, os pés magros tocaram a grama. Colin estava em pé — ereto —, tão ereto quanto uma flecha e estranhamente alto — a cabeça projetada para trás e os olhos estranhos brilhando muito.

"Olhe para mim!", ele gritou para Ben Weatherstaff. "Olhe para mim... Você! Olhe para mim!"

"Ele é tão reto quanto eu!", Dickon gritou. "É tão reto quanto qualquer menino de Yorkshire!"

O que Ben Weatherstaff fez foi algo que Mary achou muito estranho. Ele engasgou, engoliu em seco, lágrimas repentinas começaram a correr por suas faces enrugadas, e ele uniu as mãos.

"Ô!", exclamou. "As mentiras que as pessoas contam! Você é magro como uma vareta e branco como cera, mas não tem nenhum calombo. Vai crescer e virar homem. Deus abençoe você!"

Dickon segurava o braço de Colin com força, mas o menino não fraquejava. Mantinha-se em pé, cada vez mais aprumado, e encarava Ben Weatherstaff.

"Eu sou seu senhor", ele disse, "quando meu pai está fora. E você vai me obedecer. Este é meu jardim. Não se atreva a dizer uma palavra sobre ele! Desça dessa escada e vá até o longo passadiço, e a srta. Mary irá encontrá-lo e o trará até aqui. Quero falar com você. Não o queríamos aqui, mas agora vai ter que compartilhar do segredo. Seja rápido!"

O rosto velho e enrugado de Ben Weatherstaff ainda estava molhado com aquela inusitada torrente de lágrimas. Era como se ele não conseguisse deixar de olhar para o magro e altivo Colin ali em pé, com a cabeça inclinada para trás.

"Ô! Menino", ele quase sussurrou. "Ô! Meu menino!" E então tocou o chapéu de jardineiro de repente, como se compreendesse a ordem, e disse: "Sim, senhor! Sim, senhor!". E, obediente, desceu a escada e desapareceu.

O Jardim Secreto

QUANDO O SOL SE PÔS
CAPÍTULO XXII

uando a cabeça do jardineiro desapareceu, Colin se virou para Mary.

"Vá encontrá-lo", pediu. E Mary correu pelo gramado até a porta escondida pela hera.

Dickon o observava com um olhar atento. Havia manchas vermelhas em suas faces e ele tinha uma aparência espantosa, mas não dava sinais de que ia cair.

"Consigo ficar em pé", ele disse e manteve a cabeça erguida, falando com muita altivez.

"Eu disse que você conseguia, só precisava parar de sentir medo", Dickon respondeu. "E parou."

"É, parei", Colin confirmou.

E de repente ele se lembrou de algo que Mary tinha dito.

"Está fazendo magia?", perguntou.

A boca curva de Dickon se distendeu em um sorriso alegre.

"É você que está fazendo mágica", respondeu. "É a mesma mágica que fez isso aqui sair da terra." E tocou com a ponta da bota os brotinhos de açafrão no chão.

Colin olhou para baixo.

"É", concordou lentamente. "Não poderia ter magia maior que isso aí... Não poderia."

E se empertigou mais que nunca.

"Vou andar até aquela árvore", avisou, apontando para uma delas a alguns metros de onde estavam. "Estarei em pé quando Weatherstaff chegar aqui. Posso me apoiar à árvore, se quiser. Quando quiser me sentar, vou me sentar, mas não antes. Traga o cobertor da cadeira."

Ele caminhou até a árvore, e embora Dickon segurasse seu braço, Colin se mantinha maravilhosamente firme. Quando se encostou no tronco da árvore, não ficou muito evidente que estava usando-a como apoio, e ele permanecia tão alinhado que até parecia alto.

Quando Ben Weatherstaff passou pela porta no muro, ele o viu ali em pé e ouviu Mary resmungar alguma coisa.

"O que disse?", perguntou irritado, pois não queria desviar a atenção do menino alto e magro de rosto orgulhoso.

Mas ela não repetiu. O que tinha dito era:

"Você consegue! Você consegue! Você consegue! Você consegue! Você consegue! Você *consegue*!"

Ela dizia isso a Colin porque queria fazer magia e mantê-lo em pé daquele jeito. Não suportava pensar que ele poderia ceder diante de Ben Weatherstaff. E não cedeu. Ela se animou com um sentimento repentino, o de que ele era muito bonito, apesar da magreza. Colin olhava para Ben Weatherstaff do seu jeito imperioso e engraçado.

"Olhe para mim!", ordenou. "Olhe bem para mim! Sou corcunda? Tenho pernas tortas?"

Ben Weatherstaff não havia superado totalmente a emoção, mas havia se recuperado um pouco e respondeu quase com normalidade.

"Não", disse. "Nada disso. O que tá fazendo com você mesmo, se escondendo e deixando todo mundo pensar que é aleijado e fraco da ideia?"

"Fraco da ideia!", Colin repetiu furioso. "Quem pensa isso?"

"Muita gente", Ben revelou. "Este mundo é cheio de idiotas de língua comprida, e eles sempre falam mentiras. Por que vivia trancado?"

"Todo mundo pensava que eu ia morrer", Colin respondeu sem rodeios. "Não vou!"

E fez esse anúncio com um tom tão decidido que Ben Weatherstaff o estudou da cabeça aos pés, dos pés à cabeça.

"Você, morrer?", disse com exultação seca. "Nada disso! Tem muita coisa pra viver. Quando vi você pôr os pés no chão com toda aquela pressa, soube que tava bem. Senta um pouco nesse cobertor, jovem senhor, e me dê suas ordens."

Havia uma mistura inusitada de ternura rústica e compreensão sábia em sua atitude. Mary dera as explicações o mais depressa possível, e eles percorreram juntos o longo passadiço. O principal a ser lembrado, a menina dissera, era que Colin estava melhorando — se recuperando. E isso era obra do jardim. Ninguém devia permitir que ele se lembrasse da história de que tinha calombos e ia morrer.

O rajá decidiu sentar-se sobre o cobertor embaixo da árvore.

"Que serviço faz nos jardins, Weatherstaff?", ele perguntou.

"O que me mandarem fazer", o velho bem respondeu. "Fui mantido aqui de favor... porque ela gostava de mim."

"Ela?", Colin estranhou.

"Sua mãe", Ben Weatherstaff esclareceu.

"Minha mãe?" Colin repetiu e olhou para o jardineiro em silêncio. "Este jardim era dela, não era?"

"Era!" E Ben também olhou em volta. "Ela gostava muito dele."

"Agora o jardim é meu. E eu gosto dele. Virei aqui todos os dias", Colin anunciou. "Mas ele deve ser um segredo. Ordeno que ninguém saiba que visitamos o jardim. Dickon e minha prima trabalharam e o fizeram ganhar vida. Vou mandar buscá-lo ocasionalmente para ajudar, mas só deve vir quando ninguém puder vê-lo."

O rosto de Ben Weatherstaff se retorceu para formar um sorriso seco e velho.

"Eu vinha aqui antes, quando ninguém estava olhando", ele contou.

"O quê?!", Colin exclamou. "Quando?"

"A última vez que estive aqui..." O jardineiro coçou o queixo e olhou em volta. "Faz uns dois anos."

"Mas ninguém esteve aqui em dez anos!", Colin exclamou.

"Não tinha porta!"

"Eu sou como ninguém", Ben falou em um tom seco. "E não vim pela porta. Vim por cima do muro. O reumatismo me impediu de voltar nos últimos dois anos."

"Você veio e podou as plantas!", Dickon deduziu. "Eu não conseguia entender como isso tinha sido feito."

"Ela gostava daqui... E como!", Ben Weatherstaff comentou, falando devagar. "E era muito bonita. Falava rindo pra mim: 'Ben, se algum dia eu ficar doente ou morrer, cuide das minhas rosas'. Quando ela morreu, foram dadas ordens pra ninguém mais vir aqui, nunca mais. Mas eu vim", contou com grande obstinação. "Pulei o muro e vim, até que o reumatismo me impediu, e cuidava um pouco de tudo uma vez por ano. Ela deu a ordem primeiro."

"Não haveria vida aqui se você não tivesse feito isso", Dickon falou. "Eu sabia."

"Fico feliz por ter vindo, Weatherstaff", Colin aprovou. "Vai saber guardar o segredo."

"Vou, sim, senhor", bem respondeu. "E vai ser mais fácil pra um homem reumático entrar pela porta."

Mary tinha deixado sua espátula na grama ao lado da árvore. Colin estendeu a mão e a pegou. Uma expressão estranha surgiu em seu rosto, e ele começou a revolver a terra. A mão magra era fraca, mas diante dos olhos de todos ali, e do interesse palpitante de Mary, ele conseguiu enfiar a espátula na terra e revirá-la.

"Você consegue! Você consegue!", Mary murmurou para si mesma. "Estou dizendo, você consegue!"

Os olhos redondos de Dickon estavam repletos de curiosidade ansiosa, mas ele não disse nada. Ben Weatherstaff acompanhava tudo com uma expressão interessada.

Colin perseverava. Depois de ter revirado algumas porções de terra, ele falou exultante para Dickon, em sua melhor imitação de uma pessoa simples de Yorkshire:

"Você disse que ia me fazê andá por aqui como qualquer um... E disse que ia me fazê cavá. Achei que tava falando só pra me agradá. Hoje é só o primeiro dia, já andei, e agora tô aqui cavando!"

Ben Weatherstaff ficou de queixo caído outra vez depois de ouvi-lo, mas acabou rindo.

"Ô!", ele disse. "Pelo jeito, não é nada fraco da ideia. Você é um menino de Yorkshire, dá pra ver. E tá cavando. Quer plantar alguma coisa? Posso arrumar uma rosa em um vaso."

"Vá buscar!", Colin disse, cavando com animação. "Depressa! Depressa!"

Tudo foi feito rapidamente, de fato. Ben Weatherstaff atendeu ao comando sem se lembrar do reumatismo. Dickon pegou sua espátula e aprofundou o buraco, fazendo-o também mais largo do que um menino inexperiente com mãos brancas e magras poderia ter feito. Mary saiu correndo para buscar um regador. Quando Dickon terminou de aprofundar o buraco, Colin continuou revolvendo a terra. Ele olhou para o céu, corado e radiante com o exercício estranhamente novo, por mais leve que fosse.

"Quero fazer isso antes que o sol se... se ponha", disse.

Mary pensou que o sol talvez estivesse se atrasando alguns minutos de propósito. Ben Weatherstaff chegou com a rosa em um vaso que pegou na estufa. Ele havia se movimentado com toda a rapidez de que era capaz. E também estava ficando animado. Ele se ajoelhou ao lado do buraco e quebrou o vaso para tirar a terra de dentro dele.

"Aqui, menino", falou, entregando a planta a Colin. "Põe na terra você mesmo, como o rei faz quando vai a algum lugar novo."

As mãos magras e brancas tremiam um pouco, e o rubor de Colin tornou-se mais intenso quando ele pegou o torrão de terra com a planta e o colocou no buraco, sustentando-o enquanto Ben devolvia a terra e a firmava. O espaço foi preenchido, a terra foi comprimida e tudo ficou firme. Mary estava apoiada sobre as mãos e os joelhos. Fuligem tinha pousado e se aproximava, andando, para ver o que estavam fazendo. Castanha e Casca conversavam sobre a cena no alto de uma cerejeira.

"Está plantada!", Colin anunciou finalmente. "E o sol ainda não se pôs. Ajude-me a levantar, Dickon. Quero estar em pé quando ele descer no horizonte. Isso é parte da magia."

E Dickon o ajudou, e a magia — ou o que quer que fosse — deu tanta força a ele que, quando o sol desceu no horizonte e encerrou aquela tarde diferente e adorável, ele ainda estava ali em pé — rindo.

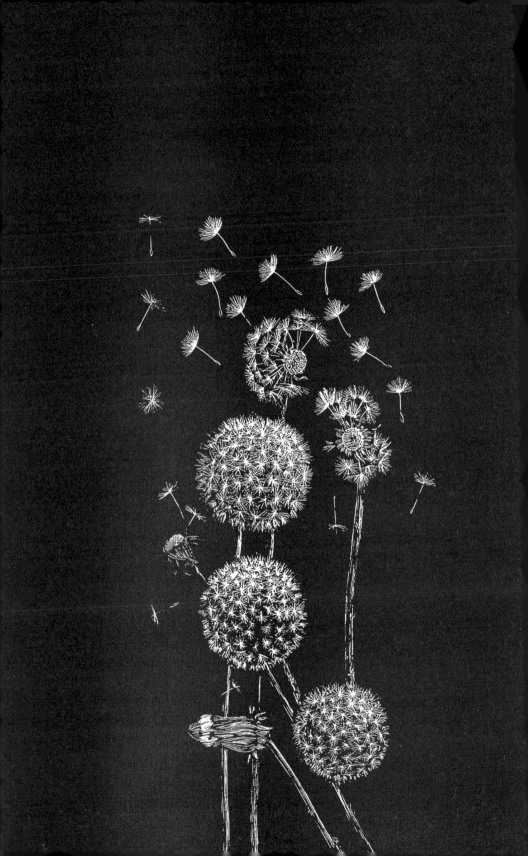

MAGIA
CAPÍTULO XXIII

dr. Craven esperava havia algum tempo quando eles voltaram para a casa. De fato, ele começava a pensar se não seria sensato mandar alguém percorrer os caminhos do jardim. Quando Colin foi levado de volta ao seu quarto, o pobre homem o examinou muito sério.

"Não devia ter passado tanto tempo fora", disse. "Não deve se cansar demais."

"Não estou cansado", Colin respondeu. "Me fez bem. Amanhã vou sair de manhã e à tarde."

"Não sei se posso permitir", o dr. Craven disse. "Receio que não seja sensato."

"Não seria sensato tentar me impedir", Colin falou muito sério. "Eu vou."

Até Mary havia descoberto que uma das principais peculiaridades de Colin era não ter a menor ideia de como era ríspido com essa sua mania de dar ordens a todo mundo. Ele havia vivido em uma espécie de ilha deserta a vida toda, e como nela era rei, tinha criado as próprias maneiras e não havia ninguém com quem pudesse fazer comparações. Mary já fora bem parecida com ele, e desde sua chegada à Misselthwaite, aos poucos descobrira que suas atitudes não tinham nada de normal ou apreciável. Tendo feito essa descoberta, ela naturalmente pensou que o assunto era interessante o bastante para discuti-lo com Colin. Por isso se sentou e olhou para ele com curiosidade por alguns minutos, depois da saída do dr. Craven. Queria induzi-lo a perguntar por que ela agia daquela maneira, e não foi difícil.

"Por que está olhando para mim desse jeito?", ele quis saber.

"Estou pensando que tenho muita pena do dr. Craven."

"Eu também", Colin respondeu calmo, mas não sem um certo ar de satisfação. "Ele não vai herdar Misselthwaite agora que não vou morrer."

"Tenho pena dele por isso, é claro", Mary continuou, "mas estava pensando agora há pouco que deve ter sido horrível passar dez anos sendo obrigado a tratar com educação um menino que sempre foi rude. Eu nunca teria feito isso."

"Eu sou rude?", Colin perguntou sem se abalar.

"Se fosse filho dele, e ele fosse o tipo de homem que dá palmadas", Mary respondeu, "você teria levado uns tapas."

"Mas ele não se atreve a isso", Colin argumentou.

"Não, ele não se atreve", a srta. Mary respondeu, pensando na situação toda sem qualquer predisposição. "Ninguém jamais se atreveu a fazer nada de que você não gostasse porque você ia morrer e tudo mais. Você era um coitadinho."

"Mas", Colin interrompeu com teimosia, "não serei mais um coitadinho. Não vou permitir que as pessoas pensem que sou assim. Hoje à tarde eu fiquei em pé."

"Ter sempre tudo que quis e do seu jeito é o que deixou você tão estranho", Mary continuou, como se pensasse em voz alta.

Colin se voltou para ela com a testa franzida.

"Eu sou estranho?", quis saber.

"Sim", Mary respondeu, "muito. Mas não precisa ficar aborrecido", acrescentou com imparcialidade, "porque eu também sou estranha, e Ben Weatherstaff também é. Mas não sou mais tão estranha quanto era antes de começar a gostar das pessoas e antes de encontrar o jardim."

"Não quero ser estranho", Colin disse. "Não serei", e franziu a testa de novo com determinação.

Ele era um menino muito orgulhoso. Ficou ali pensando por algum tempo, e Mary viu o sorriso bonito começar a surgir e a mudar gradualmente todo o seu rosto.

"Vou parar de ser estranho", ele disse, "se sair todos os dias para ir ao jardim. Tem uma certa magia lá... Magia boa, sabe, Mary? Tenho certeza disso."

"Eu também tenho", Mary concordou.

"Mesmo que não seja magia de verdade", Colin acrescentou, "podemos fingir que é. Tem *alguma coisa* lá... *Alguma coisa!*"

"É magia", Mary insistiu, "mas não é das trevas. É magia do bem."

Eles sempre chamavam aquilo de magia e, de fato, foi como se tudo fosse mágico nos meses seguintes — meses maravilhosos e radiantes. Oh! As coisas que aconteceram naquele jardim! Se você nunca teve um jardim, não vai conseguir entender, e se já teve um, vai saber que teria sido necessário um livro inteiro para descrever tudo que aconteceu lá. A princípio, foi como se as coisas verdes nunca fossem parar de brotar da terra, na grama, nos canteiros, até nas frestas nos muros. Depois, as coisas verdes começaram a exibir botões, e os botões começaram a se abrir e a revelar cor, todos os tons de azul, todos os tons de roxo, todas as tonalidades e matizes de vermelho. Nos dias felizes, flores haviam surgido em cada centímetro, buraco e canto. Ben Weatherstaff tinha visto tudo acontecer e havia raspado o cimento entre os tijolos no muro, criando bolsões de terra para deixar crescer lindas trepadeiras. Íris e lírios brancos se erguiam da grama em maços, e as alcovas verdes se encheram de maravilhosos exércitos de flores azuis e brancas, delfínios, colombinas ou campânulas.

"Ela gostava muito delas, especialmente delas", Ben Weatherstaff comentou. "Gostava das coisas que estavam sempre subindo e apontando para o céu azul, ela costumava dizer. Não como se ela fosse uma dessas pessoas que ficam olhando pra baixo, pra terra, não. Ela simplesmente adorava a terra, mas dizia que o céu azul sempre parecia muito alegre."

As sementes que Dickon e Mary haviam plantado cresciam como se fossem cuidadas pelas fadas. Papoulas acetinadas de todas as colorações dançavam aos montes ao sabor da brisa, desafiando com alegria as flores que tinham vivido no jardim durante anos, e que, era preciso reconhecer, pareciam se perguntar como gente tão nova havia chegado ali. E as rosas — as rosas! Erguendo-se da grama, enroscadas no relógio solar, envolvendo os troncos das árvores e pendendo de seus galhos, escalando os muros e se espalhando por eles com longas guirlandas que caíam em cascatas — elas ganhavam vida dia a dia, hora a hora. Folhas novas, botões e mais botões, no início pequeninos, mas dilatando-se e realizando a magia até explodir e se abrir em taças de um perfume que se derramava delicadamente, transbordando da borda das pétalas e enchendo o ar do jardim.

Colin via tudo isso, observava cada mudança que ocorria no jardim. Todas as manhãs, ele era levado até lá e passava cada hora do dia no jardim se não chovesse. Até os dias cinzentos o agradavam. Ele deitava na grama e "via as coisas crescerem", dizia. Se você ficasse olhando por muito tempo, Colin declarou, podia ver os botões se abrindo. E também podia conhecer insetos estranhos e agitados, que corriam para cima e para baixo, encarregados de várias tarefas desconhecidas, mas evidentemente sérias, às vezes carregando pequenos fragmentos de palha, pena ou alimento, ou escalando folhas de grama como se fossem árvores de cujo topo se podia observar para, então, explorar o território. Uma toupeira que removia o pequeno monte de cima de sua toca e finalmente saía dela, com as patas de garras longas que pareciam mesmo mãos de duendes, prendeu sua atenção por uma manhã inteira. O comportamento das formigas, besouros, abelhas, sapos, aves e plantas deram a ele todo um mundo novo para explorar, e quando

Dickon lhe mostrou tudo aquilo e mais os hábitos das raposas, lontras, furões, esquilos, trutas, ratos-de-água e texugos, não havia fim para as coisas sobre as quais ele podia falar e pensar.

E isso não era nem metade da magia. O fato de ter realmente se mantido em pé pela primeira vez fazia Colin pensar muito, e quando Mary lhe contou sobre o encantamento que tinha murmurado, o menino ficou animado e o aprovou com entusiasmo. E falava disso constantemente.

"É claro que deve haver muita magia no mundo", ele disse com sabedoria um dia, "mas as pessoas não sabem o que é ou como fazer. Talvez, para começar, basta repetir que coisas boas vão acontecer até fazê-las acontecer. Vou tentar."

Na manhã seguinte, quando eles foram ao jardim secreto, ele mandou chamar Ben Weatherstaff imediatamente. Ben chegou tão depressa quanto pôde e encontrou o rajá em pé embaixo de uma árvore, parecendo muito altivo e exibindo um sorriso bonito.

"Bom dia, Ben Weatherstaff", ele cumprimentou. "Quero que você, Dickon e a srta. Mary fiquem em fila e me escutem, pois vou dizer uma coisa muito importante."

"Sim, sim, senhor!", Ben Weatherstaff respondeu, tocando a testa. (Um dos encantos que Ben Weatherstaff escondera durante muito tempo era que, na juventude, ele havia fugido para o mar e feito longas viagens. Por isso era capaz de responder como um marinheiro.)

"Vou fazer um experimento científico", o rajá explicou. "Quando eu crescer, farei grandes descobertas científicas, e vou começar agora com esse experimento."

"Sim, sim, senhor!", Ben Weatherstaff disse prontamente, embora essa fosse a primeira vez que ouvia falar em grandes descobertas científicas.

Também era a primeira vez que Mary ouvia falar delas, mas àquela altura, ela já havia começado a perceber que, por mais estranho que fosse, Colin tinha lido sobre muitas coisas incomuns e era, de certa forma, um tipo de menino muito convincente. Quando ele levantava a cabeça e cravava os olhos em alguém, a pessoa acreditava nele quase que incontrolavelmente, embora ele tivesse só 10 anos de idade, quase 11. Nesse momento ele estava ainda mais convincente, porque, de súbito, sentiu o fascínio de fazer uma espécie de discurso como um adulto.

"As grandes descobertas científicas que farei", ele prosseguiu, "serão sobre magia. Magia é uma coisa importante, e quase ninguém sabe sobre ela, exceto algumas pessoas em livros antigos — e Mary sabe um pouco porque nasceu na Índia, onde tem faquires. Acredito que Dickon saiba um pouco sobre magia, mas talvez não perceba que sabe. Ele encanta animais e pessoas. Eu nunca o deixaria me ver se ele não fosse um encantador de animais, o que também quer dizer que é um encantador de meninos, porque um menino é um animal. Estou certo de que há magia em tudo, só que não temos sensibilidade suficiente para dominá-la e usá-la para fazer coisas para nós — como a eletricidade, os cavalos e o vapor."

Isso tudo soou de um jeito tão imponente que Ben Weatherstaff ficou muito agitado, tanto que não conseguia parar quieto.

"Sim, sim, senhor", concordou, erguendo os ombros e alinhando as costas.

"Quando Mary encontrou este jardim, ele parecia estar morto", o menino continuou. "Depois, algumas coisas começaram a brotar da terra e criar coisas do nada. Um dia não havia nada ali, e no outro lá estavam. Nunca tinha visto nada disso, e o que vi me deixou curioso. Cientistas são sempre curiosos, e eu vou ser um cientista. Estou sempre falando para mim mesmo: 'O que é isso? O que é isso?'. É alguma coisa. É impossível que seja nada! Não sei o nome disso, então, chamo de magia. Nunca vi o sol nascer, mas Mary e Dickon já viram e, pelo que me contaram, tenho certeza de que também é mágico. Alguma coisa o empurra para cima e o arrasta. Desde que comecei a vir ao jardim, algumas vezes olhei para cima através das árvores, para o céu, e tive uma sensação estranha de felicidade, como se alguma coisa empurrasse e puxasse meu peito e me fizesse respirar depressa. A magia está sempre empurrando e puxando e criando coisas do nada. Tudo é feito de magia, folhas e árvores, flores e aves, texugos e raposas, esquilos e pessoas. Então, ela deve estar à nossa volta. Neste jardim, em todos os lugares. A magia neste jardim me fez ficar em pé e saber que vou viver para ser um homem. Vou fazer o experimento científico de tentar absorver um pouco de magia e usá-la em mim, obrigá-la a seguir adiante e me fazer forte. Não sei como vou fazer isso, mas acho que, se vocês continuarem pensando nela e invocando-a, talvez ela venha. Talvez seja esse o primeiro e pequenino passo para fazê-la funcionar. Quando eu ia tentar ficar em pé naquela primeira vez, Mary ficou repetindo para ela mesma bem depressa: 'Você consegue! Você consegue!', e eu consegui. Tive que me esforçar e me desafiar ao mesmo tempo, é claro, mas a magia de Mary me ajudou, como a de Dickon. Todas as manhãs e todas as tardes, e quantas vezes eu lembrar durante o dia, vou repetir: 'A magia está em mim! A magia está me curando! E vou ser tão forte quanto Dickon, tão forte quanto Dickon!'. E vocês todos também devem fazer isso. Esse é o meu experimento. Você vai ajudar, Ben Weatherstaff?"

"Sim, sim, senhor!", Ben Weatherstaff respondeu. "Sim, sim!"

"Se fizer isso todos os dias com a mesma regularidade com que os soldados treinam, vamos ver o que acontece e se o experimento vai ser bem-sucedido. Você aprende coisas quando as repete e fica pensando nelas até ficarem em sua cabeça para sempre, e acho que funciona do mesmo jeito com a magia. Se continuar chamando pela ajuda da magia, ela vai se tornar parte de você e vai permanecer ali e fazer coisas."

"Uma vez ouvi um oficial na Índia falar para a minha mãe que havia faquires que repetiam palavras milhares e milhares de vezes", Mary contou.

"Ouvi a esposa de Jem Fettleworth falar a mesma coisa mais de mil vezes, chamando o Jem de bêbado e bruto", Ben Weatherstaff falou em um tom seco. "Acabou sendo verdade, é claro. Ele deu uma surra nela e foi ficar bêbado no Blue Lion."

Colin uniu as sobrancelhas e pensou por alguns minutos. Depois se animou.

"Bem", ele disse, "não dá para negar que acabou acontecendo alguma coisa. Ela usou a magia errada até que o marido batesse nela. Se tivesse usado a magia certa e falado alguma coisa boa, talvez ele não tivesse se embriagado, e talvez... talvez tivesse comprado um chapéu novo para ela."

Ben Weatherstaff riu, e havia admiração em seus olhinhos envelhecidos.

"Além de ter as pernas retas, você também é esperto, sr. Colin", ele disse. "Na próxima vez que eu encontrar Bess Fettleworth, vou falar pra ela o que a magia pode fazer. Ela vai ficar bem feliz se o tal do experimento funcionar. E o Jem também."

Dickon tinha escutado tudo quieto, os olhos redondos brilhando com um prazer curioso. Castanha e Casca estavam sobre seus ombros, e ele segurava um coelho branco de orelhas compridas, cuja cabeça afagava com delicadeza. O coelho estendia as orelhas para trás e aproveitava.

"Acha que o experimento vai funcionar?", Colin perguntou a ele, tentando descobrir o que Dickon estava pensando. Sempre tentava descobrir o que Dickon estava pensando quando o via olhando para ele ou para uma de suas "criaturas" com aquele sorriso largo e feliz.

Agora ele sorria, e era um sorriso mais largo que o habitual.

"É, eu acho", ele respondeu. "Vai funcionar como funciona com as sementes quando o sol esquenta a terra. Vai funcionar com certeza. Vamos começar agora?"

Colin estava eufórico, e Mary também. Animado com as histórias sobre faquires e devotos nas ilustrações que vira, Colin sugeriu que todos se sentassem de pernas cruzadas embaixo da árvore que os cobria.

"Vai ser como estar em uma espécie de templo", Colin disse. "Estou bem cansado e quero me sentar."

"Ô!", Dickon exclamou. "Não começa falando que tá cansado. Isso pode estragar a magia."

Colin virou-se e olhou para ele, para os inocentes olhos redondos.

"É verdade", concordou. "Devo pensar apenas na magia."

Tudo parecia majestoso e misterioso quando eles se sentaram formando um círculo. Ben Weatherstaff tinha a sensação de que, de alguma forma, havia sido convencido a comparecer a um encontro de oração. Normalmente, fazia muita questão de ser o que chamavam de "avesso a encontros de orações", mas sendo esse um evento do rajá, ele não se opunha e se sentia grato por ter sido convidado a participar. A srta. Mary se sentia solenemente encantada. Dickon segurava o coelho com um braço, e talvez tenha murmurado algum sinal de encanto que ninguém ouviu, porque, quando se sentou de pernas cruzadas como os outros, o corvo, a raposa, os esquilos e o cordeiro se aproximaram dele lentamente e participaram do círculo, escolhendo cada um seu lugar de repouso.

"As 'criaturas' vieram", Colin comentou com tom sério. "Elas querem nos ajudar."

Colin estava muito bonito, Mary pensou. Mantinha a cabeça erguida como se fosse algum tipo de sacerdote, e seus olhos estranhos tinham uma expressão maravilhosa. A luz refletia neles, atravessando a copa da árvore.

"Agora vamos começar", ele falou. "Devemos nos balançar para a frente e para trás, Mary, como se fôssemos dervixes?"

"Não consigo balançar pra frente e pra trás", Ben Weatherstaff avisou. "Tenho reumatismo."

"A magia vai levar isso embora", Colin decretou com aquele tom de sumo sacerdote, "mas não vamos nos balançar enquanto isso não acontecer. Vamos só cantar."

"Não sei cantar", Ben Weatherstaff protestou um pouco contrariado. "Fui expulso do coral da igreja na única vez que tentei."

Ninguém sorriu. Estavam todos muito compenetrados. O rosto de Colin nem se alterou. Ele estava pensando apenas na magia.

"Eu canto, então", ele disse. E começou, como se fosse um estranho espírito de um menino. "O sol está brilhando... O sol está brilhando. Isso é magia. As flores estão crescendo... As raízes estão se agitando. Isso é magia. Estar vivo é magia... Ser forte é magia. A magia está em mim... A magia está em mim. Ela está em mim... Ela está em mim. Está em todos nós. Está nas costas de Ben Weatherstaff. Magia! Magia! Venha para nos ajudar!"

Ele repetiu tudo isso muitas vezes — não mil vezes, mas um bom número. Mary ouvia hipnotizada. Ela sentia que aquilo era estranho e lindo ao mesmo tempo, e queria que ele continuasse. Ben Weatherstaff foi relaxando, como se mergulhasse em uma espécie de sonho agradável. O zumbido das abelhas nas flores se misturava à voz entoando o cântico e dissolvia-se em sonolência. Dickon estava sentado de pernas cruzadas com o coelho dormindo em seu braço, a outra mão repousando sobre as costas do cordeiro. Fuligem tinha empurrado um dos esquilos e se aninhava mais perto dele, sobre seu ombro, com aquela película cinzenta sobre os olhos. Finalmente, Colin parou.

"Agora vou dar uma volta no jardim", anunciou.

A cabeça de Ben Weatherstaff tinha caído para a frente, e ele a levantou com um movimento brusco.

"Você dormiu", Colin disse.

"Nada disso", Ben grunhiu. "O sermão foi bom... mas vou embora antes da coleta."

Ele ainda não tinha acordado.

"Você não está na igreja", Colin observou.

"Não", Ben falou enquanto se endireitava. "Quem disse que eu tava? Ouvi cada palavra. Você falou que tinha magia nas minhas costas. O médico diz que é reumatismo."

O rajá acenou com a mão.

"Essa magia foi errada", disse. "Você vai melhorar. Tem minha permissão para retornar ao trabalho. Mas volte amanhã."

"Queria ver você andar pelo jardim", Ben resmungou.

Não foi um resmungo antipático, mas foi um resmungo. De fato, sendo um velho teimoso sem nenhuma fé na magia, ele já havia decidido que, se tivesse que sair dali, subiria na escada e ficaria olhando por cima do muro, para poder voltar depressa caso o menino caísse.

O rajá não se opôs à sua permanência, e assim a procissão se formou. Parecia realmente uma procissão. Colin ia à frente, com Dickon de um lado e Mary do outro. Ben Weatherstaff andava atrás deles, e as "criaturas" os seguiam, o cordeiro e o filhote de raposa bem perto de Dickon, o coelho branco pulando atrás deles ou parando para comer alguma coisa, e Fuligem acompanhando o grupo com a solenidade de alguém que acredita estar no comando.

Era um cortejo que se movia devagar, mas com dignidade. A cada poucos metros, eles paravam para descansar. Colin se apoiava no braço de Dickon, e Ben Weatherstaff mantinha vigilância constante discretamente, mas de vez em quando Colin tirava a mão do apoio e dava alguns passos sozinho. Mantinha a cabeça erguida o tempo todo e parecia muito altivo.

"A magia está em mim!", continuava a repetir. "A magia está me fortalecendo! Eu sinto! Eu sinto!"

Parecia realmente que alguma coisa o sustentava e animava. Ele se sentou nos bancos das alcovas e, uma ou duas vezes, sentou-se na grama, e parou várias vezes no caminho e se apoiou em Dickon, mas não desistiu até dar uma volta completa no jardim. Quando voltou à sombra da árvore, ele estava com as bochechas coradas e parecia triunfante.

"Consegui! A magia funcionou!", gritou. "Essa é minha primeira descoberta científica."

"O que vai dizer o dr. Craven?", Mary quis saber.

"Ele não vai dizer nada", Colin respondeu, "porque não vai saber nada disso. Esse deve ser o maior de todos os segredos. Ninguém deve saber nada sobre isso até eu ficar forte o bastante para poder andar e correr como qualquer outro menino. Virei aqui todos os dias na cadeira e serei levado de volta nela. Não quero as pessoas cochichando e fazendo perguntas, e não vou permitir que meu pai saiba disso até o experimento ter absoluto sucesso. Então, em algum momento, quando ele voltar à Misselthwaite, vou entrar andando em seu escritório e dizer: 'Aqui estou; sou como qualquer outro menino. Estou muito bem e vou viver para me tornar um homem. Isso foi feito por meio de um experimento científico'."

"Ele vai pensar que é um sonho", Mary opinou. "Não vai acreditar nos próprios olhos."

Colin corou triunfante. Tinha se convencido de que ia ficar bem, o que representava mais da metade da batalha. E o pensamento que o incentivava mais que qualquer outro era imaginar a cara do pai quando o visse que tinha um filho saudável e forte como os filhos dos outros pais. Uma de suas mais sombrias aflições no passado doente e mórbido era o ódio que sentia por ser um menino enfermo e de costas fracas cujo pai tinha medo de olhar.

"Ele vai ter que acreditar", Colin retrucou. "Uma das coisas que vou fazer depois que a magia funcionar e antes de começar a fazer descobertas científicas, é me tornar um atleta."

"Vamos levar você pra começar a praticar boxe em uma semana, mais ou menos", Ben Weatherstaff disse. "Vai acabar ganhando o cinturão e sendo o lutador campeão de toda a Inglaterra."

Colin o encarou com seriedade.

"Weatherstaff", disse, "isso foi desrespeitoso. Não deve tomar liberdades só porque sabe o segredo. Por mais que a magia funcione, não serei um lutador premiado. Serei um Descobridor Científico."

"Peço perdão... Peço perdão, senhor", Ben respondeu e tocou a testa em um gesto de continência. "Devia ter percebido que esse assunto não é brincadeira." Mas seus olhos brilhavam e, por dentro, ele estava muito satisfeito. Não se incomodava por ser repreendido, desde que o tratamento indicasse que o menino estava ganhando força e ânimo.

"DEIXE QUE RIAM"
CAPÍTULO XXIV

 jardim secreto não era o único jardim em que Dickon trabalhava. Em volta do casebre, na charneca, havia um terreno cercado por um muro baixo de pedras rústicas. De manhã bem cedo e ao entardecer, e todos os dias em que Colin e Mary não o encontravam, Dickon trabalhava ali, plantando ou cuidando de batatas, repolhos, nabos, cenouras e ervas para a mãe dele. Na companhia de suas "criaturas", ele fazia coisas incríveis e nunca se cansava de fazê-las, aparentemente. Enquanto cavava ou arrancava ervas daninhas, ele assobiava ou cantava trechos de canções de Yorkshire, ou falava com Fuligem ou Capitão, ou com os irmãos e irmãs que ele ensinava para que o ajudassem.

"Nunca teríamos o conforto que temos", a sra. Sowerby disse, "se o jardim de Dickon não existisse. Qualquer coisa que ele planta, cresce. Suas batatas e os repolhos têm o dobro do tamanho dos de qualquer outra pessoa, e têm em um sabor que não existe em nenhum outro."

Quando tinha um momento de folga, ela gostava de sair e conversar com ele. Depois do jantar, ainda era possível trabalhar sob a luminosidade fraca do crepúsculo, e esse era seu momento de tranquilidade. Ela sentava sobre a mureta baixa e rústica e ouvia as histórias do dia. Adorava essa hora. Não havia só hortaliças nesse jardim. De vez em quando, Dickon comprava pacotes de um centavo de sementes de flores e semeava coisas coloridas de perfume doce entre as moitas de groselha e até no meio dos repolhos, e cultivava faixas de resedá, e flores cor-de-rosa e amores-perfeitos, e coisas cujas sementes ele podia guardar ano após ano, ou cujas raízes desabrochavam a cada primavera e se espalhavam com o passar do tempo em belas moitas. O muro baixo era uma das coisas mais bonitas de Yorkshire, porque ele havia encaixado dedaleiras e samambaias, violetas e flores de sebe em cada fresta, até restar só um ou outro lampejo de pedra que pudesse ser visto.

"Tudo que a pessoa tem que fazer pra elas crescerem, mãe", ele dizia, "é ser amigo delas, claro. As plantas são como as 'criaturas'. Se têm sede, é só dar água, e se têm fome, é só dar comida. Elas querem viver, como nós. Se morressem, eu ia me sentir um menino mau e ia pensar que fui cruel com elas."

Era nessas horas do crepúsculo que a sra. Sowerby ouvia tudo que tinha acontecido na Mansão Misselthwaite. No começo, ouviu apenas que o "sr. Colin" tinha aprendido a gostar de sair com a srta. Mary e que isso estava fazendo bem a ele. Mas não demorou muito até as duas crianças acertarem entre elas que a mãe de Dickon podia "saber o segredo". De alguma maneira, eles não duvidavam de que contar a ela "era seguro".

Então, em uma noite bonita e quieta, Dickon contou toda a história, com todos os detalhes impressionantes sobre a chave enterrada e o sabiá, o véu cinzento com aparência apática e o segredo que a srta. Mary havia planejado jamais revelar. A chegada de Dickon e como a história tinha sido contada a ele, a dúvida sobre o sr. Colin e o drama final de sua introdução no domínio secreto, combinado ao incidente envolvendo Ben Weatherstaff espiando furioso por cima do muro e a indignação repentina do sr. Colin fizeram o rosto agradável da sra. Sowerby mudar de cor várias vezes.

"Pelos céus!", ela exclamou. "Foi bom essa menina ter chegado à mansão. Tudo isso foi obra dela, ela salvou o menino. Em pé! E nós achando que ele era um pobre menino fraco da ideia e sem um osso reto no corpo."

Ela fez muitas perguntas, e seus olhos azuis foram inundados por uma expressão pensativa.

"O que acharam disso lá na mansão... Ele tão bem e alegre, sem reclamar de nada?", indagou.

"Eles não sabem o que pensar", Dickon respondeu. "O rosto dele tá cada vez mais diferente. Mais cheio, menos duro, sem aquela cor de cera. Mas ele ainda reclama um pouquinho", acrescentou com uma risada divertida.

"Misericórdia, reclama por quê?", a sra. Sowerby questionou.

Dickon riu de novo.

"Ele reclama pra ninguém descobrir o que aconteceu. Se o médico descobrir que ele consegue ficar em pé, vai escrever pro sr. Craven pra contar. E ele quer guardar o segredo pra dizer pessoalmente. Vai praticar sua magia nas pernas todos os dias até o pai voltar, e daí vai entrar nos aposentos dele e mostrar que é tão saudável quanto os outros meninos. Mas ele e a srta. Mary acham que é melhor choramingar e resmungar de vez em quando pra despistar todo mundo."

A sra. Sowerby deu uma risada baixa e acolhedora antes mesmo de ele concluir a frase.

"Ô!", ela disse. "Aqueles dois estão se divertindo. Tenho certeza. Isso é uma encenação, e não tem nada de que criança goste mais que brincar de representar. Quero saber o que eles fazem, menino Dickon."

Dickon parou de arrancar o mato e sentou-se sobre os calcanhares para contar a ela. Seus olhos brilhavam, bem-humorados.

"O sr. Colin é carregado até sua cadeira toda vez que sai", explicou. "E briga com John, o lacaio, porque o homem não carrega ele direito. Ele finge que é imprestável, não levanta a cabeça até estar bem longe da casa, longe dos olhos de todo mundo. E resmunga e se queixa um pouco quando é posto na cadeira. Ele e a srta. Mary se divertem com isso, e quando ele geme e reclama, ela diz: 'Pobre Colin! Está doendo muito? Está tão fraco assim, pobre Colin?'. Mas o problema é que, às vezes, eles quase não conseguem segurar a risada. Quando chegamos no jardim, eles riem até perder o fôlego. E têm que enfiar a cara nas almofadas do sr. Colin para não deixar os jardineiros ouvirem, se tiver algum por perto."

"Quanto mais rirem, melhor pra eles", a sra. Sowerby disse, ainda sorridente. "Pra uma criança de boa saúde, rir é melhor que qualquer remédio. Os dois vão ficar fortinhos, tenho certeza."

"Estão engordando", Dickon respondeu. "Sentem tanta fome que não sabem como comer o suficiente sem fazer as pessoas comentarem. O sr. Colin diz que, se continuar pedindo mais comida, ninguém mais vai acreditar que ele é um inválido. A srta. Mary diz que vai deixar ele comer sua parte, mas ele fala que se ela ficar com fome, vai emagrecer, e os dois têm que engordar ao mesmo tempo."

A sra. Sowerby riu com tanta vontade diante da revelação de tal dificuldade que se balançou para a frente e para trás em seu manto azul, e Dickon riu com ela.

"Vou dizer uma coisa, menino", a sra. Sowerby falou quando recuperou o fôlego. "Pensei em um jeito de ajudar os dois. Quando for encontrar os dois de manhã, leve um bom leite fresco, e eu vou assar um pão crocante ou uns bolinhos com groselha, como vocês gostam. Não tem nada melhor que leite fresco e pão. Eles vão poder matar a fome enquanto estiverem no jardim e ainda comer a comida leve e requintada que servem pra eles na casa."

"Ô! Mãe", Dickon reagiu com admiração, "que maravilha de ideia! Você sempre consegue pensar em um jeito pra tudo. Ontem eles estavam bem preocupados. Não sabiam como iam matar a fome sem pedir mais comida e se sentiam vazios por dentro."

"São duas crianças crescendo depressa, e a saúde está voltando pros dois. Crianças como eles são como lobos, e a comida é como carne e sangue pra elas", a sra. Sowerby comentou. Depois, sorriu o mesmo sorriso curvo de Dickon. "Ô! Mas eles têm se divertido, isso é certo", disse.

Ela estava certa, a maravilhosa e reconfortante criatura mãe — e nunca esteve tão certa quanto ao dizer que a "brincadeira de representar" seria a alegria da dupla. Colin e Mary encontravam nisso a mais satisfatória fonte de entretenimento. A ideia de se proteger de suspeitas havia sido sugerida, de maneira inconsciente, primeiro pela enfermeira confusa, e depois pelo próprio dr. Craven.

"Seu apetite. Está melhorando muito, sr. Colin", a enfermeira dissera um dia. "Não comia quase nada, e muitas coisas lhe faziam mal."

"Agora nada me faz mal", Colin respondeu, e depois, ao ver a enfermeira olhando para ele com curiosidade, lembrou-se de repente de que talvez não devesse parecer tão bem, ainda não. "Pelo menos as coisas não me fazem mal com tanta frequência. É o ar fresco."

"Talvez seja", a enfermeira disse, ainda olhando para ele com uma expressão intrigada. "Mas preciso falar com o dr. Craven sobre isso."

"Como ela olhava para você!", Mary falou assim que a enfermeira saiu. "Como se achasse que tinha alguma coisa a ser descoberta."

"Não vou permitir que ela descubra as coisas", Colin falou. "Ninguém deve começar a descobrir ainda."

Quando o dr. Craven chegou naquela manhã, ele também parecia confuso. Fez várias perguntas, para a grande irritação de Colin.

"Você passa muito tempo no jardim", ele apontou. "Para onde vai?"

Colin exibiu seu ar favorito de indiferença a opiniões alheias.

"Não vou permitir que ninguém saiba aonde vou", respondeu. "Vou a um lugar de que gosto. Todo mundo recebeu ordens para ficar fora do meu caminho. Não serei observado e analisado. Você sabe disso!"

"Tenho a impressão de que passa o dia todo fora, mas isso não parece prejudicá-lo... Acho que não. A enfermeira contou que você está comendo mais do que jamais comeu antes."

"Talvez", Colin confirmou, tomado por uma súbita inspiração, "talvez esse apetite não seja normal."

"Não acredito nisso, porque a comida lhe faz bem", o dr. Craven argumentou. "Está ganhando peso rapidamente, e sua cor melhorou."

"Talvez... Talvez eu esteja inchado e febril", Colin sugeriu e adotou um desanimador ar de tristeza. "Pessoas que não vão viver muito são sempre... diferentes."

O dr. Craven balançou a cabeça. Ele segurava o pulso de Colin e empurrou a manga da blusa para cima para apalpar seu braço.

"Não está febril", disse pensativo, "e todo o peso que ganhou é saudável. Se conseguir continuar assim, meu menino, não vamos mais precisar falar sobre essa história de morrer. Seu pai ficará feliz com a notícia de seu impressionante progresso."

"Não quero que conte a ele!", Colin decretou com firmeza. "Só vai servir para desapontá-lo, caso eu piore de novo... e posso piorar esta noite mesmo. Posso ter uma febre devastadora. Sinto que já está começando. Não permito que enviem cartas para meu pai, não permito, não permito! Você está me deixando com raiva, e sabe que isso não é bom para mim. Já me sinto quente. Odeio que escrevam sobre mim e que falem sobre mim, odeio tanto quanto odeio que olhem para mim!"

"Calma, meu menino!", o dr. Craven o tranquilizou. "Nada será escrito sem sua permissão. Você é muito sensível em relação às coisas. Não deve desfazer o bem que foi feito."

Ele não falou mais sobre escrever para o sr. Craven, e quando encontrou a enfermeira, preveniu-a em segredo para que essa possibilidade não fosse mencionada na presença do paciente.

"O menino está extraordinariamente melhor", disse. "Um progresso que parece quase anormal. Mas, é claro, ele está fazendo agora por vontade própria o que não conseguimos convencê-lo a fazer antes. Ainda assim, ele se agita com muita facilidade e nada que possa irritá-lo deve ser dito."

Mary e Colin ficaram muito alarmados e conversaram sobre o assunto. Foi assim que nasceu o plano de "brincar de representar".

"Talvez eu seja forçado a ter uma crise de birra", Colin comentou com pesar. "Não queria e não estou tão infeliz assim para conseguir criar uma das grandes. Talvez nem consiga ter uma crise. Agora aquele nó não se forma na minha garganta, e estou sempre pensando em coisas boas, e não mais em coisas horríveis. Mas se falarem sobre escrever para o meu pai, terei que fazer alguma coisa."

Ele decidiu comer menos, mas, infelizmente, não conseguiu levar adiante essa ideia brilhante, porque acordava todos os dias com um apetite espantoso, e a mesa ao lado de seu sofá era posta com uma refeição de pão caseiro e manteiga fresca, ovos nevados, geleia de framboesa e creme batido. Mary sempre tomava o café da manhã com ele, e quando estavam à mesa — em especial se havia fatias de presunto frito emanando um aroma tentador embaixo de uma tampa metálica quente — eles se olhavam com desespero.

"Acho que vamos ter que comer isso tudo hoje, Mary", Colin sempre acabava dizendo. "Podemos devolver uma parte do almoço e boa parte do jantar."

Mas eles nunca conseguiam devolver nada, e os pratos limpos que retornavam à cozinha provocavam muitos comentários.

"Quero", Colin também dizia, "quero as fatias de presunto mais grossas, e um só bolinho não é suficiente para ninguém."

"É suficiente para uma pessoa que vai morrer", Mary respondeu ao ouvir esse comentário pela primeira vez, "mas não para alguém que vai viver. Às vezes me sinto capaz de comer três, quando aquele cheiro fresco e gostoso de urze e tojo entram pela janela aberta vindo do pântano."

Na manhã em que Dickon — depois de terem se divertido no jardim por cerca de duas horas — foi para trás de uma grande roseira e pegou duas cuias de metal, revelando que uma delas estava cheia de leite com creme no topo, e a outra continha pães crocantes feitos no casebre e envoltos em um guardanapo liso azul e branco, ainda quentes dentro do embrulho caprichado, houve uma comoção de alegria e surpresa. Que coisa maravilhosa a sra. Sowerby tinha pensado! Que mulher bondosa e esperta ela devia ser! Que gostosos estavam os pães! E que leite fresco delicioso!

"A magia está nela como está em Dickon", Colin disse. "Ela a faz pensar em maneiras de fazer as coisas, coisas boas. Ela é uma pessoa mágica. Diga a ela que somos gratos, Dickon, extremamente gratos."

Às vezes, ele era propenso a usar frases adultas. Gostava disso. Gostava tanto que o fazia cada vez melhor.

"Diga que ela tem sido muito generosa, e que nossa gratidão é extrema."

E depois, esquecendo a própria grandiosidade, ele se sentou e se encheu de pão, e bebeu o leite da cuia em grandes goles, como um menino faminto que praticava exercícios físicos incomuns e respirava o ar da charneca, e que havia tomado café da manhã mais de duas horas antes.

Esse foi o começo de muitos incidentes agradáveis da mesma natureza. Eles perceberam, na verdade, que, como a sra. Sowerby tinha catorze pessoas para alimentar, talvez não tivesse o suficiente para saciar mais dois apetites todos os dias. Por isso pediram a ela permissão para enviarem alguns xelins para as compras.

Dickon descobriu que no bosque que ficava no parque, fora dos jardins, onde Mary o havia encontrado pela primeira vez tocando flauta para as criaturas da natureza, havia uma pequena clareira onde era possível construir um forno com pedras e assar batatas e ovos nele. Ovos assados eram uma iguaria luxuosa e até então desconhecida, e batatas bem quentes com sal e manteiga fresca eram adequadas para um rei da floresta — além de serem deliciosamente nutritivas. Era possível comprar batatas e ovos e comer quanto quisesse sem sentir que estavam tirando a comida da boca de catorze pessoas.

Toda linda manhã, a magia era invocada pelo círculo místico embaixo da ameixeira que fornecia um toldo de folhas verdes com o fim da temporada de florada. Depois da cerimônia, Colin sempre caminhava e, ao longo do dia, exercitava em intervalos seu poder recém-descoberto. A cada dia ficava mais forte e conseguia andar com mais firmeza, percorrendo uma distância maior. E a cada dia sua crença na magia se fortalecia — como devia ser. Colin fazia um experimento depois do outro conforme sentia que ganhava mais força, e era Dickon quem lhe mostrava as melhores de todas as coisas.

"Ontem", ele disse certa manhã depois de uma ausência, "fui a Thwaite pra mãe e encontrei Bob Haworth perto da Hospedaria Blue Cow. Ele é o sujeito mais forte da charneca. É campeão de luta e consegue pular mais alto que qualquer um, e arremessa o martelo mais longe. Foi pra Escócia por causa dos esportes há alguns anos. Ele me conhece desde que eu era pequeno e é meu amigo, por isso fiz umas perguntas pra ele. A nobreza o chama de atleta, e pensei em você, sr. Colin, e perguntei: 'Como fez pros seus músculos saltarem desse jeito, Bob? Fez alguma coisa a mais pra ficar tão forte?'. E ele respondeu: 'Bem, sim, menino, eu fiz. Um homem forte que fazia um espetáculo que passou por Thwaite uma vez me mostrou como exercitar os braços e as pernas, e todos os músculos do corpo'. E eu perguntei: 'Um menino delicado pode ficar forte desse jeito, Bob?'. Ele riu e respondeu: 'Você é o menino delicado?'. Eu expliquei: 'Não, mas conheço um jovem cavalheiro que está melhorando de uma longa doença, e queria saber alguns truques pra contar a ele'. Não falei nomes, e ele não pediu nenhum. É meu amigo, como eu disse, e me mostrou uns exercícios com boa vontade, e imitei todos até saber de cor e salteado."

Colin ouvia com animação.

"Pode me mostrar?!", exclamou. "Pode?"

"Ah, com certeza", Dickon respondeu e se levantou. "Mas ele diz que você tem que fazer devagar no começo e tomar cuidado pra não se cansar. Descanse uns minutos entre um e outro e respire fundo pra não exagerar."

"Vou tomar cuidado", Colin disse. "Mostre! Mostre! Dickon, você é o menino mais mágico do mundo!"

Dickon ficou em pé na grama e, devagar, fez uma série de exercícios simples para os músculos. Colin o observava com os olhos cada vez mais abertos. Podia fazer alguns enquanto estava sentado. Levantou-se e fez alguns, com cuidado, sobre os pés já firmes. Mary também começou a fazer os movimentos. Fuligem, que assistia a tudo, ficou muito agitado, saiu do galho e ficou saltitando em volta das crianças, porque não conseguia imitá-las.

Daquele momento em diante, os exercícios passaram a fazer parte das obrigações diárias, como a magia. Colin e Mary conseguiam fazer mais cada vez que tentavam, e o resultado era um apetite ainda maior, motivo pelo qual estariam perdidos, não fosse pela cesta que Dickon colocava atrás do arbusto todas as manhãs ao chegar. O forno na clareira e os regalos da sra. Sowerby eram tão nutritivos que a sra. Medlock, a enfermeira e o dr. Craven ficaram intrigados de novo. Você pode comer menos no café da manhã e desprezar o jantar, se está transbordando ovos mexidos, batatas, leite fresco e espumoso, bolos de aveia, pães, mel de urze e creme batido.

"Eles não comem quase nada", a enfermeira comentou. "Vão morrer de fome se não pudermos convencê-los a se alimentar. No entanto, veja a aparência deles."

"Olhe!", a sra. Medlock exclamou com indignação. "Ô! Estou morta de preocupação com eles. São uma dupla de jovens demônios. Um dia, comem até estourar os botões do casaco, no outro, torcem o nariz para as melhores e mais tentadoras refeições que a cozinheira prepara. Nem um pedacinho daquele frango maravilhoso com molho de pão que foi servido ontem, e a pobre mulher *inventou* uma sobremesa para eles, e o prato foi mandado de volta. Ela quase chorou. Tem medo de que a culpem se os dois morrerem de fome."

O dr. Craven entrou no quarto e olhou para Colin com atenção, sem pressa. Ele exibia uma expressão muito preocupada quando a enfermeira o abordou e mostrou a bandeja de café da manhã quase intocada que havia deixado para ele ver, mas ficou ainda mais apreensivo quando se sentou no sofá de Colin e o examinou. Tinha sido chamado a Londres para tratar de negócios e não vira o menino nas duas semanas anteriores. Quando gente jovem começa a ganhar saúde, o processo é rápido. A cor de cera havia desaparecido, e uma coloração rosada e morna tingia a pele de Colin; seus belos olhos eram nítidos, e as faces e a área embaixo deles se haviam preenchido. O cabelo, antes escuro e pesado, começava a ganhar vida e suavidade, movendo-se de um jeito saudável sobre a testa. Os lábios estavam mais cheios e tinham uma cor normal. De fato, como imitação do menino que um dia tinha sido um inválido comprovado, aquela era uma imagem surpreendente. O dr. Craven segurava o queixo dele em sua mão e pensava no que via.

"Lamento saber que não tem comido nada", disse. "Isso não é bom. Vai perder tudo que ganhou — e ganhou muito. Estava comendo muito bem há pouco tempo."

"Eu disse que não era um apetite natural", Colin respondeu.

Mary estava sentada em sua banqueta ali perto e, de repente, fez um ruído estranho que tentou reprimir com esforço, tanto que quase sufocou.

"O que foi?", o dr. Craven perguntou, olhando para ela.

Mary ficou quieta e adotou uma atitude severa.

"Foi alguma coisa entre um espirro e uma tosse", respondeu com dignidade reprovadora, "e ficou preso na garganta."

"Mas", ela disse a Colin mais tarde, "não consegui evitar. Simplesmente explodi, porque lembrei de repente daquela última batata grande que você comeu, e como sua boca ficou cheia demais quando mordeu aquele pão delicioso com geleia e creme."

"Tem algum jeito de essas crianças estarem comendo às escondidas?", o dr. Craven perguntou à sra. Medlock.

"Não, a menos que tirem a comida da terra ou a colham nas árvores", a sra. Medlock respondeu. "Eles ficam lá fora o dia inteiro sem mais ninguém, só os dois. E se querem comer alguma coisa diferente do que é servido, tudo que precisam fazer é pedir."

"Bem", o dr. Craven declarou, "enquanto a comida estiver fazendo bem a eles, não precisamos nos preocupar. O menino é uma criatura nova."

"E a menina também", a sra. Medlock acrescentou. "Começou a ficar bonita depois que engordou e perdeu aquele ar azedo. O cabelo engrossou, tem uma aparência saudável e uma cor radiante. Aquela coisinha feia e mal-humorada que ela costumava ser desapareceu, e agora ela e o sr. Colin riem juntos como dois jovens malucos. Talvez seja isso que os esteja engordando."

"Talvez", o dr. Craven disse. "Deixe que riam."

O Jardim Secreto

A CORTINA
CAPÍTULO XXV

o jardim secreto floresceu e floresceu, e em cada manhã revelava novos milagres. No ninho do sabiá havia ovos, e a parceira do sabiá ficava em cima deles, mantendo-os aquecidos com o peito repleto de penas e as asas cuidadosas. No começo ela estava muito nervosa, e o próprio sabiá mantinha uma vigilância indignada. Nem Dickon chegava perto do canto de vegetação mais densa naqueles dias, esperou até que, por obra de um encantamento misterioso, conseguiu convencer o pequeno par de que no jardim não havia nada que não fosse como eles — nada que não entendesse a maravilha do que estava acontecendo com eles — a imensa, terna e emocionante beleza e solenidade dos ovos. Se houvesse uma só pessoa naquele jardim que não soubesse no fundo de sua alma que, se um ovo era levado ou quebrado, o mundo todo girava e se debatia no espaço e chegava ao fim; se houvesse ali um só ser

que não sentisse tudo isso e não agisse de acordo, não poderia haver felicidade nem mesmo no ar dourado da primavera. Mas todos sentiam e sabiam disso, e o sabiá e sua parceira sabiam que eles sabiam.

No começo, o sabiá observava Mary e Colin com intenso nervosismo. Por alguma razão misteriosa, sabia que não precisava prestar atenção em Dickon. No primeiro momento em que ele pôs os olhos pretos e brilhantes de orvalho em Dickon, soube que aquele não era um estranho, mas um sabiá sem bico ou penas. Ele sabia falar a língua dos sabiás (um dialeto que não se pode confundir com nenhum outro). Falar a língua dos sabiás com um sabiá é como falar francês com um francês. Dickon sempre falava esse dialeto com o sabiá, então o estranho idioma que ele usava ao conversar com humanos não tinha a menor importância. O sabiá acreditava que ele falava naquele idioma com eles porque os humanos não eram inteligentes o suficiente para entender a língua emplumada. Seus movimentos também eram de sabiá. Nunca o assustavam por serem repentinos, ou por parecerem perigosos ou ameaçadores. Qualquer sabiá conseguia entender Dickon, por isso sua presença nem chegava a incomodar.

Mas no começo foi necessário se manter em guarda contra os outros dois. Para começar, a criatura-menino nem chegava ao jardim usando as próprias pernas. Era empurrado em uma coisa com rodas, coberto com peles de animais. Só isso já era motivo de dúvida. Depois ele começou a ficar em pé e a se movimentar por ali de um jeito esquisito, desacostumado, e os outros tinham que ajudá-lo. O sabiá costumava se esconder em um arbusto e assistir àquilo com apreensão, a cabeça inclinada primeiro para um lado, depois para o outro. Ele achava que os movimentos lentos podiam significar que ele estava se preparando para atacar, como fazem os gatos. Quando os gatos se preparam para atacar, eles se arrastam pelo chão muito devagar. O sabiá conversou muito sobre isso com sua companheira durante alguns dias, mas depois decidiu não tocar mais no assunto, porque o terror dela era tão grande que ele temia que pudesse ser prejudicial aos ovos.

Quando o menino começou a andar sozinho e até mesmo a se mover mais depressa, foi um imenso alívio. Mas por muito tempo — ou pareceu muito tempo para o sabiá — ele foi motivo de alguma aflição. O menino não se comportava como os outros humanos. Parecia gostar muito de andar, mas sempre se sentava ou deitava por um tempo, e depois se levantava de um jeito desconcertante para voltar a andar.

Um dia, o sabiá se lembrou de que, quando os pais o obrigaram a aprender a voar, ele fazia a mesma coisa. Voava trechos curtos de alguns metros, depois era obrigado a descansar. Então deduziu que aquele menino estava aprendendo a voar — ou, melhor, a andar. Ele mencionou essa possibilidade à companheira, e quando disse que os ovos provavelmente se comportariam do mesmo jeito depois de chocados, ela ficou confortada e até curiosa, e sentia enorme prazer em observar o menino da beirada do ninho, embora achasse que os ovos seriam mais espertos e aprenderiam mais depressa. Mas ela concluiu, indulgente, que os humanos eram sempre mais desajeitados e lentos que os ovos, e muitos deles pareciam nunca aprender a voar. Nunca eram encontrados no ar ou no topo das árvores.

Depois de um tempo, o menino começou a se movimentar como os outros, mas as três crianças faziam coisas incomuns às vezes. Ficavam embaixo das árvores e moviam os braços, as pernas e a cabeça de um jeito que não era andar, nem correr, nem sentar. Eles faziam esses movimentos todos os dias em intervalos regulares, e o sabiá nunca era capaz de explicar à companheira o que eles estavam fazendo ou tentando fazer. Só podia dizer que tinha certeza de que os ovos nunca se debateriam daquele jeito; mas como o menino que falava fluentemente a língua dos sabiás estava fazendo a mesma coisa com os outros, as aves podiam ter certeza de que as atitudes não eram de natureza perigosa. É claro que nem o sabiá nem sua companheira jamais tinham ouvido falar sobre o campeão de luta, Bob Haworth, e seus exercícios para fazer os músculos saltarem como calombos. Sabiás não são como seres humanos; seus músculos sempre são exercitados desde o início e se desenvolvem de maneira natural. Se você tem que voar por aí para encontrar cada refeição que come, seus músculos não atrofiam (atrofiar significa encolher por falta de uso).

Quando o menino estava andando, correndo, cavando e arrancando o mato como os outros, o ninho no canto era envolvido por grande paz e satisfação. O medo pelos ovos se tornou coisa do passado. Saber que seus ovos estavam seguros como se estivessem trancados no cofre de um banco e poder acompanhar tantas coisas curiosas acontecendo fazia da permanência no ninho uma ocupação muito divertida. Nos dias chuvosos, a mãe dos ovos às vezes sentia até um certo tédio porque as crianças não iam ao jardim.

Mas mesmo nesses dias chuvosos, não se podia dizer que Mary e Colin estavam entediados. Certa manhã, quando a chuva caía incessantemente e Colin começava a se sentir um pouco inquieto porque era obrigado a ficar no sofá, já que não era seguro se levantar e andar por aí, Mary teve uma ideia.

"Agora que sou um menino de verdade", Colin disse, "minhas pernas, meus braços e meu corpo estão tão cheios de magia que não consigo fazê-los ficar parados. Eles querem fazer coisas o tempo todo. Sabe que, quando acordo de manhã, Mary, quando é bem cedo e os pássaros estão gritando lá fora, e tudo parece gritar de alegria — até as árvores e as coisas que não podemos realmente ouvir —, eu me sinto como se devesse pular da cama e gritar também. Queria saber o que aconteceria se eu fizesse isso!"

Mary riu muito.

"A enfermeira viria correndo, a sra. Medlock viria correndo, e elas teriam certeza de que você ficou maluco e mandariam chamar o médico", respondeu.

Colin também riu. Podia imaginar como tudo seria — como elas ficariam horrorizadas com sua atitude e como se espantariam ao vê-lo em pé.

"Queria que meu pai viesse para casa", ele disse. "Quero contar a ele pessoalmente. Estou sempre pensando nisso… mas não podemos continuar desse jeito por muito tempo. Não consigo ficar deitado e fingir, e minha aparência mudou muito. Queria que hoje não estivesse chovendo."

Foi então que a srta. Mary teve sua inspiração.

"Colin", ela começou cheia de mistério, "sabe quantos cômodos tem esta casa?"

"Acho que uns mil", ele respondeu.

"Tem uns cem, nos quais ninguém entra", ela revelou. "E em um dia chuvoso, fui olhar vários deles. Ninguém nunca soube, apesar de a sra. Medlock quase ter me encontrado. Eu me perdi quando estava voltando e parei no fim do corredor do seu quarto. Foi a segunda vez que ouvi você chorando."

Colin se sobressaltou no sofá.

"Cem aposentos onde ninguém entra", disse. "Mas isso é quase um jardim secreto. Vamos dar uma olhada neles. Empurre minha cadeira, e ninguém vai saber que fomos."

"Era o que eu estava pensando", ela disse. "Ninguém se atreveria a nos seguir. Há galerias onde você poderia correr. Podemos fazer nossos exercícios. Tem uma salinha indiana com um armário cheio de elefantes de marfim. Há todo tipo de cômodos."

"Toque a sineta", Colin decidiu.

Quando a enfermeira chegou, ele deu as ordens.

"Quero minha cadeira", anunciou. "A srta. Mary e eu vamos olhar uma parte da casa que não é usada. John pode me empurrar até a galeria dos retratos, porque tem algumas escadas. Depois vocês devem se afastar, e nós ficaremos sozinhos até eu mandar chamá-lo de volta."

Dias chuvosos deixaram de ser pavorosos naquela manhã. Quando o lacaio empurrou a cadeira até a galeria dos retratos e deixou os dois lá em obediência às ordens recebidas, Colin e Mary se olharam animados. Assim que Mary se certificou de que John tinha realmente retornado aos seus aposentos no andar inferior, Colin levantou-se da cadeira.

"Vou correr de uma ponta à outra da galeria", ele disse, "e depois vou pular, e depois vou fazer os exercícios de Bob Haworth."

E eles fizeram todas essas coisas e muitas outras. Olharam os retratos e encontraram a menina sem graça vestida com brocado verde, segurando o papagaio no dedo.

"Todos esses devem ser meus parentes", Colin comentou. "Viveram há muito tempo. A do papagaio é ancestral distante, alguma tia-trisavó, imagino. Ela parece com você, Mary. Não como é agora, mas como era quando chegou aqui. Agora você está bem mais saudável e tem uma aparência melhor."

"Você também", Mary respondeu, e os dois riram.

Eles foram à sala indiana e se divertiram com os elefantes de mármore. Encontraram o cômodo coberto de brocado cor-de-rosa e o buraco que o rato havia deixado na almofada, mas os ratinhos tinham crescido e ido embora, e agora o buraco estava vazio. Viram mais aposentos e fizeram mais descobertas do que Mary tinha feito em sua primeira peregrinação. Encontraram novos corredores, cantos e escadas, e outros retratos antigos de que gostaram, e coisas velhas e estranhas que não sabiam para que serviam. Foi uma manhã curiosamente divertida, e a sensação de estar vagando por uma casa onde havia outras pessoas naquele momento, mas que pareciam estar a quilômetros de distância deles, era uma coisa fascinante.

"Que bom que viemos", Colin falou. "Nunca soube que morava em uma casa tão grande e exótica. Gosto dela. Vamos explorar os aposentos sempre que chover. Tenho certeza de que sempre encontraremos novos cantos e coisas interessantes."

Naquela manhã, entre outras coisas, os dois encontraram um enorme apetite, de modo que, quando voltaram ao quarto de Colin, foi impossível devolver o almoço intocado.

Quando a enfermeira levou a bandeja de volta à cozinha, deixou-a sobre o balcão com um estrondo para que a cozinheira, a sra. Loomis, pudesse ver os pratos limpos.

"Olhe para isso", disse. "Essa é uma casa de muitos mistérios, e aquelas duas crianças são o maior de todos eles."

"Se comem assim todos os dias", John, o lacaio jovem e forte, comentou, "é fácil entender como hoje ele pesa duas vezes mais do que pesava no mês passado. Vou acabar tendo que entregar meu posto daqui a algum tempo, por medo de machucar meus músculos."

Naquela tarde, Mary notou que algo novo acontecera no quarto de Colin. Já havia percebido no dia anterior, mas não disse nada, porque pensou que a mudança podia ter sido feita por acaso. Hoje ela também não disse nada, mas sentou-se e olhou fixamente para o retrato sobre o console. Podia olhar para ele, porque a cortina tinha sido afastada. Era essa a mudança que havia percebido.

"Sei o que quer que eu diga", Colin falou depois que ela passou alguns minutos ali, olhando para a pintura. "Sempre sei quando quer que eu diga alguma coisa. Está se perguntando por que a cortina está aberta. Vou mantê-la assim."

"Por quê?", Mary quis saber.

"Porque vê-la rindo não me faz mais sentir raiva. Acordei há duas noites com uma lua brilhante e senti como se a magia estivesse invadindo o quarto e tornando tudo esplêndido, e não consegui ficar deitado. Levantei e fui olhar pela janela. O quarto estava iluminado, e havia uma faixa de luar na cortina. Aquilo me fez ir até lá e puxar o cordão. Ela olhou diretamente para mim como se estivesse rindo, feliz por eu estar ali. E eu gostei de olhar para ela. Quero vê-la rindo daquele jeito o tempo todo. Acho que ela pode ter sido uma pessoa mágica, talvez."

"Você agora está muito parecido com ela", Mary disse, "tanto que, às vezes, penso que é o fantasma dela transformado em menino."

A ideia pareceu impressionar Colin. Ele pensou um pouco, depois respondeu devagar.

"Se eu fosse o fantasma dela... meu pai gostaria de mim."

"Quer que ele goste de você?", Mary indagou.

"Antes eu o odiava por não gostar de mim. Se ele aprendesse a gostar de mim, acho que contaria a ele sobre a magia. Acredito que ela poderia fazer dele um homem mais alegre."

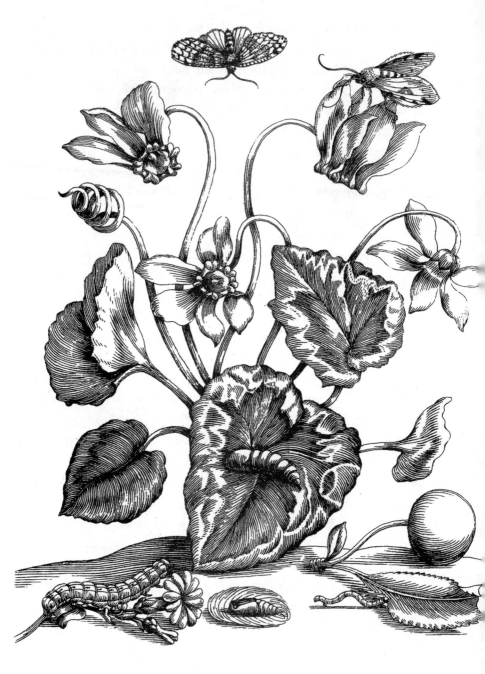

Cyclamen flore purpureo.

"É A MÃE!"
CAPÍTULO XXVI

A crença na magia era uma coisa permanente. Depois dos encantamentos matinais, Colin dava a eles aulas sobre magia.

"Gosto de fazer isso", ele explicou, "porque, quando crescer, vou fazer grandes descobertas científicas e serei obrigado a dar palestras sobre elas, então já estou treinando. Por enquanto as aulas têm que ser breves, porque sou muito novo. Além disso, Ben Weatherstaff sentiria como se estivesse na igreja e acabaria dormindo."

"A melhor coisa em uma palestra", Ben disse, "é que um homem pode dizer o que quer, e nenhum outro o contraria. Eu bem queria dar uma palestra de vez em quando."

Mas quando Colin fazia seus breves discursos embaixo da árvore, o velho Ben cravava os olhos nele e não os desviava. Olhava para o menino com afeto e concentração. Não era tanto a aula que despertava seu interesse, mas as pernas que pareciam mais e mais fortes a cada dia, a cabeça infantil que se mantinha erguida, o queixo antes pontudo e as bochechas murchas que se haviam preenchido e arredondado, e os olhos que começavam a exibir a luz que ele se lembrava de ter visto em outro par. Às vezes, Colin ficava intrigado com o olhar interessado de Ben e queria saber em que ele estava pensando, e um dia, quando o viu particularmente compenetrado, ele perguntou:

"Em que está pensando, Ben Weatherstaff?"

Ben respondeu:

"Estava pensando que você deve ter engordado um ou dois quilos esta semana. Estava olhando pras panturrilhas e pros seus ombros. Queria ter uma balança pra ter certeza disso."

"É a magia e... e os pães, o leite e as coisas que a sra. Sowerby manda", Colin contou. "O experimento científico funcionou, como vê."

Naquela manhã, Dickon se atrasou muito para ouvir a palestra. Quando chegou, estava vermelho de tanto correr, e seu rosto engraçado parecia mais radiante que o habitual. Como tinham muito mato para arrancar depois das chuvas, eles começaram a trabalhar. Sempre havia muito a ser feito depois de uma chuva morna que encharcava a terra. A umidade que era boa para as flores também era boa para a erva daninha, que projetava suas folhinhas do fundo da terra e que devia ser arrancada antes que suas raízes se fortalecessem. Nos últimos tempos, Colin estava tão bom quanto todos os outros nas tarefas de jardinagem e podia fazer sua palestra enquanto trabalhava.

"A magia funciona melhor quando você se exercita", ele disse naquela manhã. "Dá para sentir nos ossos e nos músculos. Vou ler livros sobre ossos e músculos, mas vou escrever um livro sobre magia. Já estou começando. Continuo descobrindo coisas."

Depois de dizer isso, não demorou muito para ele deixar de lado a espátula e se levantar. Colin havia permanecido em silêncio por vários minutos, e os outros notaram que ele pensava nas palestras, como sempre fazia. Quando largou a espátula e ficou em pé, Mary e Dickon tiveram a impressão de que um pensamento repentino e forte o havia assaltado. Ele se esticou até atingir sua estatura máxima e abriu os braços, exultante. Havia cor em seu rosto, e os olhos estranhos estavam ainda mais abertos, tamanha a alegria. De repente, ele havia entendido completamente uma coisa.

"Mary! Dickon!", o menino gritou. "Olhem para mim!"

Os dois interromperam o trabalho para olhar.

"Lembram-se da primeira manhã em que me trouxeram aqui?", Colin perguntou.

Dickon o encarava com muita atenção. Sendo um encantador de animais, ele podia enxergar mais coisas do que a maioria das pessoas, e muitas delas eram coisas sobre as quais nunca falava. Ele via algumas agora, naquele menino.

"Sim, lembramos", ele disse.

Mary também estava atenta, mas não falou nada.

"Neste minuto", Colin continuou, "de repente me lembrei... de quando olhei para minha mão cavando com a espátula... e precisei ficar em pé para ver se tudo isso era verdade. E é verdade! Estou *bem*... Estou *bem*!"

"Sim, está!", Dickon concordou.

"Estou bem! Estou bem!", Colin repetiu, e seu rosto ficou todo vermelho.

De certa forma, ele sabia disso antes, havia esperado e sentido e pensado nisso, mas só naquele minuto alguma coisa o invadiu — uma espécie de crença extasiada e uma constatação tão forte que não foi capaz de guardá-la só para si.

"Viverei para sempre, para sempre e para sempre!", gritou com imponência. "Descobrirei milhares e milhares de coisas. Descobrirei sobre pessoas e criaturas e tudo aquilo que cresce, assim como Dickon, e nunca vou deixar de fazer magia. Estou bem! Estou bem! Sinto... Sinto como se quisesse gritar alguma coisa... Algo alegre e cheio de gratidão!"

Ben Weatherstaff, que trabalhava perto de uma roseira, olhou para ele.

"Podia cantar a doxologia", sugeriu com seu grunhido mais seco. Não tinha qualquer opinião sobre a doxologia e não fez a sugestão com nenhuma reverência em particular.

Mas Colin tinha uma mente exploradora, e nada sabia sobre a doxologia.

"O que é isso?", perguntou.

"Dickon pode cantar pra você, eu sei que pode", Ben Weatherstaff disse.

Dickon respondeu com seu largo sorriso de encantador de animais.

"É uma coisa que cantam na igreja", explicou. "A mãe fala que acha que as cotovias cantam isso aí de manhã, quando acordam."

"Se ela diz isso, deve ser uma boa canção", Colin deduziu. "Nunca fui a uma igreja. Sempre estive muito doente. Cante, Dickon. Quero ouvir."

Dickon atendeu ao pedido com simplicidade e sem nenhuma afetação. Entendia o que Colin sentia melhor que o próprio Colin. Entendia por uma espécie de instinto tão natural que nem sabia ser entendimento. Ele tirou o chapéu e olhou em volta ainda sorrindo.

"Tem que tirar o chapéu", ele disse a Colin, "e você também, Ben... E tem que ficar em pé, sabe disso."

Colin tirou o chapéu, e o sol brilhante aqueceu seu cabelo volumoso enquanto ele olhava atento para Dickon. Ben Weatherstaff ficou em pé e também desnudou a cabeça com uma expressão confusa e meio ressentida no rosto envelhecido, como se não soubesse exatamente por que se comportava daquele jeito.

Parado em meio às árvores e às roseiras, Dickon começou a cantar de um jeito simples e direto, com uma voz forte de menino:

> Louve a Deus de quem emanam todas as bênçãos,
> Louvem a Ele todas as criaturas aqui embaixo,
> Louve a Ele acima de ti, Hospedeiro Celestial,
> Louve ao Pai, ao Filho e ao Espírito Santo.
> Amém.

Quando ele terminou, Ben Weatherstaff estava imóvel, com uma expressão determinada, mas com um olhar atormentado e fixo em Colin. O rosto do menino estava pensativo e apreciativo.

"É uma canção muito bonita", ele disse. "Gostei. Talvez queira dizer exatamente o que penso quando quero gritar que sou grato à magia." Ele parou para pensar com um ar confuso. "Talvez sejam a mesma coisa. Como podemos saber o nome exato de tudo? Cante de novo, Dickon. Vamos tentar, Mary. Quero cantar também. É minha canção. Como ela começa? 'Louve a Deus de quem emanam todas as bênçãos'?"

E eles cantaram de novo, e Mary e Colin ergueram a voz com toda a musicalidade que eram capazes, e Dickon cantou alto e bonito — e no segundo verso, Ben Weatherstaff pigarreou para limpar a garganta, e no terceiro, ele se juntou ao cântico com tanto vigor que parecia quase selvagem, e quando o "Amém" marcou o fim da canção, Mary observou que acontecia com ele a mesma coisa de quando descobriu que Colin não era aleijado — seu queixo tremia, o olhar se encontrava fixo e as faces envelhecidas estavam molhadas.

"Nunca tinha entendido o sentido da doxologia", ele confessou com voz rouca, "mas talvez eu mude de ideia. E você engordou uns três quilos nesta semana, Senhor Colin... Três!"

Colin olhava para o outro lado do jardim, para alguma coisa que havia chamado sua atenção, e sua expressão agora era assustada.

"Quem está entrando?", perguntou agitado. "Quem é?"

A porta no muro coberto pela hera tinha sido empurrada com delicadeza, e uma mulher passara por ela. Havia entrado no último verso da canção e parado para ouvir e olhar para eles. Com a hera atrás dela, o sol penetrando por entre as árvores e salpicando seu longo manto azul, e com seu rosto fresco e agradável sorrindo em meio à vegetação, ela era como uma ilustração colorida de um dos livros de Colin. Tinha olhos maravilhosamente afetuosos que pareciam acolher tudo — e todos eles, até Ben Weatherstaff e as "criaturas", e toda flor em botão. Tão inesperadamente como ela havia surgido, nenhum deles sentiu que era uma intrusa. Os olhos de Dickon se iluminaram como lamparinas.

"É a minha mãe... É ela!", ele gritou e atravessou o gramado correndo.

Colin também começou a caminhar em direção a ela, e Mary o acompanhou. Os dois sentiam o coração bater mais depressa.

"É a mãe!", Dickon repetiu quando a encontrou no meio do caminho. "Sabia que vocês queriam conhecer ela, e contei onde ficava a porta escondida."

Colin estendeu a mão com uma espécie de timidez majestosa, mas seus olhos devoravam o rosto da mulher.

"Queria conhecê-la mesmo quando estava doente", ele disse. "Você, Dickon e o jardim secreto. E nunca antes tinha desejado ver ou conhecer alguém ou alguma coisa."

A imagem do rosto animado do menino provocou uma mudança repentina na expressão dela. A mulher corou, os cantos de sua boca tremerem, os olhos se recobriram de um véu úmido.

"Ô! Menino querido!", ela falou trêmula. "Ô! Menino querido!", como se não soubesse que iria dizer isso. Ela não falou "sr. Colin", apenas "menino querido". Poderia ter dito o mesmo a Dickon, se visse no rosto dele algo que a emocionasse. Colin gostou.

"Está surpresa por me ver tão bem?", ele perguntou.

Ela tocou seu ombro e sorriu, banindo as lágrimas dos olhos.

"É, eu tô!", confirmou, "mas você é tão parecido com sua mãe que meu coração deu um pulo."

"Susan Sowerby", Ben Weatherstaff falou enquanto se aproximava dela. "Olha as pernas do menino. Eram como duas varetas há dois meses... e ouvi gente dizer que eram tortas. Olha pra elas agora!"

Susan Sowerby deu uma risada confortável.

"Logo vão ser pernas bem fortes", disse. "Deixe ele continuar brincando e trabalhando no jardim, comendo boa comida e bebendo muito leite, e elas vão ser o melhor par de pernas de Yorkshire, graças a Deus por isso."

Ela apoiou as duas mãos nos ombros da srta. Mary e olhou para o rosto dela de um jeito maternal.

"E você também!", disse. "Cresceu tanto que tá quase do tamanho da nossa 'Lizabeth Ellen. E deve parecer com sua mãe também. Nossa Martha me contou que a sra. Medlock ouviu dizer que ela era uma mulher bonita. Você vai ser como uma roseira quando crescer, minha menininha, que seja abençoada."

Ela não contou que quando Martha esteve em casa em seu "dia de folga" e descreveu a menina pálida e feia, também disse que não acreditava no que a sra. Medlock havia escutado. "Não é possível que uma mulher bonita tenha tido uma filha tão feia", ela havia acrescentado com firmeza.

Mary não tivera tempo de prestar muita atenção ao rosto em transformação. Só sabia que parecia "diferente", que tinha muito mais cabelo e estava crescendo muito depressa. Mas lembrava do prazer que sentia ao olhar para a Mem Sahib no passado e estava contente por ouvir que um dia poderia ser parecida com ela.

Susan Sowerby percorreu o jardim com eles e ouviu toda a sua história, viu cada planta e árvore que tinha ganhado vida. Colin andava de um lado dela, e Mary, do outro. Ambos continuavam olhando para o rosto rosado, secretamente curiosos em relação à sensação deliciosa que a mulher provocava neles — uma espécie de sentimento de apoio e afeto. Era como se ela os entendesse, assim como Dickon entendia suas "criaturas". Ela parava perto das flores e falava com elas como se fossem crianças. Fuligem a seguia e crocitou para ela uma ou duas vezes, pousando em seu ombro como se fosse o de Dickon. Quando as crianças lhe contaram sobre o sabiá e o primeiro voo dos filhotes, ela riu de um jeito maternal e carinhoso.

"Acho que ensinar os passarinhos a voar é como ensinar os filhos a andar, mas eu ficaria preocupada se os meus tivessem asas em vez de pernas", comentou.

E por ser uma mulher tão maravilhosa com seu jeito simples de moradora de um casebre, ela finalmente ouviu a história sobre a magia.

"Acredita em magia?", Colin perguntou, depois de ter falado sobre os faquires indianos. "Espero que sim."

"Acredito, menino", ela respondeu. "Nunca soube que era esse o nome, mas que importância tem um nome? Devem chamar de outros jeitos na França e na Alemanha. A mesma coisa que faz as sementes incharem e o sol brilhar fez de você um menino saudável, é a Boa Coisa. Não é como nós, pobres tolos, que nos importamos se somos chamados por nossos nomes. A Grande Boa Coisa não se incomoda com esse tipo de preocupação, que seja abençoada. Ela continua criando milhões de mundos — mundos como o nosso. Nunca parem de acreditar na Grande Boa Coisa e de saber que o mundo está cheio dela, e chamem ela como quiserem. Vocês estavam cantando pra ela quando entrei no jardim."

"Fiquei muito contente", Colin disse, olhando para ela com seus olhos estranhos muito abertos. "De repente senti como estava diferente, como meus braços e pernas estavam fortes, sabe, e como conseguia cavar e ficar em pé, e quis gritar alguma coisa para qualquer um que me ouvisse."

"A magia ouviu quando vocês cantaram a doxologia. Teria ouvido qualquer coisa que cantassem. Era a alegria que importava. Ô! Menino, menino... O que é um nome pro Criador da Alegria?", e ela bateu de leve em seus ombros mais uma vez.

Naquela manhã a sra. Sowerby tinha preparado uma cesta com uma refeição comum, e quando a hora da fome chegou e Dickon foi buscá-la no esconderijo, ela se sentou com eles embaixo da árvore e os viu devorar a comida, rindo e comentando sobre o apetite das crianças. Ela era divertida e os fez rir de muitas coisas. Contou histórias falando como uma nativa de Yorkshire e lhes ensinou novas palavras. Riu como se não conseguisse evitar quando eles contaram que era cada vez mais difícil fingir que Colin ainda era um inválido resmungão.

"Damos risada o tempo todo quando estamos juntos", Colin revelou. "E isso não é nem um pouco coisa de doente. Tentamos sufocar o riso, mas ele transborda, e o barulho é ainda pior."

"Tem uma coisa em que penso com muita frequência", Mary disse, "e quase não consigo disfarçar quando me ocorre de repente. Eu penso: imagine o rosto do Colin parecendo uma lua cheia. Ainda não parece, mas fica um pouco mais gordinho a cada dia, e imagine que um dia ele amanheça parecendo uma, o que vamos fazer?"

"Que as bênçãos caiam sobre todos nós, acho que vão ter que brincar de representar", Susan Sowerby disse. "Mas não por muito tempo. O sr. Craven vai voltar pra casa."

"Acha que vai?", Colin perguntou. "Por quê?"

Susan Sowerby riu baixinho.

"Acho que você ia ficar com o coração partido se ele descobrisse antes de você contar pra ele. Vai ter noites de insônia planejando tudo."

"Eu não suportaria se outra pessoa contasse a ele", Colin disse. "Penso em maneiras diferentes todos os dias, e acho que agora só quero ir correndo até os aposentos dele."

"Seria um bom começo", Susan Sowerby aprovou. "Queria ver a cara dele, menino. Ele precisa voltar, ah, precisa."

Uma das coisas sobre as quais falaram foi a visita que fariam ao casebre de Susan. Eles planejaram tudo. Atravessariam a charneca e almoçariam ao ar livre, entre as urzes. Veriam as doze crianças, o jardim de Dickon, e só voltariam quando estivessem cansados.

Susan Sowerby finalmente se levantou para retornar à casa e à sra. Medlock. Era hora de Colin ser levado de volta também. Mas antes de se acomodar na cadeira, ele chegou bem perto de Susan e a encarou com uma espécie de adoração fascinada, e de repente pegou o tecido de seu manto azul e o segurou com força.

"Você é exatamente o que eu... o que eu queria", ele disse. "Queria que fosse minha mãe, além de ser mãe do Dickon também!"

Imediatamente, Susan Sowerby se inclinou e o abraçou, puxando-o contra o peito sob o manto azul — como se ele fosse irmão de Dickon. Lágrimas breves umedeceram seus olhos.

"Ô! Menino querido!", ela disse. "Sua mãe está bem aqui, no jardim. Ela não conseguia ficar longe dele. Seu pai vai voltar pra você... Ele vai!"

Phu vulgo valeriana

Jardim Secreto

NO JARDIM
CAPÍTULO XXVII

m cada século, desde o começo do mundo, coisas maravilhosas foram descobertas. No último século, mais coisas maravilhosas foram descobertas do que em qualquer outro antes. Nesse novo século, centenas de coisas ainda mais impressionantes serão trazidas à luz. No começo, as pessoas se recusavam a acreditar que algo novo podia ser feito, depois começaram a ter esperança de que isso fosse possível, depois viram que podia ser feito — então foi feito, e o mundo todo se pergunta por que não foi feito séculos atrás. Uma das coisas novas que as pessoas começaram a descobrir no século anterior foi que pensamentos — somente pensamentos — são tão poderosos quanto baterias elétricas; podem ser tão bons para um indivíduo quanto a luz do sol, ou tão ruins quanto veneno. Deixar um pensamento triste ou ruim entrar em sua cabeça é tão perigoso quanto permitir que entre em seu corpo a bactéria que transmite a escarlatina. Se você o deixa ficar lá depois que ele entra, talvez nunca mais se livre dele enquanto viver.

Enquanto a mente da srta. Mary estava cheia de pensamentos desagradáveis sobre seus desgostos e suas opiniões a respeito das pessoas, sobre sua determinação em não se deixar agradar ou interessar por nada, ela era uma criança de rosto amarelo, doente, entediada e infeliz. As circunstâncias, porém, foram muito favoráveis, embora ela não tivesse plena consciência disso. Começaram a empurrá-la para seu próprio bem. Quando sua mente se encheu pouco a pouco de sabiás, casebres cheios de crianças na charneca, velhos jardineiros e criadas simples de Yorkshire, de primavera e jardins secretos ganhando vida dia a dia, e também de um menino e suas "criaturas", não sobrou espaço para os pensamentos desagradáveis que afetavam seu fígado e sua digestão, e a deixavam amarela e cansada.

Enquanto Colin vivia trancado no quarto pensando apenas em seus medos e fraquezas, e em como detestava que as pessoas olhassem para ele, refletindo de hora em hora sobre calombos e morte prematura, ele era um pequeno hipocondríaco histérico e meio louco que nada sabia sobre o sol brilhando e a primavera, e também não sabia que poderia ficar bem e se manter em pé, caso tentasse. Quando pensamentos novos e bonitos começaram a banir os antigos e feios, a vida voltou a ele, o sangue passou a correr mais saudável por suas veias e a força o invadiu como uma enchente. Seu experimento científico foi bem prático e simples, e não havia nada de excêntrico nele. Muito mais coisas surpreendentes podem acontecer a qualquer pessoa que, quando tem a mente invadida por um pensamento desanimador ou desagradável, consegue se lembrar a tempo e empurrá-lo para longe, invocando outro agradável e determinadamente corajoso. Duas coisas não podem ocupar o mesmo espaço.

> Onde se planta uma rosa, meu menino,
> Um espinheiro não pode crescer.

Enquanto o jardim secreto ganhava vida e duas crianças ganhavam vida com ele, havia um homem vagando por certos lugares distantes e lindos nos fiordes da Noruega e nos vales e montanhas da Suíça, e era um homem que, por dez anos, mantivera a mente repleta de pensamentos sombrios e dolorosos. Não havia sido corajoso; nunca tinha tentado colocar outros pensamentos no lugar daqueles sombrios. Vagara por lagos azuis com esses pensamentos; repousara em encostas de montanhas cobertas de gencianas muito azuis por todos os lados e cujo ar era preenchido pelo cheiro das flores com esses pensamentos. Uma dor horrível o havia dominado quando ele era feliz, e ele deixara sua alma se encher de escuridão, recusando-se obstinadamente a permitir a entrada de qualquer nesga de luz. Tinha esquecido e abandonado a casa e seus deveres. Quando viajava, a escuridão o recobria de tal forma que vê-lo era um prejuízo para outras pessoas, porque era como se ele envenenasse o ar com sua tristeza. Muitos desconhecidos pensavam que ele era meio louco ou um homem que escondia um crime em sua alma. Era um homem alto com um rosto retraído e ombros encurvados, e o nome com que sempre se registrava nos hotéis era "Archibald Craven, Mansão Misselthwaite, Yorkshire, Inglaterra".

Esse homem havia viajado muito e ido a diversos lugares desde o dia em que viu a srta. Mary em seu escritório e disse que ela podia ter seu "pedacinho de terra". Estivera nos lugares mais belos da Europa, embora não tenha permanecido em nenhum deles por mais que poucos dias. Havia escolhido os mais quietos e isolados. Estivera no topo de montanhas cujo cume penetrava as nuvens e havia olhado para baixo, para outras montanhas, quando o sol se erguia e as tocava com tanta luz que dava a impressão de que o mundo tinha acabado de nascer.

Mas a luz nunca parecia tocá-lo, até um dia, quando ele percebeu pela primeira vez em dez anos que uma coisa estranha havia acontecido. Estava em um vale maravilhoso no Tirol austríaco, andando sozinho por um cenário de tamanha beleza que poderia ter elevado a alma de qualquer homem e a tirado das sombras. Caminhara muito, mas sua alma não havia sido elevada. E, cansado, ele finalmente se deitou no carpete de musgo ao lado de um riacho. Era uma água transparente que corria, alegre, por seu leito estreito em meio ao exuberante e úmido verde da vegetação. Às vezes, ela fazia um barulho como o de uma risada muito baixa ao borbulhar por cima e em volta das pedras redondas. Ele viu as aves descerem e mergulharem o bico no riacho para beber água, depois baterem as asas e se afastarem. Parecia uma coisa viva, mas sua vozinha fazia a quietude parecer mais profunda. O vale era muito, muito silencioso.

Enquanto permanecia ali sentado olhando para a correnteza de água transparente, Archibald Craven aos poucos sentia a mente e o corpo se aquietarem, ficando tão silenciosos quanto o vale. Ele se perguntava se cairia no sono, mas não dormiu. Ficou sentado olhando para a água iluminada pelo sol, e seus olhos começaram a ver coisas que cresciam nas margens. Havia uma linda moita de miosótis azuis crescendo tão perto da água que as folhas estavam molhadas, e era para elas que olhava quando se lembrou de que tinha olhado para aquelas mesmas coisas anos atrás. Estava pensando com ternura em como eram lindas, e que maravilhas azuis formavam suas centenas de florezinhas. Não sabia que esse simples pensamento estava enchendo sua mente — enchendo e enchendo até outras coisas serem delicadamente afastadas. Era como se uma doce e clara nascente surgisse em uma poça de água estagnada, jorrando incessantemente até substituir toda a água escura. Mas, é claro, ele não pensava desse jeito. Só sabia que o vale parecia ficar cada vez mais quieto enquanto ele continuava ali sentado, olhando para a radiante delicadeza azul. Não sabia quanto tempo tinha passado ali ou o que estava acontecendo com ele, mas finalmente se moveu como se despertasse, e se levantou devagar sobre o carpete de musgo, respirando profundamente e maravilhando-se. Alguma coisa parecia ter se desamarrado, se soltado dentro dele.

"O que é isso?", ele perguntou quase em um sussurro, passando a mão sobre a testa. "Eu me sinto quase como se... estivesse vivo!"

Não sei o suficiente sobre as maravilhas das coisas ocultas para conseguir explicar como isso aconteceu com ele. Ninguém sabe. Nem ele mesmo entendia — mas se lembrou dessa hora estranha meses mais tarde, quando estava novamente na Misselthwaite e descobriu, acidentalmente, que naquele mesmo dia Colin tinha gritado ao entrar no jardim secreto:

"Vou viver para sempre, e sempre, e sempre!"

A calmaria singular continuou com ele durante o resto da noite, e ele teve um sono novo e repousante; mas não o acompanhou por muito tempo. Ele não sabia que aquele sentimento poderia ser mantido. Na noite seguinte, tinha aberto as portas para os pensamentos sombrios, que voltaram correndo. Ele deixou o vale e seguiu viagem. Mas, por mais estranho que pudesse parecer, havia minutos, às vezes até períodos de meia hora, em que, sem saber por que, ele sentia o fardo escuro ser removido e sabia que era um homem vivo, não morto. Lentamente, lentamente, por nenhum motivo que conhecesse, ele "ganhava vida" junto com o jardim.

Quando o verão dourado se transformou em um outono ainda mais profundamente dourado, ele seguiu para o Lago de Como. Lá encontrou a beleza de um sonho. Passava os dias no azul cristalino do lago, ou caminhava pela maciez verde das colinas e andava até ficar cansado o bastante para dormir. Mas, àquela altura, ele havia começado a dormir melhor, sabia, e os sonhos tinham deixado de ser um terror para ele.

"Talvez", pensou, "meu corpo esteja se fortalecendo."

Seu corpo estava ficando mais forte, mas — por causa das raras horas de paz nas quais seus pensamentos mudavam — a alma também se fortalecia. Ele começou a pensar na Misselthwaite e a se perguntar se não devia ir para casa. De vez em quando, pensava vagamente em seu garoto e se perguntava o que deveria sentir quando retornasse e ficasse novamente ao lado da cama de dossel, olhando para o rosto esculpido em mármore enquanto ele dormia, para os cílios pretos que emolduravam de forma tão contrastante os olhos fechados. Não era um pensamento agradável.

Um dia, ele andou tanto que, quando se virou para voltar, a lua estava cheia e alta no céu, e o mundo inteiro se recobria de tons de roxo e prata. A quietude do lago, da margem e do bosque era tão maravilhosa que ele não foi para a casa onde vivia ali. Andou até um terraço à beira d'água e sentou-se em um banco, e respirou todos os aromas celestiais da noite. Sentiu a estranha calmaria descendo sobre ele, penetrando-o mais e mais, até adormecer.

Ele não se deu conta de quando pegou no sono e começou a sonhar; o sonho era tão real que ele teve a sensação de estar sonhando. Mais tarde, lembrou-se de como pensava estar alerta e acordado. Pensava nisso enquanto, ali sentado, respirava o cheiro das últimas rosas da estação, ouvia o ruído da água lambendo a margem aos seus pés e ouviu uma voz. Era uma voz doce, clara, feliz e distante. Parecia muito distante, mas ele a ouviu com distinção, como se soasse ao seu lado.

"Archie! Archie! Archie!", ela dizia, e de novo, mais doce e mais clara que antes. "Archie! Archie!"

Ele pensou ter se levantado de um pulo, porém sem qualquer sinal de perplexidade. A voz soava tão real que era simplesmente natural que ele a estivesse ouvindo.

"Lilias! Lilias!", ele respondeu. "Lilias! Onde você está?"

"No jardim." A resposta era como o som de uma flauta de ouro. "No jardim!"

E o sonho terminou. Mas ele não acordou. Dormiu bem e profundamente durante toda a encantadora noite. Quando acordou era manhã, e um criado estava parado ali, olhando para ele. Era um criado italiano, e estava habituado, como todos os empregados da casa, a aceitar sem fazer perguntas qualquer coisa estranha que seu patrão estrangeiro pudesse fazer. Ninguém nunca sabia quando ele ia sair ou chegar, onde escolheria dormir, se andaria pelo jardim ou passaria a noite toda deitado em um barco no lago. O homem segurava uma bandeja com algumas cartas e esperou em silêncio até o sr. Craven pegá-las. Depois que ele se afastou, o sr. Craven ficou ali sentado por alguns momentos com as cartas na mão, olhando para o lago. Sua estranha calma ainda persistia, e havia algo mais — uma leveza, como se a coisa cruel que havia acontecido não tivesse sido como ele pensava — como se algo houvesse mudado. Ele se lembrava do sonho, daquele sonho tão real.

"No jardim!", exclamou. "No jardim! Mas a porta está trancada e a chave está enterrada."

Quando examinou as cartas alguns minutos depois, ele viu que o envelope no alto da pilha vinha de Yorkshire, na Inglaterra. Havia sido endereçada em uma letra feminina comum, uma caligrafia que ele não conhecia. Abriu-a quase sem pensar em quem a escrevera, mas as primeiras palavras atraíram sua atenção imediatamente.

Caro senhor:
Sou Susan Sowerby, que ousou lhe falar uma vez na charneca. Era sobre a srta. Mary daquela vez. Tenho a ousadia de voltar a lhe falar. Por favor, senhor, no seu lugar, eu voltaria para casa. Acho que ficaria feliz ao voltar e, se me permite, senhor, acho que sua mulher pediria para o senhor vir se ela estivesse aqui.

Sua serva obediente,
Susan Sowerby.

O sr. Craven leu a carta duas vezes antes de devolvê-la ao envelope. Continuava pensando no sonho.
"Vou voltar à Misselthwaite", anunciou. "Sim, vou imediatamente."
E ele atravessou o jardim em direção à casa e ordenou que Pitcher preparasse seu retorno à Inglaterra.

Em poucos dias estava em Yorkshire novamente, e em sua longa jornada de trem ele havia pensado no filho como nunca pensara nos últimos dez anos. Durante aqueles anos, só havia desejado esquecê-lo. Agora, embora não pretendesse pensar nele, a lembrança do menino invadia constantemente sua memória. Ele se lembrava dos dias sombrios, quando havia vagado como um louco porque a criança estava viva, e a mãe, morta. Tinha se recusado a vê-lo, e quando por fim decidiu conhecê-lo, encontrou uma coisinha tão fraca e doente que todos tinham certeza de que morreria em poucos dias. Mas, para a surpresa daqueles que cuidavam da criança, os dias passaram e ela sobreviveu, e todos começaram a acreditar que seria uma criatura deformada e aleijada.

Não tivera a intenção de ser um mau pai, mas não se sentia pai de jeito nenhum. Tinha providenciado médicos, enfermeiras e todo tipo de luxo, mas se retraía à menor ideia de aproximação do menino e se enterrara na própria infelicidade. Na primeira vez que voltou à Misselthwaite depois de um ano de ausência e aquela coisinha de aparência miserável olhou para ele, lânguida e indiferente, com os grandes olhos cinzentos tão parecidos e, ao mesmo tempo, tão horrivelmente diferentes dos olhos felizes que ele amava, não suportou vê-los e se virou, pálido como a morte. Depois disso, mal o via, exceto quando estava dormindo, e tudo que sabia dele era que realmente era um inválido, com um temperamento maldoso, histérico e meio insano. Só se podia evitar os ataques de fúria perigosos para o próprio menino cedendo à sua vontade em todos os detalhes.

Nada disso era animador de lembrar, mas enquanto o trem o transportava pelos caminhos nas montanhas e planícies douradas, o homem que "ganhava vida" começou a pensar de maneira diferente, e pensava sem pressa, demoradamente e com profundidade.

"Talvez eu tenha me equivocado durante esses dez anos", disse a si mesmo. "Dez anos é muito tempo. Pode ser tarde demais para fazer alguma coisa... Tarde demais. Onde eu estava com a cabeça?"

É claro que essa era a magia errada — começar dizendo "tarde demais". Até Colin poderia ter dito isso. Mas ele não sabia nada sobre magia — fosse ela mal ou bem-intencionada. Isso era algo que ainda teria que aprender. Estava pensando se Susan Sowerby criara coragem para lhe escrever porque a criatura maternal tinha percebido que o menino estava muito pior — fatalmente doente. Se não estivesse sob o encantamento da curiosa calmaria que se havia apoderado dele, estaria mais arrasado que nunca. Mas a calma trazia uma espécie de coragem e esperança. Em vez de se entregar aos pensamentos pessimistas, ele se pegou tentando acreditar em coisas melhores.

"Será possível que ela ache que posso fazer algum bem ao menino e mantê-lo sob controle?", pensou. "Vou parar para visitá-la a caminho da Misselthwaite."

Quando estava atravessando a charneca, ele parou a carruagem na frente do casebre, e sete ou oito crianças que brincavam por ali se reuniram em um grupo, todas se curvando em educadas reverências, e contaram que a mãe tinha ido ao outro lado do pântano bem cedo naquela manhã para ajudar uma mulher que teve um bebê. "Nosso Dickon", elas continuaram, estava na mansão, trabalhando em um dos jardins aonde ia vários dias por semana.

O sr. Colin olhou para a coleção de crianças fortes e seus rostos redondos e corados, cada um sorrindo do seu jeito, e despertou para o fato de estar diante de um grupo provavelmente saudável. Sorriu para os pequenos simpáticos e sorridentes, tirou uma moeda de ouro do bolso e deu à "nossa 'Lizabeth Ellen", que era a mais velha.

"Se dividirem esse dinheiro em oito partes, haverá meia coroa para cada um de vocês", disse.

E então, entre risadas, sorrisos e reverências, ele partiu, deixando para trás a euforia, os cotovelos que cutucavam e os pulinhos de alegria.

A viagem em meio à beleza da charneca era relaxante. Por que será que parecia despertar nele a sensação de retorno para casa — algo que pensava que nunca mais poderia sentir —, aquele sentimento de beleza da terra, do céu e do tojo roxo ao longe, e um calor no coração conforme se aproximava da antiga casa que abrigava os de seu sangue há seiscentos anos? A maneira como se afastara dela na última vez, estremecendo ao pensar em seus aposentos fechados e no menino deitado na cama de dossel com suas cortinas de brocado. Seria possível que talvez o encontrasse um pouco melhor e superasse a necessidade de se manter longe dele? Como parecera verdadeiro aquele sonho; como era maravilhosa e nítida a voz que lhe respondera: "No jardim! No jardim!".

"Vou tentar encontrar a chave", ele disse. "Vou tentar abrir a porta. Preciso... Embora não saiba por quê."

Quando chegou à mansão, os criados que o receberam com a habitual cerimônia notaram que ele parecia melhor e que não se dirigiu aos aposentos isolados onde costumava ficar e ser atendido por Pitcher. Foi à biblioteca e lá mandou chamar a sra. Medlock. Ela atendeu ao chamado, agitada, curiosa e corada.

"Como vai o sr. Colin, sra. Medlock?", ele perguntou.

"Bem, senhor, ele está... diferente, de certa forma."

"Pior?", o sr. Craven sugeriu.

A sra. Medlock estava realmente agitada.

"Bem, senhor, veja", tentou explicar, "nem o dr. Craven, nem a enfermeira, nem eu conseguimos entender com exatidão o que está acontecendo com ele."

"Por quê?"

"Para dizer a verdade, o sr. Colin pode estar melhor ou pode estar piorando. Seu apetite, senhor, é incompreensível, e o comportamento..."

"Ele se tornou mais... peculiar?", o dono da casa perguntou, franzindo a testa com nervosismo.

"É isso, senhor. Ele está se tornando muito peculiar... comparado ao que costumava ser. Antes não comia nada, e de repente começou a comer muito, e depois parou de novo de repente, e as refeições voltaram a ser devolvidas como antes. O senhor nunca soube, mas ele jamais se deixou levar lá para fora. As coisas que enfrentamos para fazê-lo sair naquela cadeira deixariam qualquer um trêmulo como uma folha. Ele tinha reações tão impossíveis que o dr. Craven dizia não poder se responsabilizar por obrigá-lo a sair. Pois bem, senhor, sem nenhum aviso prévio, não muito tempo depois de um dos seus piores ataques de birra, ele passou a insistir em sair todos os dias, levado pela srta. Mary e pelo menino de Susan Sowerby, Dickon, que empurra a cadeira. Ele gosta muito da srta. Mary e de Dickon, e Dickon trouxe seus animais domesticados, e, parece mentira, senhor, mas ele fica lá fora desde que sai de manhã até o anoitecer."

"E a aparência dele, como está?", foi a pergunta seguinte.

"Se comesse normalmente, senhor, poderíamos dizer que está engordando, mas temos receio de que seja algum tipo de inchaço. Às vezes, quando está sozinho com a srta. Mary, ele ri de um jeito estranho. Nunca ria desse jeito antes. O dr. Craven virá encontrá-lo em um instante, se permitir. Ele nunca esteve tão intrigado em toda a sua vida."

"Onde está o sr. Colin agora?", o sr. Craven perguntou.

"No jardim, senhor. Ele sempre está no jardim, embora não permita que nenhuma criatura humana se aproxime, por medo de que olhem para ele."

O sr. Craven mal ouviu as últimas palavras.

"No jardim", repetiu, depois dispensou a sra. Medlock, levantou-se e repetiu mais algumas vezes: "No jardim!".

Ele teve que se esforçar para voltar ao lugar onde estava, e quando sentiu que recuperava parte do controle, o sr. Craven virou-se e saiu da sala. Como Mary havia feito, percorreu o caminho entre os arbustos, os pés de louro e as fontes com os canteiros. A fonte agora jorrava água, cercada por canteiros de brilhantes flores de outono. Ele atravessou o gramado e virou no longo passadiço junto dos muros cobertos de hera. Não andava depressa, pelo contrário, ia devagar, e seus olhos permaneciam fixos no caminho. Sentia-se como se fosse atraído de volta ao lugar que há muito tempo abandonara e não sabia por quê. Quando se aproximou do jardim, os passos se tornaram mais lentos. Ele sabia onde a porta ficava, mesmo com toda a hera que a cobria, mas não sabia exatamente onde havia enterrado aquela chave.

Por isso parou e olhou em volta, e quase um momento depois de ter parado, ele se sobressaltou e ouviu, imaginando se estaria em um sonho.

A hera caía densa sobre a porta, a chave estava enterrada embaixo dos arbustos, nenhum ser humano havia passado por aquele portal durante dez solitários anos — mas havia sons no interior do jardim. Eram ruídos de passos rápidos, como se corressem em meio às árvores, sons estranhos de vozes contidas — exclamações e gritos juvenis de alegria represada. De fato, era como o riso de crianças, o riso incontrolável de crianças que tentavam não ser ouvidas, mas que em algum momento, com o crescer da agitação, acabariam explodindo. Com o que estava sonhando, em nome dos céus? O que, em nome dos céus, estava ouvindo? Estaria perdendo a razão e pensava ouvir coisas que não eram próprias para ouvidos humanos? Era isso o que aquela voz distante e audível significava?

Então o momento passou, o momento incontrolável em que os sons se esqueciam de se conter. Os pés correndo mais velozes — estavam se aproximando da porta do jardim —, uma forte e rápida respiração juvenil, uma explosão de gritos e gargalhadas que não podiam ser reprimidos, e a porta no muro se abriu de repente, a cortina de hera foi afastada e um menino passou por ela correndo e, sem ver o adulto do lado de fora, quase se atirou em seus braços.

O sr. Craven os estendeu bem a tempo de impedir a queda do menino, resultado da corrida descuidada em sua direção, e quando o segurou para encará-lo, surpreso com sua presença ali, quase perdeu o fôlego.

Era um menino alto e bonito. Radiante de vida, com o rosto corado pelo esforço da corrida. Ele empurrou para trás os cabelos abundantes que caíam sobre sua testa e ergueu o estranho par de olhos cinzentos — olhos cheios de alegria infantil e contornados por cílios pretos que pareciam uma franja. Foram os olhos que tiraram o fôlego do sr. Craven.

"Quem... O quê? Quem?", ele gaguejava.

Não era isso que Colin esperava — não era isso que havia planejado. Nunca tinha pensado nesse encontro. Mas sair correndo, apostando uma corrida, talvez tivesse sido ainda melhor. Ele se ergueu até atingir sua estatura máxima. Mary, que o seguia e também tinha passado pela porta, acreditava que ele parecia mais alto — centímetros, até — do que jamais havia se mostrado antes.

"Pai", ele disse. "Sou eu, Colin. Não vai acreditar nisso. Eu mal consigo acreditar. Sou eu, Colin."

Como a sra. Medlock, o menino também não entendeu o que o pai quis dizer quando exclamou:

"No jardim! No jardim!"

"Sim", confirmou apressado. "Foi o jardim que fez isso, e Mary, Dickon e as criaturas, e a magia. Ninguém sabe. Guardamos segredo para contar quando você viesse. Estou bem, consigo apostar corrida e ganhar de Mary. Vou ser um atleta."

Ele disse tudo isso com o jeito de um garoto tão saudável, com o rosto corado, as palavras se atropelando em sua ansiedade, que o sr. Craven sentiu a alma tremer com inacreditável alegria.

Colin estendeu a mão e tocou o braço do pai.

"Não está feliz, pai?", perguntou. "Não está feliz? Vou viver para sempre, e sempre, e sempre!"

O sr. Craven segurou os ombros do menino e o fez ficar parado. Sabia que, por um momento, não seria capaz de falar.

"Leve-me ao jardim, meu menino", disse finalmente. "E conte-me tudo sobre ele."

E eles o levaram até lá.

O lugar era uma comoção de dourado outonal e roxo, de azul e vermelho flamejante, e por todos os lados havia buquês de lírios tardios — lírios brancos, ou brancos e vermelhos. Ele se lembrava bem de quando o primeiro deles havia sido plantado para que, nessa época do ano, suas glórias tardias se revelassem. Rosas tardias escalavam e pendiam e se amontoavam, e o brilho do sol aprofundando a coloração amarelada das árvores provocava a sensação de se estar em um templo revestido de ouro. O recém-chegado permanecia em silêncio, como as crianças tinham ficado quando entraram no espaço cinzento. Ele olhava em volta.

"Pensei que estaria morto", disse.

"Mary também pensou, no início", Colin respondeu. "Mas ele ganhou vida."

Depois eles foram se sentar embaixo da árvore, todos eles, menos Colin, que queria ficar em pé enquanto contava a história.

Archibald Craven pensava que aquela fosse a coisa mais estranha que já havia escutado, enquanto tudo era relatado linearmente à maneira infantil. Mistério, magia e criaturas da natureza, o estranho encontro no meio da noite — a chegada da primavera —, a intensidade de um orgulho ferido, que havia posto o jovem rajá em pé para desafiar o velho Ben Weatherstaff frente a frente. O estranho companheirismo, a encenação, o grande segredo guardado com tanto cuidado. O ouvinte riu até ficar com os olhos cheios de lágrimas, e às vezes as lágrimas surgiam quando ele não estava rindo. O Atleta, o Palestrante, o Descobridor Científico era um pequeno ser saudável, adorável e engraçado.

"Agora", ele disse ao fim da história, "isso não precisa mais ser um segredo. Ouso dizer que todos vão se assustar a ponto de ter ataques quando me virem, mas nunca mais vou me sentar naquela cadeira outra vez. Voltarei andando com você, pai... para casa."

As obrigações de Ben Weatherstaff raramente o afastavam dos jardins, mas nessa ocasião ele pediu licença para levar alguns vegetais à cozinha, e foi convidado pela sra. Medlock para ir ao salão dos empregados beber um copo de cerveja, e estava no local, como esperava estar, quando aconteceu o evento mais dramático que a Mansão Misselthwaite jamais presenciara na atual geração.

Uma das janelas para o pátio também deixava ver um trecho do gramado. A sra. Medlock, sabendo que Ben tinha vindo dos jardins, esperava que ele pudesse ter visto seu senhor, e até o encontro dele com o sr. Colin.

"Viu algum deles, Weatherstaff?", ela perguntou.

Ben afastou a caneca de cerveja e limpou os lábios com o dorso da mão.

"É, eu vi", respondeu com um ar de astúcia e importância.

"Os dois?", a sra. Medlock quis saber.

"Os dois", Ben Weatherstaff respondeu. "Obrigado pela bondade, senhora, eu queria outra caneca dessa aqui."

"Juntos?", a sra. Medlock insistiu, enchendo rapidamente a caneca com mais cerveja.

"Juntos, senhora", e Ben bebeu metade do conteúdo da caneca de uma só vez.

"Onde estava o sr. Colin? Como ele estava? O que eles disseram?"

"Não ouvi, tava em cima da escada olhando por cima do muro. Mas vou contar, tem umas coisas acontecendo do lado de fora e as pessoas não sabem de nada. E você vai saber logo."

E não se passaram dois minutos até ele terminar de beber a cerveja e brandir a caneca de um jeito solene em direção à janela, por onde era possível ver um trecho do gramado e dos arbustos.

"Olha lá", ele disse, "se está curiosa. Olha o que vem vindo pelo gramado."

Quando olhou, a sra. Medlock levantou as mãos e deu um gritinho, e todos os criados, homens e mulheres, atravessaram o salão correndo para olhar pela janela com os olhos quase saltando das órbitas.

O senhor da Misselthwaite atravessava o gramado e exibia um semblante que nenhum deles tinha visto antes. E, ao lado dele, de cabeça erguida e com os olhos transbordando riso, caminhando tão firme e seguro quanto qualquer menino de Yorkshire, vinha o sr. Colin!

FIM

Carduus mariæ

O Jardim Secreto

A MAGIA ALÉM DO LIVRO:
O JARDIM ATRAVÉS DAS GERAÇÕES

Senhorita Mary do Contra,
Como cresce seu jardim?
[...]

Ainda que "do contra", Mary Lennox e suas aventuras no jardim não deixaram de encantar e intrigar gerações inteiras, ganhando novas edições e variadas adaptações pelo mundo afora. Bem, se você chegou até aqui, certamente a magia de Mary, Colin e Dickon fez efeito e já deve ter ficado evidente por que o enredo e os personagens de *O Jardim Secreto* inspiraram tanto e por tanto tempo, ecoando ainda hoje em nosso imaginário — embora os cenários e alguns costumes da época pareçam até certo ponto distantes de nós, leitores brasileiros inseridos em nosso presente. Para se envolver ainda mais com a magia em torno desta obra que sobreviveu à passagem dos anos, é preciso ler nas entrelinhas, e as adaptações inspiradas por este verdadeiro clássico da literatura certamente nos conduzem para outros cantos ainda mais secretos e mágicos do jardim.

O sucesso da obra mais aclamada da escritora inglesa Frances Hodgson Burnett foi tanto que a primeira adaptação da obra para o cinema data de 1919, oito anos após sua primeira publicação, seguida por *O Jardim Encantado*, de 1949, e uma série produzida pela BBC em 1975. Além de outra adaptação em 1987, as produções mais famosas e marcantes, sem dúvida, foram o clássico longa de 1993, dirigido por Agnieszka Holland, e a versão em desenho animado de 1994, que conquistaram muitos espectadores brasileiros.

Há também uma sequência em roupagem mais moderna dos anos 2000, *De Volta ao Jardim Secreto*, e aqui no Brasil o *Jardim* ganhou os palcos com uma adaptação realizada pela roteirista, dramaturga e diretora Renata Mizrahi em 2013. Em nosso breve apanhado, também não poderia faltar a websérie multimídia *The Misselthwaite Archives*, uma releitura mais contemporânea do *Jardim* lançada em 2015 no YouTube pela Pencil Ink Productions, em que a problemática adolescente Mary Lennox, após a morte dos pais, é enviada para a remota Misselthwaite Creek, no Oregon, Estados Unidos. A série conta com quarenta episódios e o enredo é conduzido por meio de vídeos que Mary grava com depoimentos para sua terapeuta (a dra. Fiona H. Burnett... sim!), referências à cultura pop, imagens e vinhetas. O *Jardim* também ganhou uma curiosa versão *steampunk* de 2017, que une ficção científica, elementos e figurino de época em um universo híbrido e fantástico.

Mas a magia não para por aí.

A CHAVE PARA O JARDIM

> [...]
> *Com campânulas feito sinos, conchas,*
> *E cravos enfileirados assim.*

Após visitar *O Jardim Secreto*, fica difícil tirar da cabeça a tradicional canção de roda inglesa da qual Frances Hodgson Burnett lançou mão para dar um fundo musical à chegada de Mary Lennox na Inglaterra, longe de sua rotina solitária na Índia, onde a menina era rodeada de cuidados tão demasiados e servis. Já na primeira manhã de Mary Lennox na Mansão Misselthwaite, ficamos surpresos em saber, junto com Martha, que a menina, apesar de sua idade, nem sequer sabe se vestir sozinha sem a ajuda das aias que a acompanhavam diariamente na Índia. Ainda que se encontre em um lugar estranho a ela, totalmente novo, Mary continua tratando as pessoas ao seu redor como se todas fossem suas subordinadas, obrigadas a servi-la o tempo todo e da forma que a menina bem quisesse. A solidão de Mary Lennox e suas constantes demonstrações de mágoa por se sentir tão rejeitada pela presença ausente de seus pais, que estavam o tempo todo ocupados demais para lhe dar atenção, formaram uma perfeita combinação para criar uma menininha centrada apenas em si e em suas vontades de última hora — e ai de quem não as cumprisse!

Na Inglaterra, em contato com outras crianças que não tiveram a mesma criação que ela e com adultos que não sucumbiam forçosamente às suas malcriações, além de um sentimento de deslocamento pela mudança repentina de país e a recente perda dos pais, Mary não poderia ser outra coisa que não "do contra". Mas logo, guiada por um lamentoso choro que fazia tremer as paredes da Misselthwaite e que era capaz de colocar a mansão de pernas para o ar, ela iria se aperceber melhor de seu comportamento, quando encontra uma figura ainda mais do contra: seu primo Colin, um menino fragilizado e adoentado que se viu preso à cama e também às relações servis de cuidado e afeto desde seu nascimento. Colin lhe serviu como um espelho onde Mary pôde enxergar mais detidamente seu próprio reflexo, que em nada lhe agradou. E, além dos passeios ao ar livre, que a tornaram mais forte e abriram um mundo de possibilidades para Mary, também foram lhe reavivando à tagarelice de Martha e suas histórias sobre a humilde casa em que morava com os numerosos irmãos, os ensinamentos e a generosidade de sua sábia mãe, a sra. Sowerby, que aconselhava e inspirava Mary ainda que de longe. E Dickon, irmão mais novo de Martha, que entendia a misteriosa linguagem dos animais e da própria natureza, o sabiá e mesmo o ranzinza Ben Weatherstaff foram figuras que serviram à Mary como verdadeiros contrapontos, mostrando à menina que se pode, e muito, aprender com as diferenças.

É verdade que Mary Lennox representa, em muitos sentidos, a necessidade de nos abrirmos para as transformações, para o novo. E por isso mesmo, ao revisitar um clássico como O Jardim Secreto ou mesmo no processo de leitura de obras contemporâneas, precisamos estar atentos às contradições que a literatura, tão ampla em sua gama de representações, pensamentos e interpretações, coloca diante de nós. E estudá-las atentamente, com o olhar também voltado para o nosso cotidiano, é um gesto em favor do enriquecimento da experiência literária.

Para o leitor contemporâneo, por exemplo, deveria ser impossível passar desapercebida a maneira preconceituosa como a personagem e, por inferência, os adultos que a cercam tratam os *negros* ou indivíduos que não se encaixam em seu conceito de *branquitude* — mesmo a doce e divertida Martha quando diz: "Deve ser porque tem muito negro por lá, *em vez de gente branca e respeitável*. Quando ouvi dizer que você vinha da Índia, pensei que também fosse negra". É evidente que estamos falando de um livro publicado pela primeira vez em 1911, em uma Inglaterra fortemente colonial cujos princípios que definiam a *humanidade* — ou aquilo que era considerado humano pelos colonizadores — se encontravam fortemente arraigados em território inglês, estendendo-se para as colônias dominadas econômica e ideologicamente. Mas é evidente também que, infelizmente, tais princípios excludentes não foram totalmente minados com o passar do tempo, e hoje, um século depois, ainda os vemos responsáveis por dizimar vidas e existências, em uma busca incessante pelo acúmulo de poder e riqueza material.

Assim, embora Mary e Martha tenham tomado para si essa visão limitada de mundo em determinados momentos do livro, cabe a nós, leitoras e leitores mais crescidos, estarmos atentos a essas contradições que extrapolam a fruição literária — e repassá-las para as crianças que, em dado momento, possam nos acompanhar em nossas aventuras em o *Jardim*. Não ignoremos as passagens em que Mary se vale desse preconceito enraizado e trata muito mal aqueles que lhe dedicam cuidados apenas pelo fato de que tais pessoas exercem atividades vistas como menores, responsáveis pela manutenção da casa e da rotina em geral de que Mary e Colin dispõem tão confortavelmente, rechaçando, ao mesmo tempo, tudo o que poderia parecer diferente deles mesmos. Essas são puras demonstrações do tamanho rancor que os personagens, embora tão pequenos, carregam, mas também um reflexo dos adultos — que em nenhum momento dialogam com as crianças a respeito desse tipo de comportamento.

Encaremos os dizeres de Mary e Colin procurando compreender de onde e de que maneira poderiam surgir tamanhos impropérios que irrompem em sua fala aparentemente sem nenhum motivo menos superficial ou apenas por birra.

O comportamento preconceituoso, repleto de mandos e desmandos arbitrários por parte de Mary e Colin, tem origem em algo muito maior que precisa ser detectado, pensado e encarado de frente por todos nós, adultos e crianças, se quisermos desvendar a passagem para os nossos jardins secretos, para o mundo que desejamos viver daqui em diante. Pois se há algo que Mary Lennox nos ensina é que a chave para esses jardins só pode ser encontrada quando nos abrimos para reconhecer, conviver, respeitar e aprender com a diversidade do mundo lá fora.

Cecília Floresta
em busca de novas sementes
para o jardim secreto

FRANCES HODGSON BURNETT (1849-1924) nasceu em Manchester, Inglaterra, mas mudou-se para os Estados Unidos ainda na adolescência após perder o pai e enfrentar uma consequente instabilidade financeira. A partir da metade dos anos 1890, Burnett morou principalmente na Inglaterra, mas, em 1909, construiu uma casa em Plandome, no estado de Nova York, EUA, onde morreu alguns anos depois. Autora prolífica e uma das escritoras mais bem pagas de seu tempo, Burnett deixou um legado de 52 livros e 13 peças de teatro. *O Pequeno Lorde*, *A Princesinha* e *O Jardim Secreto* são suas obras mais famosas. Saiba mais em franceshodgsonburnett.org

MARIA SIBYLLA MERIAN (1647-1717) foi uma naturalista e ilustradora científica alemã, uma das primeiras a observar insetos diretamente e pintá-los em detalhes, e considerada a grande entomóloga de sua geração. Começou na adolescência, quando colecionava insetos e criava bichos da seda. Publicou seus primeiros volumes ilustrados sobre lagartas, plantas hospedeiras e insetos em 1679 e 1683. Em 1699, viajou ao Suriname, então colônia holandesa na América do Sul, para aprofundar os estudos de inúmeros insetos tropicais, onde permaneceu por dois anos, viajando pela região para desenhar e registrar as plantas locais e descrever seus usos medicinais. Como resultado desta viagem, publicou *Metamorphosis insectorum Surinamensium* (1705), com imagens coloridas e ricas em detalhes e considerada influência fundamental para inúmeros naturalistas do período. Saiba mais em themariasibyllameriansociety.humanities.uva.nl

DÉBORA ISIDORO nasceu e cresceu em São Paulo, SP, foi aluna do Liceu Pasteur e da PUC-SP, onde cursou Psicologia, mas só se encontrou profissionalmente quando começou a traduzir. Desde o primeiro livro até hoje, 30 anos depois, são mais de 500 títulos em praticamente todos os gêneros, para diversas editoras do país. Casada e mãe, Débora traduz em período integral e diz que, mesmo depois de três décadas, a paixão pelos livros e pelo ofício ainda é a mesma.

Dedico esta edição mágica ao avô da DarkSide,
a pessoa que me entregou a chave do jardim.
Obrigado, pai (R.L.) 1950-2021

DARKSIDEBOOKS.COM